GEERBTE BOSHEIT

DUNKLE LIEBE IM GEHEIMBUND

ALTA HENSLEY

STASIA BLACK

NEWSLETTER

Um über Neuerscheinungen und Buchverkäufe auf dem Laufenden zu bleiben, abonnieren Sie den deutschen Newsletter von Stasia (geni.us/SBA-nw-de-cont) und den deutschen Newsletter von Alta (readerlinks.com/l/727720).

DER ORDEN DES SILBERNEN GEISTES
Verlangt die Anwesenheit
von

MS. ABILENE WEST

Für die Vorbereitung auf das *Aufnahmeritual* von Beau
Radcliffe am
SAMSTAG DEM FÜNFTEN JULI
Um halb eins
OLEANDER MANOR
109 Oleander Lane
Anwesenheitspflicht

1

Consuela

ICH SAH AUFMERKSAM DABEI ZU, wie der Mann wie ein Lack-affe in die Bar in der kleinen Stadt in Georgia ging. Ich war ganze dreißig Sekunden vor ihm hier gewesen und mein Herz raste noch immer.

Ich hatte gehofft, dass ich genug Zeit haben würde, mir einen Drink zu bestellen, damit ich wirkte, als gehöre ich hierher, aber der Barkeeper flirtete am anderen Ende der Bar mit irgendeinem Mädchen. Ich hatte mich absichtlich unauffällig gekleidet. Schließlich war ich hier, um nicht aufzufallen.

Heute Abend wollte ich nicht die Aufmerksamkeit des Barkeepers erregen. Nein, ich musste sehr vorsichtig sein, denn ich wollte es wirklich nicht versauen. Ich hatte nur diese eine Chance.

Wenn ich gläubig wäre, hätte ich wohl gebetet. Aber nein, mir kamen Tinas Worte in den Sinn, die sie mir bei den Pflegeeltern gesagt hatte, während sie mir das wichtigste über das Business beigebracht hatte.

Ich musste mich weder auf das Glück – oder gar Gott – verlassen.

Ich musste nicht der klügste Mensch im Raum sein.

Ich musste nur die Gerissenste sein. Ich musste alles aus jedem Blickwinkel betrachten, jede Person unter die Lupe nehmen. Nach den Vorzeichen suchen, den Schwachpunkt finden, herausfinden, wie ich die Menschen manipulieren konnte, um von ihnen genau das zu bekommen, was ich wollte.

Ich war nicht so gut wie Tina.

Niemand war so gut wie Tina. Sie hatte mir alles beigebracht, was ich wusste, hatte mich noch einmal für einen Betrug benutzt, und nachdem ich ihr nicht mehr von Nutzen gewesen war, hatte sie mich fallen lassen.

Wie bereits gesagt, sie hatte mir alles beigebracht, was ich wusste.

Ich zog mein Handy heraus und tat so, als wäre ich komplett in das kleine Display vertieft, während ich aufmerksam aus den Augenwinkeln heraus beobachtete, wie der alte Kerl im Smoking dem wunderhübschen Mädchen in der Ecke eine handschriftlich adressierte Einladung überreichte.

Sie sah verwirrt aus, aber dann erschien Erkenntnis in ihren Augen. Scheiße. Sie wusste genau, was es bedeutete. Natürlich würde ich nicht so weit gehen, die Einladung aus ihren leichenstarren Händen zu nehmen oder so, aber ich würde diese Bar so oder so damit verlassen. Das wusste sie nur noch nicht.

Der alte Mann im Smoking verschwand endlich wieder dahin, woher er gekommen war und die Frau in der Ecke bestellte bei der vorbeigehenden Kellnerin eine weitere

Runde. Dann allerdings hielt sie inne, zog ihr Portemonnaie heraus und ließ die Kellnerin daraufhin ohne Bestellung von dannen ziehen.

Aha. Es war also genau, wie ich gehört hatte. Der Orden zielte auf Frauen ab, die keine andere Wahl hatten. Verdammte Bastarde.

Ich lächelte.

Denn das, was diese Frau zum perfekten Opfer für den Orden machte, machte sie auch für meine Zwecke perfekt.

Es war Zeit, anzugreifen. Sozusagen.

Ich ergriff meine Handtasche und ging schnurstracks zum Tisch der Frau.

„Ist der Stuhl noch frei?", fragte ich sie und deutete auf den Stuhl, der ihr gegenüber am kleinen quadratischen Tisch stand.

Die Frau sah auf. Offenbar hatte sie mein plötzliches Auftreten überrascht.

Ich setzte mich hin, bevor sie eine Antwort geben konnte. Ich rief die Kellnerin herbei, die gerade vorbeikam. „Die Getränke gehen auf mich. Was möchtest du?"

Das schien sie zu besänftigen. „Wodka mit Cola."

Ich lächelte. „Klassiker. Zwei Wodka mit Cola."

Die Kellnerin nickte, ohne wirklich interessiert zu sein und ging.

„Hi. Ich bin Vanessa", erklärte ich und streckte die Hand über den Tisch aus. Das war eine Lüge. Mein Name war tatsächlich Connie, aber den Namen hatte ich nicht mehr benutzt, seit ich die Wohneinrichtung verlassen hatte. Seither war ich von einem krummen Ding ins nächste gerutscht und jeder Idiot wusste, dass man keinen Namen benutzen durfte, mit dem man gefunden werden konnte.

Die Einladung lag direkt zwischen uns auf dem Tisch und strahlte mich förmlich an, aber ich richtete meinen

Blick auf das Gesicht der Frau und erlaubte mir nicht einmal einen schnellen Blick hinab.

Zögerlich hob sie die Hand und ergriff meine. „Ähm, hi. Ich bin Abilene, aber alle nennen mich Abby."

Ich grinste sie an. „Hi Abby. Ich bin neu in der Stadt, aber ich bin im nächsten Landkreis aufgewachsen. Kennst du Burrows Creek?"

Sie lächelte und ihre Körperhaltung entspannte sich ein wenig. „Klar. Ich glaube, wir haben gegen euch Football gespielt."

Daraufhin lachte ich. „Wo bist du zur Schule gegangen?"

„Simmons High."

„Oh, verdammt. Ihr habt uns jedes Mal plattgemacht."

Sie lachte. „In meinem letzten Jahr sind wir fast Meister des Staates geworden. Da haben wir alle platt gemacht."

Unruhig spielten ihre Finger mit der Einladung auf dem Tisch.

Das war fast zu einfach.

Die Kellnerin kam mit unseren Getränken wieder und ich tat so, als würde ich einen Schluck nehmen, während ich Abby animierte, einen weiteren Drink zu bestellen – natürlich auf meine Kosten.

Sie versuchte abzulehnen, aber ich winkte ab. „Es ist das Ende einer langen Woche und es ist schön, hier in der Stadt jemand Neues kennenzulernen. Ich hatte wirklich Pech und gerade sind mir alle Freunde, die ich haben kann, recht."

Ihr Ausdruck wurde augenblicklich mitfühlend. „Oh mein Gott, das kann ich voll verstehen! Mein Ex hat mich gerade rausgeworfen – scheinbar trifft er sich schon eine Weile mit einer Schlampe aus dem Nagelstudio, die gerade erst mit der High-School fertig geworden ist. Ich bin hingegangen und hab sie darauf angesprochen, dass sie etwas mit meinem Mann hat und dann hat ihr Chef meinen Chef im

Shoppingcenter angerufen, das eine Straße weiter ist, weil die einander kennen und ich hab meinen Job verloren. Die Stadt ist wirklich scheiße!"

Dann sah sie mich an. „Tut mir leid. Ich weiß ja, dass du gerade erst hergezogen bist, aber ich kann es verdammt noch mal kaum erwarten, endlich hier raus zu kommen."

Ich nickte mitfühlend, während sie wieder damit anfing, an der Ecke der Einladung, die noch immer auf dem Tisch lag, zu knibbeln. „Was ist das?", fragte ich sie so unschuldig, wie ich konnte.

Sie verzog das Gesicht. „Verrückt. Verrückt ist das." Sie schüttelte den Kopf und hob den Umschlag mit der goldenen Schrift, in dem sich die Einladung befand, hoch.

Dann legte sie ihn wieder ab, bedeckte ihn mit der Hand, sah sich um, als hätte sie Angst, dass irgendjemand sie beobachten könnte.

Sie lehnte sich über den Tisch zu mir hinüber und ich tat es ihr gleich.

„Du bist doch hier in der Gegend aufgewachsen oder nicht?"

Ich nickte.

„Also hast du vom Orden gehört? Diesem Geheimbund-Ding, das hübschen Mädchen alles gibt, was sie sich wünschen und ihnen ihre Träume erfüllt?"

Meine Zunge glitt über meine Lippen und dann verfluchte ich mich dafür, dass ich so offensichtlich war. Ich versuchte mich zu zügeln, also nickte ich und hielt dann inne. Mein Blick fiel auf die Einladung.

„Warte. Willst du etwa sagen…", brachte ich hervor und tat so, als würde ich einen großen Schluck aus meinem Glas nehmen, obwohl eigentlich kaum Flüssigkeit meinen Mund erreichte.

Dann lehnte ich mich vor und senkte meine Stimme zu

einem Flüstern. „Ich meine, ich hab diesen komischen Kauz hier hereinkommen gesehen. Willst du mir sagen, dass sie das ist? Eine dieser Einladungen?"

Ihre Augen weiteten sich, dann nickte sie.

„Ach, nicht im Ernst", kreischte ich und schlug auf den Tisch.

Sie kicherte und machte mit den Händen eine beruhigende Geste. „Psst!" Sie blickte sich abermals um. „Psst, ich will nicht, dass es irgendjemand erfährt."

Ich nickte und tat so, als würde ich meine Lippen mit einem Reißverschluss schließen. Ich ging um den Tisch und setzte mich einen Stuhl näher an sie, bevor ich fragte: „Aber mal im Ernst, verarscht du mich? Der Kerl hat dir doch nicht wirklich eine dieser Einladungen gegeben. Ich dachte, das wäre alles nur ein Mythos."

„Ist es nicht! Schau!"

Sie reichte mir die Einladung. *Gab* sie mir einfach.

Ich nahm das teure, dicke Papier in die Hand und ließ die Augen über die goldenen Buchstaben gleiten.

... das Aufnahmeritual von Beau Radcliffe...

Oh Scheiße. Da stand es schwarz auf weiß.

Sein Name.

Beau Radcliffe.

Seinen Nachnamen hatte ich wirklich lange nicht einmal gekannt. Als ich seinen Namen zum ersten Mal hörte, musste ich lachen. Ich dachte, es wäre Bow, wie der Bogen, mit dem man Pfeile schießt, und hatte mich gefragt, wer zum Teufel seinen Sohn Bow nannte...

„Aber du ziehst nicht wirklich in Erwägung, da mitzumachen oder?", fragte ich und gab ihr die Einladung zurück.

Sie biss sich auf die Unterlippe und trank dann den Rest Wodka und Cola, hustete einmal kurz bevor sie das volle

Glas, das die Kellnerin gebracht hatte, nahm und sich ebenfalls einen großen Schluck gönnte. In ihren Augen standen wegen des Alkohols die Tränen, denn offenbar war sie die Menge nicht gewohnt, zumindest nicht in der Kürze der Zeit.

„Ich weiß es nicht", sagte sie mit matter Stimme. Sie lehnte sich vor und ihr Kopf wackelte. Es war offensichtlich, dass sie wenigstens angetrunken war. Sie brachte nicht viel auf die Waage und ich hatte keine Ahnung, wie viele Drinks sie schon intus gehabt hatte, bevor ich ihr weitere bestellt hatte.

„Ich hab einiges gehört", flüsterte sie leise und lehnte sich noch weiter zu mir. „Viel Scheiß über das, was während der Rituale passiert. Angsteinflößende Sachen. Ich habe wirklich Angst, dass ich es vielleicht nicht aushalten würde."

Sie schüttelte den Kopf, war tief in Gedankenversunken, während sie erneut nach dem Glas griff und es leerte.

Ihre Augen waren hell und in ihnen standen die Tränen, als sie mich wieder ansah. „Aber ich habe keine Ahnung, was ich sonst machen soll. Ich stehe vor dem Nichts. Mein Daddy ist weg. Meine Mama hat uns verlassen, als ich noch ein Kind war. Meine Brüder sind Arschlöcher, denen ich vollkommen egal bin und jetzt hat JJ mich verlassen und rausgeschmissen..."

Eine große, wunderschöne Träne glitte über ihre Wange, die wirkte, als sei sie aus Porzellan.

Mann, blöde Kuh. Sie war selbst dann wunderschön, wenn sie weinte. Man hätte keine perfektere Kandidatin finden können.

Ich war hässlich, wenn ich weinte. An mir war wenig, das man als weich hätte beschreiben könnte und noch viel weniger, was vornehm gewesen wäre.

Aber ich konnte erkennen, warum man sie – diese wunderschöne, zerbrechliche Frau – ausgewählt hatte, um als Schönheit beim Mitternachtsball zu erscheinen.

Wenn ich ehrlich war, tat ich ihr einen Gefallen. Die Welt würde eine Frau wie diese brechen, wenn sie sich nicht am Riemen riss und schnell ein dickeres Fell bekam.

Ich streckte die Hand aus und ergriff ihre. „Hör mir zu, Abilene. Du bist eine starke Frau. Du schaffst das."

Als sie den Kopf schüttelte und eine weitere wunderschöne Träne den Weg ihre Wange hinab begann, wagte ich mein Unterfangen.

Ich griff in meine Handtasche und holte die beiden Umschläge voller Geld, die ich dort platziert hatte, heraus. Es war alles Geld, was ich in dieser Welt besaß. Aber ich musste die größten Risiken eingehen und das hier war wohl der wahnwitzigste Schachzug meines Lebens.

„Abby, hör mir zu. Du hast recht. Ich habe vom Orden und dem Aufnahmeritual gehört und was man alles machen muss, um es zu schaffen. Was wäre...", hörte ich auf und versuchte möglichst glaubwürdig, möglichst natürlich zu klingen, so als käme es mir gerade einfach in den Sinn und nicht, als hätte ich es tatsächlich in der letzten Nacht stundenlang vor dem Spiegel eingeübt. „Wie wäre es, wenn wir einander helfen?"

Sie sah mich unsicher an. Ihre rotbraunen Haare kamen aus ihrem Pferdeschwanz und fielen ihr ins Gesicht. "W-was meinst du?"

Dann sah sie hinab auf die dicken Umschläge und ihre Augen weiteten sich. Sie ließ die Einladung fallen, während sie die Finger über die dicken Geldbündel gleiten ließ.

„Das sind dreitausend Dollar. Ich wollte sie für meinen Anfang hier benutzen, aber ich gebe sie dir für deine Einladung."

Sie riss den Kopf hoch und ich sah das Misstrauen in ihren Augen. Erneut streckte ich die Hand aus und ergriff ihre. Es war Zeit, das hier zu beenden.

„Als ich die Einladung gesehen habe, wurde mir klar, dass es Schicksal war, dass wir uns heute Abend begegnet sind. Wie wahrscheinlich ist das schon? Ich bin letzte Nacht auf die Knie gegangen und habe Gott um ein Wunder gebeten. Weißt du, meine Mama ist krank. Sie braucht eine Operation. Diese dreitausend Dollar können ihr nicht helfen. Ich wollte versuchen, hier einen Job zu finden, vielleicht einen Mann kennenzulernen. Ich weiß auch nicht."

Ich lehnte mich nach vorne.

„Ich würde für meine Mama alles tun. Alles. Nichts von dem, was die Bastarde im Orden tun, kann mir noch Angst machen. Auch wenn die Wahrscheinlichkeit, dass ich ausgesucht werde, nur eins zu zwanzig ist..."

Ihre Augen wurden noch größer. „Die Wahrscheinlichkeit, dass man ausgesucht wird, wenn man erscheint, ist nur eins zu zwanzig?"

„Das wusstest du nicht?" Verdammt, das war nicht einmal eine Lüge gewesen.

Sie schüttelte den Kopf. Dann sah sie wieder auf das Geld, das ich vor ihr auf den Tisch gelegt hatte. „Und, du würdest mir all das Geld hier geben, nur um die *Chance* zu haben?"

Ich drückte die Hand, die ich noch immer hielt. Ich brachte mich selbst dazu, eine Träne zu verdrücken, daran hatte Tina monatelang mit mir gearbeitet, bevor ich es auf Kommando konnte. Inzwischen war ich allerdings Profi.

„Für meine Mama." Ich blinzelte einige Male so, als wolle ich die Tränen zurückhalten. „Würde ich alles tun. Alles, verstehst du? Ich schwöre, dass das hier Schicksal war.

Ich glaube, dass alles aus einem bestimmten Grund passiert. Du etwa nicht?"

Sie blinzelte.

Ich wusste, dass sie kurz davor war, ja zu sagen. „Denk nur darüber nach, Abby. Du kannst es tun. Steig in den nächsten Bus und verschwinde von hier. Fang irgendwo anders neu an, wo immer du willst. Werde, was immer du sein möchtest."

Sie blinzelte erneut und dann sah ich es. Das leichteste Nicken. Sie konnte sie sich langsam vorstellen, die Zukunft, die ich ihr verkaufen wollte.

Ich hatte nicht die leiseste Ahnung, ob sie es tatsächlich tun würde oder ob sie die dreitausend Dollar nehmen und sie für eine Playstation und anderes nutzloses Zeug ausgeben würde. Zeitgleich allerdings wusste ich, wie Verzweiflung aussah. Abby war verzweifelt und sie erschien mir nicht wie eine Idiotin.

Sie brauchte nicht lange, um sich zu entscheiden. Wie ich bereits festgestellt hatte, war sie keine Idiotin. Ihre Hände legten sich um das Geld und bevor ich noch ein weiteres Mal schluchzen konnte, hatte sie die Umschläge unter dem Tisch und verstaute sie in ihrer Handtasche.

„Ich habe keine Ahnung, wie ich dir jemals danken soll", sprudelte es aus ihr heraus. „Es ist, wie du gesagt hast." Sie schob die Einladung in meine Richtung und stand dann vom Tisch auf. „Alles passiert aus gutem Grund. Ich werde es tun. Danke dir. Vanessa oder? Oh, Vanessa, dich schickt der Himmel!"

Sie kam um den Tisch herum und umarmte mich, aber sie war ein kluges Mädchen und verweilte nicht, sodass ich es mir anders überlegen konnte, denn sie ging davon aus, dass sie tatsächlich gewonnen hatte. Schnell war sie aus der Bar verschwunden.

Und ich blieb zurück und starrte mein goldenes Ticket an. Meine Eintrittskarte.

Ich lächelte, wischte mir die falschen Tränen aus den Augen und stand auf. Es war Zeit, dass ich mich für den Ball morgen Abend fertigmachte.

Beau Radcliff hatte keine Ahnung, dass ich ihm auf den Fersen war.

2

Beau

ICH HATTE es schon immer gemocht, mit dem Feuer zu spielen.

Rot. Heiß. Flammen, die chaotisch in der Luft tanzen.

Von außen betrachtet hätte man mich wohl als knallharten Geschäftsmann bezeichnet. Rücksichtslos, mächtig und niemand, mit dem man sich anlegt. Tief im Inneren allerdings brannte das Verlangen nach Gefahr, nach Feuer, nach einem Inferno, das mir im Alltag fehlte.

Vielleicht war das der Grund dafür, dass ich Teil des Ordens werden wollte.

Ja, mein Vater und sein Vater vor ihm und die Generationen davor hatten mein Schicksal besiegelt. Ich hatte nicht wirklich die Wahl, wenn ich ein Radcliffe sein wollte und wenn ich wollte, dass Radcliffe Juweliere und Importe an mich gingen. Mein Erbe allerdings war nicht der einzige Grund dafür, dass ich um Mitternacht im weißen Ballsaal von Oleander stand.

Ich wollte den silbernen Umhang.

Ich wollte Mitglied werden.

Ich wollte es und ich würde alles tun, was nötig war, um es zu bekommen.

Wobei ich das niemals zeigen würde. Ich würde die Feuer, die in mir brannten, niemals offenbaren. Nach außen war ich niemals etwas anderes als cool und gefasst. Eine harte Hülle nach außen, die das Inferno im Inneren verbarg.

„Bist du bereit, mein Sohn?", fragte mein Vater mich, der als stolzes Mitglied des Ordens des Silbernen Geistes im silbernen Umhang zu mir herübergekommen war.

Ich nickte und nahm einen Schluck von meinem Drink. Ich hatte darauf geachtet, dass es wirklich nur ein Schluck war. Ich wollte bei all dem, was jetzt auf mich zu kam, bei Sinnen sein.

„Sie werden versuchen, dich an deine Grenzen zu bringen", warnte er mich.

„Das weiß ich", entgegnete ich. „Ich bin bereit."

„Ich kann nichts tun, um sie dazu zu bringen, aufzuhören, wenn es zu schwer wird und ich kann nicht eingreifen, egal wie sehr ich das will und ich bin mir sicher, dass ich es wollen werde. Das verstehst du doch?"

Ich klopfte ihm beruhigend auf den Rücken. „Ich werde deine Hilfe nicht brauchen, Dad. Ich denke, ich habe bewiesen, dass ich mich um mich selbst kümmern kann und dieses Aufnahmeritual wird nicht anders sein als die anderen Herausforderungen in meinem Leben."

Er nickte, zufrieden mit meiner Antwort, dann schüttelte er meine Hand und ging hinüber zu den anderen Mitgliedern. Ich nahm die Möglichkeit wahr und ging durch den Ballsaal zu meinen Freunden, die soeben gekommen waren.

Als Emmet und Walker mich erblickten, hoben sie beide die Gläser, um mir zu zu prosten. „Auf den Anwärter", erklärte Emmett. „Viel Glück, Mann."

Ich hob mein Glas und sagte: „Danke, aber ich glaube nicht, dass ich Glück brauchen werde. Es sind nur ein paar Rituale, die ich bestehen muss, wie alle anderen vor mir auch. Wir alle haben im Leben schon Schwereres durchgemacht, um unsere Firmen aufzubauen und unseren Ruf."

„Sei nicht so arrogant", warf Walter ein. „Du hast in letzter Zeit zu viel zu tun gehabt, um Zeit mit uns zu verbringen. Du hast all die Geschichten, die Sully erzählt hat, verpasst. Diese Rituale hören sich an, als kämen sie direkt aus irgendeinem kranken Horrorfilm."

„Ich habe nichts mit euch Arschlöchern gemacht, weil ich mich immer noch vom letzten Mal erholen muss, als wir zusammen einen getrunken haben", ziehe ich sie mit einem schiefen Grinsen auf. „Ich hab in der Nacht fast ein Blackout gehabt und der Kater hat Tage angehalten."

Emmett kicherte. „Wir können nichts dafür, dass du nichts verträgst."

Da hatte er allerdings recht. Ich trank nur selten, denn ich mochte es nicht, die Kontrolle zu verlieren. Und wann immer ich ausging, um nur eben „einen" mit den Jungs zu trinken, dann verlief das nie wie geplant. Ich hasste es, wenn die Dinge nicht so liefen wie geplant.

Ein silberner Umhang kam auf uns zu und ich brauchte einige Augenblicke, um wirklich zu verstehen, dass der Mann, der da vor mir stand, mein guter Freund Montgomery Kingston war. Durch das Silber erschien er fast wie ein Geist. Es passte nicht zu ihm und trotzdem war er genauso ein Mitglied des Ordens wie mein Vater und die anderen Männer, die in Silber gekleidet waren.

„Ich hätte dich fast nicht erkannt", sagte ich zu ihm.

„Er ist jetzt einer von *ihnen*", zog Walter ihn auf. „Wahrscheinlich sollten wir uns glücklich schätzen, dass er noch immer mit *uns* redet."

„Ach, halt den Mund", widersprach Montgomery mit einem Lächeln, während er einen Schluck aus seinem Glas nahm. „Ihr werdet alle bald eure eigenen silbernen Umhänge haben."

„Es sei denn, wir machen es wie Sully", unterbrach ihn Emmet. „Wie läuft Rafes Aufnahme bisher?", fragte er dann Montgomery.

Das interessierte mich allerdings auch. Rafe und ich würden für eine kurze Weile zusammen hier sein. Ich hatte keine Ahnung, ob wir einander sehen würden oder nicht, aber irgendwie war es schon beruhigend, dass ich nicht komplett alleine hier auf Oleander sein würde.

„Er stellt sich so gut an, wie das hier in der Villa eben geht", sagte Montgomery und mir war klar, dass er uns nicht mehr sagen würde. Das konnte ich verstehen. Ich wusste, dass Montgomery leicht die Grenze zwischen der Mitgliedschaft im Orden und der Freundschaft zu uns übertreten konnte.

„Bist du nervös?", fragte Emmet, als meine Augen auf die Standuhr fielen und ich feststellte, dass es auf Mitternacht zuging. Die Zeremonie würde bald anfangen.

Ich zuckte mit den Schultern und schüttelte langsam den Kopf. „Das Einzige, was mich wirklich interessiert, ist das Geschäft. Auch wenn mein Dad der Geschäftsführer ist, habe ich mich im letzten Jahr um alles gekümmert, was täglich anfällt. Ich mache mir Sorgen darüber, wie viel davon ich machen kann, während ich hier eingesperrt bin. Ich möchte nicht in 109 Tagen hier herauskommen und feststellen, dass von Radcliffe Juweliere nur noch ein Scherbenhaufen übrig ist."

Walker schnaufte. „Ich glaube nicht, dass du dir um RJ&I Sorgen machen musst. Wenn man Diamantenminen besitzt, ist man noch einmal auf einem komplett anderen Niveau als der Rest von uns. Ich denke, dass du es dir durchaus erlauben kannst, ein paar Tage frei zu haben, ohne dass du irgendwie nervös werden muss. Ich kann mir nicht vorstellen, dass dein reicher Hintern in näherer Zukunft im Armenhaus landen wird."

„Da stimme ich dir zu", sagte Montgomery. „Als jemand, der ständig versucht hat zu arbeiten, während ich meine eigene Aufnahme durchlaufen habe, kann ich dir nur raten, am Ball zu bleiben. Dieser Ort verlangt einem viel ab. Du musst dich nicht nur um dich selbst sorgen. Deine Schönheit wird jeden einzelnen Moment deiner Zeit hier in Anspruch nehmen."

Ich atmete tief auf und stellte fest, dass das Erwähnen der Schönheit mir irgendwie sauer aufstieß. Ich mochte es nicht, Freundinnen zu haben, denn ich hatte dafür einfach nicht die Zeit in meinem Leben. Ich wollte auch nichts, besonders keine weibliche Energie, die irgendwie Unruhe in meine Ordnung brachte. Ich verstand, dass ich mit meiner Teampartnerin würde arbeiten müssen, aber tatsächlich war das nichts, worauf ich mich sonderlich freute. Ich mochte es, schwere Aufgaben alleine zu lösen. Ich war Solokünstler. Nur ich alleine. So funktionierte es am besten.

Die Uhr schlug Mitternacht und die Ältesten begannen mit ihren Gehstöcken auf den weißen Marmorboden zu schlagen, wodurch das Ritual eingeläutet wurde, welches ich bereits drei Mal bei meinen Freunden, die das Glück hatten, vor mir dran zu sein, hatte beobachten dürfen. Wir alle stellten unsere Drinks ab und stählten uns für den nächsten Teil der Nacht.

Das Schlagen der Uhr erfolgte im selben Rhythmus wie das Schlagen der Gehstöcke und das ohrenbetäubende Staccato war schließlich der einzige Klang im Raum. Niemand sprach. Niemand bewegte sich. Die Ältesten hatten den Saal fest in ihren Klauen.

„Bringt die Schönheiten herein!", verlangte einer der Ältesten, nachdem er seinen Stock zum zwölften Mal auf den Boden geschlagen hatte.

Also fingen wir an...

Emmett und Walker stellten sich mit mir in der Mitte des Ballsaals auf. Wir standen aufrecht da und warteten. Das hier hatten wir bereits gemacht, also fühlte es sich nicht ganz so an, als würde ich ins kalte Wasser gestoßen, was das Ganze deutlich besser machte. So funktionierte ich. Ich plante jeden Schritt, den ich je machen würde und wusste, was passieren würde, was mir erlaubte, schon vorher zu wissen, was ich zu tun hatte.

Ich fragte mich, ob Emmet und Walker genauso erpicht waren, ihre Aufnahme endlich hinter sich zu bringen. Ich glaube, das war tatsächlich das Schlimmste an all dem hier. Zuzusehen, wie Montgomery, Sully und Rafe vor mir anfangen durften. Ich war noch nie ein sonderlich geduldiger Mann gewesen und dieser ganze Prozess war unglaublich langsam und schmerzhaft gewesen. Ich wollte endlich mit meinem Leben weiter machen und dafür sorgen, dass Radcliffe Juweliere und Import noch erfolgreicher wurde, als es je gewesen ist.

Als das Schlagen verstummte und es endlich wirklich Mitternacht war, fiel eine Stille über den Saal, bis der Klang von Absätzen diese unterbrach.

Zwanzig junge Frauen kamen in einer Reihe herein. Ich blickte jede von ihnen an, während sie durch den Saal geführt wurden, der sie komplett verschlungen hätte, wenn dies erlaubt wäre. Der weiße Ballsaal war alles, aber nicht rein. Dieser große Saal kannte alle Geheimnisse, von Wollust, über böse Taten, über Ängste, die sich in Realität verwandelten und tropfte nur so vor Lust. Nach außen hin erschien er opulent und als hätte er Klasse. In den Schatten einer jeden Ritze allerdings versteckte sich die Wahrheit.

Ich wusste, dass ich 109 Tage Zeit haben würde, all die Wahrheiten, die sich hinter dieser Verkleidung des Wohlstandes verbargen, zu entdecken.

Nachdem die Schönheiten den Raum betreten hatten, immer einen kleinen Schritt hinter den anderen, standen sie schließlich alle aufgereiht vor uns. Sie waren wunderschön, was ich bereits gewusst hatte. Ballkleider in den unterschiedlichsten Farben aus den unterschiedlichsten Stoffen bedeckten ihre zarten Körper und sie erinnerten mich an Prinzessinnen, die kurz davor waren, ihrem Prinzen zu begegnen.

Wobei ich weit davon entfernt war, ein Prinz zu sein.

Viele trugen Diademe oder Ohrstecker, die mit teuren Steinen besetzt waren. Und jede von ihnen trug eine Perlenkette von Radcliffe. Das war seit Generationen das Geschenk meiner Familie. Wir sorgten für die weißen Perlen, die in Zentrum der heutigen Zeremonie standen.

Ich wusste, dass ich nicht viel Zeit haben würde, bis ich mich für eine Schönheit entschieden haben musste, also sah ich sie alle so schnell an, wie ich konnte. Die armen Dinger hatten Angst... Ihre Augen oder ihre zitternden Lippen verrieten ist. Ich konnte ihnen keinen Vorwurf machen und ehrlich gesagt hatte ich auch den besseren Ausgangspunkt, immerhin wusste ich, was als Nächstes passieren würde. Diese armen Seelen hatten nicht die leiseste Ahnung.

Sie dachten, dass sie eine Chance darauf hatten, dass

ihre kühnsten Träume wahr werden, aber tatsächlich waren sie kurz davor, in ihrem schlimmsten Albtraum zu landen. Nun, das galt zumindest für die Schönheit, die ich auswählte.

Und dann sah ich sie.

Ich wusste augenblicklich, wen ich aussuchen würde und aus welchem Grund.

Rote Haare. Mein eigenes persönliches Feuer, mit dem ich so gerne spielte. Rot. Ich hatte einen Typ und sie war mein Typ. Ich konnte rothaarigen Schönheiten nicht widerstehen, und da sie die einzige Schönheit mit diesem Merkmal war... würde sie meine werden.

„Präsentiert die Schönheiten", verlangte der Älteste, der mit dem Gehstock einmal auf den Boden schlug.

Ein anderer der Ältesten führte die Prozession der Schönheiten, die in Reihe liefen, durch den Ballsaal. Er führte sie zuerst an den mit Umhängen unkenntlich gemachten Ältesten vorbei, als Zeichen des Respekts, dann an den Mitgliedern und schließlich zu uns herüber. Das Ganze wiederholten sie drei Mal, liefen im Kreis durch den Saal, was ein Symbol für das war, was ich inzwischen von all diesen Ritualen hielt, nämlich, dass sie nie endender Wahnsinn waren. Immer und immer wieder führten wir dasselbe Ritual durch.

Ich war nur bei dreien gewesen und fragte mich, wie die Mitglieder sich fühlten, wenn sie immer wieder miterlebten, wie die Schönheiten auf gleiche Weise präsentiert wurden, fast so, als hätte die Platte einen Sprung. Immer und immer wieder.

Ich versuchte einen Blick auf meinen Vater zu erhaschen, um zu sehen, ob ich ihn nicht vielleicht ansehen konnte, was er dachte. War er gelangweilt? Er war mir sehr ähnlich... oder ich war ihm sehr ähnlich. Auch er hatte nur wenig Geduld und wenn er etwas zu Ende bringen wollte, dann am besten bereits gestern. Zeit war für die Radcliffes ein wertvolles Gut. Wir hatten nicht viel davon über und trotzdem hatte er niemals im Leben auch nur eines der Mitglieder-Events verpasst. Er nahm daran teil, wie es ein pflichtbewusster Mann eben tat. Vielleicht hatte er das Gefühl, dass jedes der Rituale seine Zeit wert war und ich hoffte, dass es für mich genauso sein würde.

Als die Frau mit den roten Haaren an mir vorbeiging, wollte ich die Hand ausstrecken, sie einfach am Arm ergreifen und verkünden, dass ich gewählt hatte, damit wir das hier beenden und mit dem Abend weitermachen konnten. Ich könnte das Ganze hier beschleunigen, wenn sie es zuließen... Aber ich wusste, dass sie es nicht erlauben würden, also riss ich mich am Riemen, auch wenn mir das schwerfiel.

Ich wusste, dass jede der Schönheiten aus schwierigen Verhältnissen kam. Das war einfach nur eine nette Art zu sagen, dass sie arm waren. Sie mussten quasi genau so sehr ausgewählt werden, wie sie atmen mussten. Die Schönheit mit den roten Haaren und dem blaugrünen Kleid allerdings schien überhaupt niemanden zu brauchen. Sie hielt ihren Kopf hoch, ihre Schultern waren nach hinten gedrückt und man hätte sie ohne Schwierigkeiten für die anspruchsvollste und edelste Dame der Gesellschaft in Darlington County halten können.

Ich konnte sie mir an meiner Seite auf Cocktail Partys vorstellen, wo sie mit den Reichen und Mächtigen zusammenkäme und sich ohne Schwierigkeiten selbst würde behaupten können. Sie wusste offensichtlich, wie man sich so darstellte.

„Beau Radcliffe", ertönte die Stimme des Ältesten laut

und riss mich aus meinen Gedanken. „Es ist an der Zeit, dass du deine Schönheit auswählst."

Der Älteste, der die Reihe der Schönheiten angeführt hatte, kam zu mir herüber und öffnete seine Hand. Ich wusste, dass sich dort die Schleife aus schwarzem Satin befand, ohne dass ich hinsehen musste.

Ich ergriff das Band und war mehr als bereit, um das hier in Gang zu bringen. Mein Bedürfnis, effizienter zu sein, führte dazu, dass es in mir kribbelte und ich unruhig wurde. Offensichtlich war ich kein Mann, der für solche Rituale geschaffen war.

Ich ging auf die Reihe der Frauen zu und fing mit dem, was „Das Anfassen der Perlen" genannt wurde, an. Ich ging auf eine nach der anderen zu und fasste kurz die Perlenketten an, die sie an ihren Hälsen trugen, an. Ich wollte direkt zu der Rothaarigen gehen, aber sie stand am Ende der Reihe und ich musste diese unnötigen Zwischenstopps absolvieren.

Ich machte mir nicht einmal die Mühe, jede der Schönheiten genauer zu betrachten. Ich fasste ihre Perlen schnell an und war dann bereits bei der nächsten Schönheit. Wenn überhaupt, könnte ich mich damit anfreunden, wie toll die Verarbeitung durch die Firma meiner Familie vorgenommen worden war, aber nicht einmal das wollte ich tun.

Und dann kam ich endlich bei der Schönheit mit den roten Haaren an. Gott im Himmel, sie roch einmalig. Blumig und gleichzeitig auch würzig.

Jetzt, wo ich in ihrer direkten Nähe war, hatte ich plötzlich das Gefühl, sie zu kennen. War ich dieser Frau schon einmal begegnet? Ich betrachtete ihr Gesicht so, als hätte ich es schon einmal gesehen, als würde ich es kennen. Ich war recht gut, was Namen und Gesichter anging, weshalb es äußerst unwahrscheinlich war, dass ich ein Gesicht wie ihres jemals vergessen würde. Sie war unglaublich geil und ich war mir ziemlich sicher, dass ich eine Frau wie sie nicht vergessen hätte, wenn wir uns tatsächlich schon einmal begegnet wären. Aber trotzdem... irgendwas an ihren dunklen grünen Augen, ihrem Schmollmund...

Unsere Blicke trafen sich, als ich ihre Perlen berührte. Es war wirklich eine Schande, dass ich eine Kette zerstören musste, die mehr wert war, als all diese Frauen in einem Jahr verdienten, aber so war es nun mal im Orden. Das Zerreißen der Kette war etwas, was darstellen sollte, wie leicht es für den Orden des Silbernen Geistes war, Wünsche zu erfüllen und sie dann zerplatzen zu lassen. Sie hatten die Macht, einem alle Träume zu erfüllen, aber sie hatten auch die Macht, einen ohne Anstrengung zu Fall zu bringen.

Mit einer schnellen Bewegung aus dem Handgelenk riss ich die Kette von ihrer samtigen Haut und vernahm, wie sie dabei nach Luft schnappte. Ich wollte keine Zeit verschwenden, es war bereits genug dadurch verstrichen, dass alles so unglaublich langsam geschah, also legte ich ihr das schwarze Band an.

Ich hoffte, dass sie für den Tanz mit dem Feuer bereit sein würde.

Dann hörte ich die Worte, auf die ich bereits die ganze Nacht lang gewartet hatte. „Beau Radcliffe, hast du deine Schönheit für das Aufnahmeritual ausgewählt?"

Ich trat einen Schritt zurück von der Schönheit, die mir die nächsten 109 Tage lang ausgeliefert sein würde und sagte: „Ich habe meine Schönheit gewählt."

3

Abilene

ER HATTE MICH GEWÄHLT. Natürlich hatte er das.

Er hatte eine Schwäche für Rothaarige und ich war die einzige im Saal gewesen.

Außerdem war das nicht das erste Mal, dass er mich in einem Raum voller Frauen ausgewählt hatte. Nein, Beau Radcliffe hatte einen Typ und ich hatte das Gefühl, dass er nicht die Art Mann war, die plötzlich etwas anderes auswählen wurde, nur weil es ihm auf dem Tablett präsentiert wurde.

Ich hatte mir sogar kleine Kristalle in die Haare gesteckt, um meine feurigen Locken noch mehr zu betonen.

Eines Abends vor nicht zu langer Zeit hatte dieser Mann die Sommersprossen auf meinem Gesicht mit seiner Zunge gezählt. Ich fragte mich, ob wir das heute Nacht wiederholen würden, als er mich mit der Hand auf meinem Rücken die Treppe hinaufführte.

Seine Berührung führte dazu, dass mir kleine Schauer über den Rücken liefen.

Unglaublich. Tina wäre wohl von mir enttäuscht gewesen. Keine persönlichen Verbindungen. Das war ihre oberste Regel.

Auch wenn mein Selbstbewusstsein nun zurückkehrte, hatte ich mir erst dann ein Aufatmen erlaubt, als ich hörte, wie die Perlen auf dem Boden aufkamen.

Hierher zu kommen war nicht einfach gewesen.

Ich hatte Abilene im Telefonbuch finden müssen, um herauszufinden, wo sie wohnte und die Limo abzufangen, von der ich gewusst hatte, dass sie am nächsten Tag kommen würde. Die Information hatte ich einer Schönheit abgeluchst, die nicht ausgewählt worden war, weshalb sie wütend gewesen war und der es nicht schwergefallen war, mit einiges anzuvertrauen, nachdem ich ein paar Runden geschmissen und ihr einen Hunderter zugeschoben hatte. Sie hatte gerade Pause, ansonsten arbeitete sie als Tänzerin und ihre Augen waren groß geworden, als ich das Geld auf den Tisch gelegt hatte.

Wenn es das war, was mit den Schönheiten passierte, die nicht ausgewählt worden waren, dann war ich noch motivierter, sicher zu stellen, dass es mir anders ergehen würde.

Also hatte ich mich so fertig gemacht, wie Tina es immer getan hatte, wenn sie mich als Köder benutzt hatte, wenn wir in die Clubs gegangen sind, um Portemonnaies zu stehlen. Die Augen waren smoky geschminkt und auf meinen Lippen hatte ich roten Lippenstift und ein wenig Gloss aufgetragen. Dann hatte ich meine Haare gelockt und sie auf meinem Kopf aufgetürmt, denn ich wusste, dass das der Aspekt an mir war, den ich für mein Zielpublikum, welches an diesem Abend aus nur einem Mann bestand, besonders würde hervorheben müssen.

Die Limousine kam und ich tauchte neben Abilenes Haus auf, wo ich mich hinter einem Busch versteckt hatte und war dann hinten eingestiegen, so als hätte ich mein gesamtes Leben nichts anderes getan, als mich von Fahrern in Limousinen von A nach B fahren lassen.

Der Fahrer hatte kein Wort gesagt, sondern einfach nur die Tür offengehalten. Falls ihm aufgefallen war, dass ich nicht dieselbe Frau war, der er am Vortag die Einladung überreicht hatte, dann kommentierte er das zumindest nicht. Allerdings sah er auch kaum in meine Richtung.

Wie viele Fahrten in der Limousine hatte er über die Jahre absolviert? Wie viele Frauen hatte er gesehen? Das waren Fragen, die sich mir gestellt hatten.

Ich hatte es geschafft, hineinzukommen. Das war der erste Schritt. Dann ließ ich die Untersuchung der Ärztin über mich ergehen, tat, was ich konnte und voilà, nun war ich hier gelandet.

Ich ging zusammen mit meiner gejagten Beute die Stufen hinauf.

Ich verfehlte das Ziel nie. Nie.

Ich lehnte mich genau in dem Moment zur Seite, als Beau und ich die oberste Stufe der riesigen Treppe erreichten. „Du kannst dich nicht an mich erinnern oder?"

Er hätte die letzte Stufe fast verpasst, als sein Kopf zu mir herum schwang und ich ihn schüchtern anlächelte. Das hier war nicht die Zeit für Unterhaltungen und das war mir klar. Überall um uns herum waren die gruseligen Ältesten in ihren silbernen Umhängen.

Aber ich hatte definitiv Beaus Interesse erweckt. Seine Augen ruhten auf mir, anstatt auf dem Weg, den wir den Flur entlang gingen. Plötzlich fanden wir uns in einem Zimmer mit einem großen Himmelbett und antiken Möbeln wieder. Beau hatte mich kaum angesehen, nachdem er mir die Kette vom Hals gerissen hatte, aber jetzt gehörte mir seine gesamte Aufmerksamkeit.

Er lehnte sich nach vorne und fasste um mich herum, riss den Rücken meines Kleides auf, während er mir ins Ohr flüsterte. „Was meinst du? Wieso sollte ich dich kennen?"

Die Aufregung von vorhin hatte mich wieder ergriffen und breitete sich bis in meine Zehenspitzen aus, als er mir das Kleid vom Körper riss. Ich meine, Gott im Himmel, wer hatte nicht schon einmal davon gehört, dass man das tat, aber wer erlebte es tatsächlich? Ich blinzelte und mir stieg vor Scham die Röte ins Gesicht, während ich versuchte, wieder ins Gleichgewicht zu kommen.

Ich sollte hier die Kontrolle haben, nicht er. Es war an der Zeit, ihn erneut aus der Balance zu bringen.

„Wir sind uns schon einmal begegnet. In einer Bar. Du hast mich sogar mit nach Hause genommen."

Er zog die Augenbraue hoch und zog die Jacke seines Smokings aus, ließ sie einfach zu Boden fallen, bevor er mit geübter Hand damit begann, die Knöpfe seines Hemdes zu öffnen. Einer nach dem anderen öffnete sich und seine Brust kam zum Vorschein. Er trug kein Unterhemd. War er war die Art Mann, die es mochte, den teuren Stoff seines Seidenhemdes direkt auf seiner nackten Haut zu spüren und der sich die Reinigung locker leisten konnte? Oder hatte er diesen Teil des Rituals nach der Wahl kaum abwarten können?

Hatte er sich hierauf gefreut? Hatte er sich darauf gefreut, eine fremde Frau, die ihm von einem Geheimbund so präsentiert wurde wie eine Rose, die er nur noch nehmen und ficken musste?

Ich dachte an die schüchterne, kleine Abilene, die *echte* Abilene, und stellte mir vor, wie sie hier an meiner Stelle stand.

Beau Radcliffe hätte sie verschlungen und dann wieder ausgespuckt.

Mich allerdings?

Nun, er war nichts, was ich noch nicht gesehen hätte. Ein arroganter, reicher Junge? Nun, die gab es in Atlanta zu Dutzend.

Ich kicherte, während ich mein Kleid hinunterschob und aus ihm heraustrat. Dann zog ich mich weiter aus, bis ich komplett nackt vor ihm stand. Ich legte die Hände auf die Hüften, als er mit dem Ausziehen fertig wurde.

Er hielt inne, als er mich nackt sah, bemerkte, wie ich ihn förmlich herausforderte. Wobei er noch keine Ahnung hatte, wozu ich ihn herausfordern würde.

Er dachte, dass das hier das Aufnahmeritual der Ältesten sein würde. Der Mann hat nicht den leisesten Schimmer.

Er spielte *mein* Spiel.

„Kannst du dich jetzt erinnern?", fragte ich. „Helfen die Titten?" Sinnlich legte ich die Hände auf meine C-Körbchen.

Er zog die Augen zusammen. „Brüste sind für mich alle gleich. Tut mir leid, Süße."

Ich ließ die Wimpern klimpern. „Ah, mir wird klar, ich habe einen wahren Gentleman abbekommen, was?" Und dann stürzte ich mich auf ihn, schlang meine Arme und Beine um ihn und sorgte dafür, dass wir zusammen auf dem Bett hinter ihm landeten.

Ich küsste ihn nicht. Das war ihm nicht recht, daran konnte ich mich noch erinnern. Ja, ein Kerl, der mich nicht küssen wollte, nachdem er mich mitgenommen hatte, hatte einige Alarmglocken klingeln lassen, aber er war gut im Bett gewesen, und das war alles, worum es in der Nacht gegangen war.

Bis ich ein paar Monate später seinen Namen rausfand.

Ich hatte es mit Beau Radcliffe getrieben. *Dem* Beau Radcliffe. Erbe des Diamanten-Vermögens der Radcliffes. Und ich wusste genau, wo ich ihn würde finden können.

Denn in der Nacht, in der wir etwas miteinander gehabt hatten, war er betrunken gewesen. Wiiiiiiiiiirklich betrunken. So besoffen, dass er mich trotz seiner „Regeln" zweimal fast geküsst hätte und erst in der letzten Sekunde einlenkte.

Wovon er allerdings nicht abgelassen hatte? Mir alles über seinen Kumpel zu erzählen, der sein Aufnahmeritual beim Orden angefangen hatte und was für krankes Zeug ihm dort alles widerfuhr. Und dass er als Nächster dran sein würde. Ich hatte das alles für Schwachsinn gehalten.

Als er am nächsten Morgen verschwunden war, bevor ich aufwachte, ohne einen Zettel oder eine Telefonnummer zu hinterlassen, hatte ich mir dabei nicht viel gedacht. Er war einfach nur ein weiterer Wichser, der verschwunden war. Ich wünschte ihm alles Gute.

War es der beste Sex meines Lebens gewesen und hätte ich das gerne noch einmal erlebt? Ja, es war der beste Sex gewesen und nein, es hätte mir rein gar nichts ausgemacht, wenn er mich noch mal genommen hätte. Aber nicht, wenn er so ein Arschloch war, das den Wert einer schönen Frau, die sich um sich selbst sorgte, wie ich eine war, nicht erkannte. Also versuchte ich, ihn und unsere gemeinsame Nacht zu vergessen.

Dann hatte ich herausgefunden, wer er war.

Und unter den gegebenen Umständen hatte ich mich entschlossen, einiger meiner einmaligen Fähigkeiten, die ich im Laufe der Jahre erlernt hatte und welche dafür sorgten, dass ich mich um mich selbst kümmern konnte, einzusetzen, um das gegenwärtige Wiedersehen zu ermöglichen.

Als ich ihn angesprungen und auf das Bett geworfen hatte, hatte ich ihn offenbar komplett auf dem falschen Fuß erwischt. Alles, was ich mir hatte denken können, war ja, *das war es wert*.

Auch wenn das natürlich nicht der Grund war, aus dem ich dort war. Sex mit dem wunderschönen Beau Radcliffe war allerdings ein ganz klarer Pluspunkt.

Konzentrier dich auf das, was wirklich wichtig ist, flüsterte irgendein Teil meines Gehirns, als ich auf Beaus hartem Körper landete und augenblicklich meinen Kopf senke, um an seinem männlichen, robusten Hals zu saugen.

Sein Schwanz wurde augenblicklich unter mir hart.

Oh, Hallo, mein Schöner! Mama hat dich wirklich vermisst. Ein breites Grinsen erschien in meinem Gesicht und ich zögerte nicht, bevor ich hinabgriff und sein Glied umfasste. Wem wollte ich etwas vormachen? Ich war ein Mädchen, die alles mitnahm, was sie kriegen konnte... Ich nahm das Leben so wie es kam, bevor es die Möglichkeit hatte, mir Steine in den Weg zu legen. Das war schon immer mein Motto gewesen. Also gab ich mich der anschwellenden Lust hin und drückte seinen Schwanz so, wie ich es hatte tun wollen, seit er eine Nacht in meinem Bett verbracht hatte.

Überall um uns herum bewegten sich Füße. Ich war nie exhibitionistisch gewesen – hatte noch nicht einmal einen Dreier gehabt. Tina hatte es versucht, wobei es eigentlich eher ihr Freund Mick gewesen war, der es versucht hatte, aber das war eine Grenze, die ich nicht überschreiten wollte.

Aber all diese alten Wichser, die ihre Schwänze herausholten und sich einen rubbelten, als ich Beaus Schwanz in meine Hand nahm und ihn über die feuchten Lippen meiner Muschi gleiten ließ, waren mir wirklich vollkommen egal.

Gott im Himmel, ich bin lange nicht mehr flachgelegt worden. Zu lange. Viel, *viel* zu lange, wenn die Art und Weise, wie meine Mumu zu neuem Leben erwachte, darüber eine Aussage machen konnte. Es war so, als wäre die Elektrizität nach einem Stromausfall zurückgekehrt.

Ich begann mich auf Beaus Körper zu bewegen, nachdem ich ihn in mich eingeführt hatte, und er war endlich an Bord, was das anging, was hier passierte, denn seine Hände legten sich auf meine Hüfte.

Und dann, bevor ich mich überhaupt komplett auf ihm niederlassen konnte, schrie ich auf, als Beau mich anhob und mit einem Arm hielt, während er uns umdrehte, sodass sein Körper plötzlich über *meinem* thronte.

Ich schnappte unter ihm nach Luft, als mein Blick auf seine klaren, suchenden blauen Augen stieß.

Beau Radcliffe wirkte nach außen hin immer so ruhig und cool und war kein Mann, der sich gerne überraschen ließ.

„Wir reden später", sagte er nur und seine Brauen kommunizierten die Warnung. Dann senkte er seinen Kopf in Richtung von meinem und seine Lippen fanden mein Ohr.

Ich erschauderte, als sein heißer Atem auf mein Ohr traf, seine Lippen hin und her über mein unteres Ohrläppchen glitten, während sein Schwanz zwischen den Lippen meiner feuchten Muschi versank. „Schnipse mit den Fingern, wenn ich aufhören soll. Du kannst einen ganz schön in Rage bringen und ich möchte nicht, dass du eine weitere Sache sagst, solange wir nicht alleine sind. Nicke, wenn du mich verstanden hast."

Ich lächelte breit und meine Muschi zog sich aufgrund

seines entschlossenen Tonfalls zusammen. Ich nickte allerdings nicht. „Ja, Sir", sagte ich stattdessen und grinste ihn frech an.

Oh, das brachte ihn zum Toben. Und dann waren seine Finger in meinem Mund. Dicke, männliche Finger.

Es war unglaublich geil, besonders weil er endlich, endlich mit seinem unglaublichen, tollen Schwanz in mich eindrang.

Er zog mich auseinander, während er in mich glitt. Mein Mund weitete sich vor Ekstase, als ich spürte, wie er mich dehnte. Er war so dick. Ein Mann sollte nicht so dick *und* so lang sein dürfen. Es sollte nur eines von beiden möglich sein. Oh, verdammt, er glitt noch tiefer!

Ich krallte mich in die Bettlaken und hielt mich fest.

Dann schloss sich mein Mund um seine Finger und ich saugte an ihnen, während meine anderen Lippen sich um seine Dicke verschlossen, die in mich eindrang. Gott, er fühlte sich so gut an. Ich hatte vergessen, wie gut sich das hier anfühlte. Ich hatte gewusst, dass es gut gewesen war, aber das hier, es...

Mein erster Orgasmus überkam mich wie ein plötzliches Erdbeben. Ich erschauderte, zog mich um ihn zusammen und Nachbeben fuhren durch meinen Körper. Diese entwickelten sich schnell zu einem weiteren Orgasmus.

In diesem Augenblick trafen Beaus Augen auf meine und er erkannte mich. Er schien noch immer verwirrt. Er konnte sich nicht an Vieles aus jener Nacht erinnern, so viel war klar. Aber diese eine Sache hatte es durch den Nebel geschafft. Ich hätte gelacht, wenn ich nicht kurz vor einem weiteren Super-Orgasmus gewesen wäre.

Beau Radcliffe konnte dafür sorgen, dass ich kam und kam und kam. Immer und immer und immer wieder. Es war obszön. Ich wusste nicht, was an ihm es war. Das war mit niemandem zuvor passiert und ich war mir sicher, dass nach ihm nun irgendwie wusste ich nicht, wieso ich noch hätte ausgehen sollen, nachdem er... nun, die Latte so hochgelegt hatte.

Aber ich war auch beschäftigt gewesen. Ich würde es wieder in Angriff nehmen. Wirklich. Er würde mich *nicht* für all diese Männer brechen. Das würde er *nicht* tun.

Oh Gott, ich war schon wieder kurz davor. Ich ritt auf einer Welle, geriet immer und immer höher...

Beau ließ die Hand, die in meinem Mund gewesen war, hinabgleiten, lehnte sich auf seinen Ellenbogen und ergriff meine Hüfte auf diese geile Art, wie es manche Männer tun... Okay, nicht manche Männer... nur Beau. Er ergriff meine Hüfte auf diese sexy Art, die Beau hatte, womit er mich irgendwie auf seinen Schwanz zog und meine Hüfte mit Fingern anfasste, die sich anfühlten, als könne er nicht genug von mir bekommen, so als wäre er besessen von meinem Körper in dem Moment und...

„Oh Gott", schrie ich, als ich kam, mich so um Beau herum zusammenzog, so dass auch er anfing zu fluchen.

Zu sehen, wie er die Kontrolle verlor, war das Wahnsinnigste bisher. Er war ein Gott, normalerweise hatte er sich immer im Griff und endlich verlor er die Kontrolle. Meine Fingernägel gruben sich in seinen Rücken und ich hob meine Beine um seine Hüfte. Mehr, ich brauchte mehr von ihm. Ich brauchte ihn näher an mir. Ich brauchte ihn tiefer in mir, so tief, wie er nur konnte.

Sein Körper war mehr als gewillt, mir zu helfen. Seine Hände zogen mich an meiner Hüfte an ihn heran, während er tief in mir kurz davor war, das Ende zu erreichen. Seine Brauen waren mit einer Mischung aus Lust und Schmerz und Ekstase zusammengezogen, als er für nur einen kurzen

Augenblick komplett die Kontrolle verlor, während er sich in mir entlud...

Überall um uns herum schlugen die Stöcke auf den Bogen und es war, als würden unsere Höhepunkte selbst durch das Zimmer hallen.

4

Beau

ICH HATTE NOCH NIE ZUVOR mit einer Frau zusammenge-
wohnt. Wenn man von den Wochenendtrips absieht, hatte
ich noch nicht einmal zwei aufeinanderfolgende Nächte mit
irgendjemand anderem verbracht. Sich daran zu gewöhnen,
mit einem anderen Menschen denselben Raum zu bewoh-
nen, war wahrscheinlich eine größere Herausforderung als
alles, was die Ältesten mir zur Aufgabe würden machen
können.

Ich bin noch nie gut mit anderen klargekommen und
neue Freunde zu finden war nicht gerade eine meiner Stär-
ken. Und tatsächlich riss mir allein beim Warten auf
Abilene, während ich auf die geschlossene Tür des Bades
starrte, damit wir endlich ins Esszimmer gehen und dort
frühstücken konnten, bereits fast der Geduldsfaden. Meine
10.000 Schritte für den Tag hatte ich bereits fast alleine
durch das hin und her Tigern gemacht, was sicherlich nicht
gerade gut für den orientalischen Teppich unter meinen

Füßen war.

Ich klopfte an die Tür und fragte: „Abilene? Ist alles okay bei dir?"

„Ja, ich bin sofort fertig", rief sie zurück.

„Ich hatte Mrs. H gesagt, dass wir schon unten sein würden. Wir sind bereits fünf Minuten zu spät."

Ich hasste es, zu spät zu kommen. Ich konnte nichts weniger ausstehen als Menschen, die zu spät kamen. Wenn man zu spät kam, hieß das, dass man dachte, dass die eigene Zeit wertvoller sei als die des anderen. Wenn ich Bewerbungsgespräche für eine neue Stelle bei Radcliffe führte, verschwendete ich meine Zeit nicht mit den Bewerbern, wenn sie nicht wenigstens 10 Minuten vor Gesprächsbeginn erschienen waren. Wer zu spät zur Arbeit kam, wurde gefeuert. Jeder wusste, was ich erwartete und das nicht pünktliche Erscheinen war nichts, was ich tolerierte.

Ich hörte den Wasserhahn, die Toilettenspülung und schließlich kam Abilene heraus.

„Hui, warum hast du es so eilig?", fragte sie, während sie sich durch die Haare fuhr. Der Föhn war lange genug an gewesen. Ich ging nicht davon aus, dass sie noch irgendwas verbessern konnte.

Wenn ich ehrlich war, wirkte sie jetzt allerdings deutlich frischer und zugänglicher, als es in der letzten Nacht der Fall gewesen war. Andererseits war diese allerdings auch ein Wirrwarr des Wahnsinns und ich war tatsächlich jetzt schon bereit, sie zu vergessen. Sie war auch deutlich weniger schick angezogen. Anstatt des Ballkleides und des Diadems trug sie nun ein pinkes T-Shirts und blaue Jeans. Einfach, aber umwerfend. Ihre lange roten Haare fielen ihren Rücken hinab und ich musste mich wirklich zusammenreißen, damit ich nicht auf ihre Sommersprossen starrte, von denen ich wusste, dass sie mich vom Hocker hauen würden.

„Alles gut?"

Sie nickte und zog sich die Schuhe an. „Alles gut. Ich bin nur... nervös."

Ihre Antwort ergab Sinn. Wer wäre nicht nervös? Ich würde wirklich ihre Intelligenz anzweifeln, wenn sie nicht nervös wäre. Wir hatten kaum miteinander gesprochen, seit wir vor der Gruppe Männer in ihrem Umhängen Sex gehabt hatten und wenn man die Situation als unangenehm bezeichnen würde, dann wäre das wohl noch untertrieben.

Wir gingen in das Esszimmer und setzten uns. Es herrschte komplette Stille. Ich war froh, als Mrs. H das Zimmer betrat und die Stille, die uns zu ersticken drohte, unterbrach.

„Guten Morgen, meine Lieben. Ich hoffe, ihr seid hungrig. Ich habe den Koch ein Frühstück zaubern lassen, das für einen König gut genug wäre."

„Danke, Mrs. H", sagte ich. „Ich bin kein riesiger Fan von Frühstück, aber aus Respekt vor Ihnen würde ich alles essen."

„Ja, danke", fügte Abilene hinzu.

Mrs. H verschwand und die Stille kehrte zurück. Ich schätze, ich hätte es dabei belassen können, aber andererseits wären es brutale 109 Tage gewesen, wenn wir nicht lernten, miteinander zu sprechen. Andererseits hatte ich allerdings auch das Gefühl, dass ich den ersten Schritt würde tun müssen.

„Ich habe mir gedacht, dass wir Regeln aufstellen sollten", begann ich die Unterhaltung, genau wie ich jedes Meeting mit Kollegen an einem Konferenztisch anfangen würde. „Vielleicht können wir einen Vertrag aufsetzten, dem beide zustimmen, damit wir wissen, woran wir sind.

Dann können wir uns sicher sein, dass keiner von uns das Risiko eingeht, den anderen wütend zu machen und wir können eine Geschäftsbeziehung eingehen, die von Erfolg gekrönt sein wird."

„Vertrag?", schnaubte sie und zog eine Augenbraue nach oben. „Komisch, dass wir bei unserem ersten Treffen keinen *Vertrag* schließen mussten."

Und wir waren wieder bei dem Thema.

Ich hatte gehofft, dass wir die Tatsache, dass ich diese Frau einst gekannt und sogar meinen Schwanz in ihr hatte, einfach vergessen konnten. Ich konnte mich nicht genau daran erinnern, wo wir uns begegnet waren, und ich wollte ihre Gefühle nicht verletzen. Ich wollte ganz gewisslich nicht wie ein Arschloch aussehen, obwohl ich mich so fühlte.

„Du kannst dich nicht an mich erinnern, oder?"

Super. Sie konnte meine Gedanken lesen.

„Lass mich deinem Gedächtnis auf die Sprünge helfen", fuhr sie fort. „Es war vor ein paar Monaten in Moody's Bar. Du und ich hatten etwas miteinander. Ein One-Night-Stand, aber wir haben definitiv eine wilde Nacht daraus gemacht."

Und da war sie. Ja... ich konnte mich jetzt an sie erinnern.

Oder zumindest an das, was ich von dieser Nacht, an der ich fast ein Blackout gehabt hatte, was ich tatsächlich bereute, noch wusste. Dass ich ein Mädchen gefickt hatte, an das ich mich kaum erinnern konnte... So was mache ich normalerweise nicht und jetzt saß mein Fehler, den ich in einer feucht-fröhlichen Nacht begangen hatte, direkt vor meiner Nase.

„Es tut mir leid. Ich habe an dem Abend viel getrunken", sage ich leise und schäme mich dafür, dass diese Worte jemals über meine Lippen kommen mussten. Ich war kein

Alkoholiker oder Mietglied in einer Studentenverbindung, der an einer Bier-Bong zog. Ich war stolz darauf, dass ich erwachsener war als die meisten in meinem Alter und trotzdem hatte ich etwas Unüberlegtes getan, was meinen eigenen Ansprüchen nicht genügte.

Sie zuckte mit den Schultern. „Das hatten wir beide. Es ist, wie es ist."

„Ihr kennt euch?", fragte Mrs. H als sie mit einem Tablett hereinkam, weil sie offenbar den letzten Rest unserer Unterhaltung mit angehört hatte.

Ich wurde rot und hasste, dass Mrs. H unsere Unterhaltung mit angehört hatte, aber ich konnte nichts weiter tun, als hocherhobenen Hauptes hier zu sitzen und so zu tun, als sei es keine große Sache. „Nicht wirklich."

Mrs. H warf Abilene einen skeptischen Blick zu. Diese rutschte auf ihrem Stuhl hin und her und ergriff ihre Serviette.

„Wir sind uns einmal in einer Bar begegnet. Als ich sie letzte Nacht im Ballsaal gesehen habe, dachte ich, dass ich sie erkannt hätte", fügte ich hinzu.

„Du hast eindeutig einen Typ", sagte Abilene, die blass zu werden schien, während Mrs. H sie musterte.

„Mhhh", sagte Mrs. H und lenkte ihre Aufmerksamkeit dann erneut auf mich. „Genießt euer Frühstück." Sie drehte sich ohne ein weiteres Wort auf dem Absatz um.

„Ich glaube, sie mag mich nicht sonderlich", murmelte Abilene, während sie eine Gabel Eier nahm.

„Es dauert eine Weile, bis Mrs. H mit Fremden warm wird. Wenn sie das aber erst einmal tut, dann liebt sie einen für immer. Sie ist eine Person, die man auf seiner Seite haben will."

„Ich kann auf mich selbst aufpassen, danke."

Ich war dankbar dafür, dass die Unterhaltung darüber,

dass wir Sex gehabt hatten und ich mich kaum daran erinnern konnte, von Mrs. H unterbrochen worden war und beschloss, die Kontrolle über den Morgen zu ergreifen, so gut ich eben konnte, damit ich nicht wieder darüber sprechen musste.

„Also wegen des Vertrages", begann ich. Ich war aufgestanden und öffnete einige Schubladen im Zimmer, bis ich einen Stift und einen Notizblock gefunden hatte. Dann setzte ich mich wieder und machte mich bereit, zu schreiben. Dabei nippte ich an meinem Kaffee. „Welche Regeln wären dir wichtig?"

„Regeln?", fragte sie mit vollem Mund.

„Ja, Regeln. Beispielsweise wie wir schlafen werden. Wir haben letzte Nacht beide im Bett geschlafen, aber ist das für dich okay, wenn wir das weiterhin machen?"

„Haben wir eine Wahl? Es ist nicht so, als wären uns getrennte Schlafzimmer oder so angeboten worden."

Ich hätte anbieten können, auf dem Boden zu schlafen, aber die Vorstellung, das zu tun, erschien mir schrecklich und mir machte es nichts, neben ihr zu schlafen, wenn es ihr auch nichts ausmachte.

„Okay", sagte ich und begann auf dem Papier zu schreiben. „Wir werden gemeinsam im selben Bett schlafen." Ich sah zu ihr auf. „Ich kuschele nicht."

„Ich auch nicht", sagte sie mit einem Grinsen, bevor sie ihr Glas Saft anhob, um zu trinken.

„Okay, was ist mit Sex?"

„Was meinst du? Ich bin mir ziemlich sicher, dass sie weiterhin erwarten werden, dass wir Sex miteinander haben, während wir hier sind. Wenn die Gerüchte stimmen, werden wir sogar ziemlich viel Sex haben."

„Ich meine, wenn wir alleine im Zimmer sind."

Sie hielt einen Moment inne und unsere Blicke trafen

sich. „Ich denke nicht, dass unser Zimmer anders als der Rest der Villa ist. Sex ist möglich. Es ist, wie es ist."

„Richtig es ist, wie es ist", stimmte ich ihr zu und stellte fest, dass ich ihre gelassene Art unglaublich erfrischend fand. Andererseits brachte sie jedoch die Alarmglocken in mir zum Klingeln. Wieso war es ihr egal, ob wir Sex miteinander hatten oder nicht?

„Was ist mit dir?", fragte sie. „Möchtest du, dass wir miteinander schlafen, wenn wir nicht müssen?"

Ich zuckte mit den Schultern, sah hinab auf das Papier und begann zu schreiben. „Ich schreibe einfach auf, dass es uns beiden egal ist, ob wir in unserem Schlafzimmer Sex haben oder nicht. Wenn es passiert, dann passiert es." Ich sah wieder zu ihr hinauf. „Gibt es Dinge, die du nicht tun möchtest?"

Sie war einige Augenblicke lang still, während ihre Augen über mein Gesicht wanderten. „Hast du welche?"

Ich hasste es, wenn Menschen Fragen mit einer Gegenfrage beantworteten, entschloss mich jedoch, ihr die Antwort nicht schuldig zu bleiben. „Ich küsse nicht. Küssen ist für Liebe und Gefühle. Es ändert alles und es könnte das hier komplizierter machen. Ich mag es, alles möglichst schwarz und weiß und so sauber wie möglich zu halten."

Sie schenkte mir ein schiefes Grinsen und nickte langsam. „Ja, das war bei unserem ersten Mal auch so. Küssen ist nicht erlaubt. Verstanden."

Ich hatte sie wütend gemacht. Ich konnte es an der Art und Weise, wie sie sich anspannte und die Zähne zusammenbiss, erkennen. Aber ich konnte auch erkennen, dass sie sehr geübt darin war, die Fassung zu bewahren. Das gefiel mir, denn ich wusste, dass das genau das war, was man während der Rituale können musste.

„Ich habe nichts", sagte sie. „Warte... doch, habe ich

wohl. Du kannst mich nicht anpinkeln oder ankacken oder so was."

Ich kicherte. „Das erscheint fair." Ich schrieb es in den Vertrag, konnte mir das Grinsen dabei allerdings nicht verkneifen.

„Machst du das mit jeder Frau?", fragte sie. „Setzt du immer erst einen Vertrag auf?"

Ich beendete meinen Satz und sah zu ihr hinüber, während ich den ersten Bissen von meinem Frühstück nahm. „Ich glaube, wir sind uns einig, dass das hier eine andere Situation ist als bei einer normalen Beziehung. Es ist nicht so, als hätten wir uns das hier ausgesucht."

„Aber das haben wir", warf sie ein. „*Du* hast es. Du hast mich ausgesucht. Zweimal." Das Lächeln war zurück.

Ich seufzte, während ich zu Ende kaute. Mir wurde klar, dass Abilene die Nacht in der Bar nicht einfach vergessen würde. Ich musste mit ihr darüber sprechen, egal ob ich es wollte oder nicht.

„Wegen der Nacht. Ich möchte mich gerne entschuldigen. Ich bin mir sicher, dass ich danach nicht angerufen habe..." Ich räusperte mich. „Ich habe normalerweise keine One-Night-Stands. Ich bin an dem Abend mit Freunden ausgegangen, habe viel zu viel getrunken und mich leider komplett anders verhalten als sonst. Ich möchte mich entschuldigen, falls du dachtest, dass es mir nicht genug bedeutet hat, um mich daran zu erinnern. Das ist nicht der Fall. Ich kann mich einfach nicht an viel von dem Abend erinnern."

Sie legte den Kopf zur Seite und starrte mich an. „Ich hatte nicht mehr von dir erwartet als die Nacht. Mach dir keine Sorgen." Sie lächelte, während sie ihr Glas leer trank. „Aber danke, dass du dich dafür entschuldigst, dass du mich vergessen hast. Ich muss sagen, das war erste Mal, dass man sich nicht an mich erinnert hat."

Das konnte ich ihr leicht glauben. Ich sah wieder auf den Vertrag hinab, nachdem ich einen großen Bissen von meinem Bacon genommen hatte. Während ich kaute, fragte ich: „Also, dieser Vertrag. Gibt es etwas, was du hinzufügen möchtest?"

„Ich möchte es bis zum Ende schaffen", erklärte sie geradeheraus. „Ich habe vor, das zu bekommen, wofür ich hergekommen bin."

Ich nickte. „Ich auch."

„Wie du vorhin gesagt hast", fuhr sie fort. „Das hier ist ein Geschäft. Ich möchte am Ende bezahlt werden."

„Dafür mache ich dir keine Vorwürfe. Das würde dein Leben ändern."

„Ja, das würde es."

„Ich werde noch etwas zum Vertrag hinzufügen", sagte ich und begann zu schreiben. „Ich muss zwischen neun und fünf in Ruhe gelassen werden. Ich werde eine Mittagspause machen, aber ich muss arbeiten. Ich kann mich nicht um deine Unterhaltung kümmern."

„Und was genau soll ich machen?"

Das war eine gute und eine ehrliche Frage. Ich hätte gewisslich keine Ahnung, was ich 109 Tage lang tun sollte, wenn ich nicht die Arbeit hätte. „Denk darüber nach und lass es mich wissen. Ich werde dafür sorgen, dass wir es bekommen. Ein Hobby? Bücher? Was immer du möchtest und brauchst, frag einfach danach."

„Egal was?" Ihre Augen weiteten sich.

„Egal was", betonte ich.

„Ich habe gehört, dass die Rituale nicht gerade leicht sind", sagte sie leise.

„Das ist eine Untertreibung. Sie werden uns beide an

den Rand des Wahnsinns bringen. Wir werden beide abbrechen wollen. Sie werden dich erniedrigen. Dich behandeln, wie keine Frau behandelt werden sollte, und sie werden meinen moralischen Kompass so aus dem Gleichgewicht bringen, dass ich es vielleicht nicht schaffen werde."

„Das ist mir egal", sagte sie. „Wir geben nicht auf. Egal, was passiert."

Ich lehnte mich auf dem Stuhl zurück und betrachtete die Frau, die mir gegenübersaß. Sie war so entschlossen. Hatte ein Feuer. Und zum ersten Mal, seit ich sie ausgewählt hatte, kam mir der Gedanke, dass sie vielleicht die Richtige sein könnte. Sie schien den Willen und die Kraft zu haben, die wir beide brauchen würden, um die Ältesten in diesem kranken Spiel zu schlagen.

„Ich hoffe, dass du das wirklich so meinst", erklärte ich. „Ich möchte das hier genauso sehr wie du. Das Imperium meiner Familie steht auf dem Spiel. Mein Erbe, meine Zukunft. Das hier muss einfach funktionieren."

„Was ist das Imperium deiner Familie?"

„Uns gehört Radcliffe Juweliere und Import. Wenn ich es bis zum Ende schaffe, werde ich nicht nur Mitglied im Orden des Silbernen Geistes, sondern übernehme auch die Geschäftsführung."

Sie pfiff. „Mann, du musst wirklich reich sein." Sie lachte, während sie sich im Zimmer umsah. „Ich bin jetzt in deiner Welt. Hier bin ich blind, also musst du für mich sehen."

Ich nickte und war froh darüber, dass sie das erkannt hatte. „Das habe ich vor. Mein Freund Montgomery Kingston, der kürzlich das Aufnahmeritual absolviert und bestanden hat, hat gesagt, dass wir es nur schaffen werden, wenn wir einander vertrauen und als ein Team agieren."

„Ich vertraue niemandem", fuhr sie mich an.

„Und ich bin nicht gut in Teamarbeit. Normalerweise bin ich Einzelgänger."

Sie schnaubte und schob den Stuhl zurück, bevor sie die Arme vor der Brust verschränkte. „Ich schätze, dass wir uns ändern müssen."

„Oder einen Weg finden müssen, wie wir es ändern." Ich nickte, hob den Vertrag vom Tisch und ging zu ihr hinüber. „Bist du bereit zu unterschreiben?"

Sie nahm den Stift aus meiner Hand, las den Vertrag und unterschrieb, wobei sie einen Augenblick brauchte, fast so, als wäre es schwer für sie herauszufinden, wie sie unterschrieb. Ich war mir ziemlich sicher, dass sie es nicht gewohnt war, Verträge zu unterzeichnen.

„Fertig", erklärte sie und gab mir den Stift zurück. „Partner."

5

Abilene

AUF DER EINLADUNG, die wir wenige Tage später kurz nach dem Mittagessen erhalten hatten, stand keine Zeit, aber als die Sonne unterging, schloss Beau seinen Computer. Im Laufe des Tages hatte er kaum ein Wort gesagt, aber schließlich sah er zu mir herüber und erklärte: „Es ist an der Zeit. Mach dich bereit. Zieh dich aus."

Ach, dieser Kerl war wirklich liebevoll.

Es war ein wenig, als hätte er einen Schalter umgelegt. Er war nicht mehr der dominante Mann, der flirtete und vor so langer Zeit in der Bar meine Aufmerksamkeit verlangt hatte. Ich erinnerte mich noch immer daran, wie er auf der Tanzfläche zu mir herübergekommen war, seine Hände auf meinen Körper gelegt hatte und mit mir auf eine Weise getanzt hatte, die mir gezeigt hatte, dass er genau wusste, was er mit mir zu tun hatte, bevor er mir ins Ohr geflüstert hatte, dass er gerne mit mir nach Hause gehen würde.

Ich schätze, es war nicht wirklich wahr, dass dieser

Mann nicht im Geringsten war, wie der Mann, den ich in dieser Nacht kennengelernt hatte. Er war immer noch unglaublich dominant.

Er war nur nicht mehr an mir interessiert.

Ob das meinen Stolz verletzte? Natürlich ein wenig schon. Aber ich war nicht wegen meines verletzten Stolzes hier. Nein, ich war aus einem deutlich wichtigeren Grund hier.

Und es war an der Zeit, dass ich daran dachte.

Ich musste herausfinden, was für ein Mann Beau Radcliffe wirklich war. Dann würde ich mich entscheiden müssen, wie ich ihn am besten manipulierte, um das zu bekommen, was ich wollte.

Ich würde die gesamte Situation kontrollieren.

Das Leben hatte es mir von dem Tag an schwer gemacht, an dem mein Vater uns verlassen und meine Mutter sich entschieden hatte, dass der Bastard ihr mehr bedeutete als ihr eigenes Leben – oder ich. Eine unschuldige, wehrlose Sechsjährige.

Ich war einfach nur ein bisschen zu schlaksig und voller Unsicherheit, die sich in Verhaltensauffälligkeiten niedergeschlagen hatte, so dass mich niemand adoptiert hätte, nachdem sie sich selbst das Leben genommen hatte.

Also wurde ich in Gruppenwohneinrichtungen gesteckt, von Pflegefamilie zu Pflegefamilie gereicht – geriet von einer beschissenen Situation in die nächste.

Aber die Tage, in denen ich diese traurige Geschichte erzählte, waren gezählt.

Jetzt war ich hier. Alles würde sich ändern. Ich hatte vor, dafür zu sorgen, dass es sich verdammt noch mal änderte. Meine Augen verengten sich zu Schlitzen, als ich Beau ansah, während ich die Leggins und Unterwäsche auszog und sie wegtrat. Da ich den ganzen Tag nichts anderes zu tun gehabt hatte, hatte ich extra viel Zeit in der Dusche verbracht. Ich hatte mich rasiert und Bodylotion aufgetragen, bis meine Haut einen schönen Glanz hatte. Ich sah nackt unglaublich gut aus.

Beau warf mir nicht einmal einen Blick zu. Bastard.

Ich verzog das Gesicht, zuckte mit den Schultern, drehte mich um und hob dann langsam meine Leggins vom Boden auf, wobei ich den Hintern in die Höhe streckte. Ich sah mich nicht um, um herauszufinden, ob das seine Aufmerksamkeit erregt hatte. Ich würde drei Monate hier haben. Ich konnte mir Zeit lassen.

Außerdem war das Flirten mit ihm gerade einfach nur Ablenkung. Ja, ich war aufmerksam, versuchte jedes Detail an ihm zu bemerken, aber ich war wegen heute Abend nervös. Wenn das Flirten mich zumindest ein wenig ablenken konnte, nun, dann war das wirklich gut.

Denn der Glasdildo, den die alte Dame zusammen mit der Einladung für den heutigen Abend in der Kiste gebracht hatte?

Der war wirklich nicht klein.

Und auch wenn ich vor der echten Abilene so getan hatte, als wären diese Rituale keine große Sache, war ich von all den Leuten, die bereit gewesen waren, über das zu sprechen, was hier geschah, immer wieder mit Schütteln und gesenktem Blick gewarnt worden, dass das, was hier auf Oleander passierte, nichts für zartbeseelte Menschen war.

Ich hatte nicht so lange in dieser Welt überlebt, weil ich eine Idiotin war. Und diese reichen Wichser wählten nicht grundlos die Mädchen aus, die es nicht einfach gehabt hatten. Nein, die Reichen suchen sich die Armen aus, um mit ihnen zu spielen, weil sie nicht die Möglichkeiten hatten, sich gegen Ausbeutung zu wehren. Sie konnten uns ficken, Steine in den Weg legen, terrorisieren und ihre kranken Spiele mit uns spielen, uns gebrochen zurücklassen und sich dann den schönen Dingen des Lebens widmen, ohne dass es für sie Konsequenzen hatte.

So lief es nun mal in dieser Welt.

Nun, dreimal dürft ihr raten...

Ab und an fickten die Gefickten einen ebenfalls.

Als Kind war ich machtlos gewesen. Nicht mehr.

Ich ergriff den Glasdildo an den Eiern... Wirklich den Eiern, denn diese waren riesig und ebenfalls aus Glas – und drehte mich um. Beau hatte mir tatsächlich doch auf den Arsch geschaut, aber ich hielt mich einfach am Dildo fest und zeigte nicht, dass mich das freute.

„Ich bin bereit, gefickt zu werden", erklärte ich frech und hob den Dildo hoch, so als würde ich ihm zuprosten. „Was ist mit dir?"

Nun, diese Perverslinge wussten wirklich, wie man eine Wahnsinnsparty schmiss. Das musste ich zugeben.

Als wir das Ende der Treppe erreichten und in den Ballsaal traten, hatte sich dieser komplett verwandelt. Überall waren Spiegel angebracht worden. Sie waren an den Wänden, an der Decke und überall im Raum waren Standspiegel aufgestellt worden.

Als wir hereinkamen, schritten nackte Frauen in einer Reihe herein, so als wären sie die Tempelfrauen eines uralten Sexkults. Ich erkannte ein paar von ihnen. Sie waren mit mir beim Aufnahmeritual gewesen. War es so, dass man trotzdem noch als Sexspielzeug herbestellt wurde, wenn man es nicht schaffte? Sie kamen herein, hatten die Köpfe gesenkt, wie gehorsame kleine Sexsklaven.

Genau wie ich hielten sie alle Glasdildos in den Händen.

Überall um uns herum waren die Männer in ihren Umhängen. Einige hatten ihre Hände darunter und begannen, ihre Schwänze zu streicheln. Einige holten sie hervor und machen sie ohne Scham vor unseren Augen hart.

Einer der Männer in den silbernen Umhängen schlug mit seinem Gehstock auf den Boden und machte einen Schritt nach vorne, in die Mitte des Saals. „Wir sind hier, um das altertümliche Ritual durchzuführen, dass den Teufel in diesem Raum führt, damit wir ihn wegen seiner eigenen Eitelkeit in diesen Spiegeln fangen können. Damit das passieren kann, müssen wir ihm ein verführerisches Szenario anbieten. Wir müssen die dunkelste, sündigste Ausschweifung präsentieren. Gebt euch jedem lüsternen Impuls hin. Haltet euch nicht zurück."

Er drehte sich zu den Frauen um. „Gebt eure Körper als Opfer für eure Herren. Tut alles, was sie wollen oder verlasst augenblicklich den Saal. Habt ihr verstanden?"

Die Frauen nickten gehorsam.

Dann drehte der Älteste sich um und sah mich mit durchdringendem Blick an. „Hast du verstanden? Wirst du deinen Körper komplett dem geben, der dich beherrscht?"

Mein Blick fiel auf Beau. Bisher schien er mir kaum Aufmerksamkeit zu schenken, aber die Frage des Ältesten hatte sein Interesse erweckt. Er streckte die Hand aus und ergriff mein Kinn fest, bewegte meinen Kopf, sodass ich nickte.

Dann antwortete er für mich. „Meine Schönheit wird mir komplett gehorchen."

Das stieß mir zeitgleich unangenehm auf und machte mich geil. Verdammt. Ich wollte in die Hand beißen, die noch immer mein Kinn umschloss, besonders, als er sie zu meinem Hals gleiten ließ und mit dem Daumen über meine Lippen rieb.

Als die anderen Frauen sich um uns herum im Saal verteilten, ließ er von meinem Hals ab. Die Ältesten bewegten sich durch den Raum, als sich Beine spreizten und die Frauen begannen, sich selbst mit den Dildos zu nehmen.

Ich ging auf die Zehenspitzen, um näher an Beaus Ohr zu gelangen: „Ich schätze, ich verführe dann besser den Teufel."

Sein Gesicht verriet nichts über das, was er dachte, als ich mich auf der Bank, die uns am nächsten war, niederließ, mich zurücklehnte und mit den Augen fest auf ihn gerichtet meine Beine öffnete.

Ich hatte mich auch dort unten rasiert, sodass ich seidig und komplett ohne Behaarung war. Ich hatte eine schöne Muschi. Ich war eine Frau, die sich sehr wohl ihrer Vorzüge bewusst war. Meine Schönheit war mir bekannt. Ich hatte eigentlich immer eine Hass-Liebe zu meinem Körper gehabt. Auch wenn ich als Jugendliche schlaksig und komisch gewesen war, hatte sich spät in der Pubertät alles zum Guten gewendet.

Einige Frauen in meinem Geschäft agierten als Huren, um sich den Lebensstil der Reichen und Berühmten zu ermöglichen. Das war nie etwas für mich gewesen. Tina fand, dass ich es versuchen sollte. Sie hatte gesagt, dass wir auf Ibiza leben könnten, wenn ich nur den richtigen Kerl erwischte. Mit 1,62 m war sie immer eifersüchtig auf meine langen Beine gewesen. Ich war 1,75 m und hatte mit neunzehn endlich die ersten Kurven bekommen. Während meiner Kindheit hatte ich immer kurze Haare gehabt und es war schön, endlich nicht mehr für einen Jungen gehalten zu werden.

Natürlich war es das gewesen, was zu Problemen zwischen mir und Tina geführt hatte. Ich war nicht mehr einfach ihr hässlicher Handlanger, der an einen Jungen erinnerte. Sie war es gewohnt gewesen, der Star zu sein, und als ich anfing, mehr Aufmerksamkeit von unseren Zielen zu bekommen... und von ihrem eigenen Freund... Nun, da hätte mir eigentlich klar sein müssen, dass meine Tage gezählt waren. Es war egal, dass sie die einzige Person war, die ich jemals als Familie angesehen hatte.

Das Wort Familie hatte für Tina nie irgendeine Bedeutung gehabt. Das hatte sie mir wirklich oft genug gesagt. Ich dachte nur immer, dass sie damit alle anderen gemeint hatte. Nicht uns. Nicht mich. Ich hatte gedacht, dass wir für immer Schwestern sein würden.

Ich hatte mich geirrt. Ich hatte mich bezüglich vieler Dinge geirrt.

Also hatte ich die wichtigste Lektion meines Lebens von Tina gelernt. Es war eine gewesen, die ich schon deutlich früher hätte lernen sollen.

Man konnte in diesem Leben niemandem vertrauen. Man konnte sich niemals wirklich auf jemand anderen verlassen. Jede Frau kämpfte für sich alleine.

Benutze andere oder werde benutzt.

Und verdammte Scheiße, ich war es wirklich leid, am falschen Ende dieser Gleichung zu stehen.

Also spreizte ich die Beine, ließ den Kopf in den Nacken fallen, bis ich meinen schönen, vollen, jungen Körper im Spiegel über mir sah und stöhnte, als ich den kalten Glasdildo in meine schöne, kleine Muschi einführte.

Nein, ich würde keine Hure werden, aber ich würde alles andere tun, um das zu bekommen, was ich verdiente. Ich würde guten Sex haben. Ich würde das Leben haben, was ich mir wünschte. Das Leben, dass ich nach all dem Scheiß, den ich durchgemacht hatte, verdiente. Wenn man bedachte, was ich am Ende bekommen könnte, dann gab es kein Risiko, das ich nicht eingehen würde, damit meine Träume wahr würden. Ich würde mich auf niemand anderen als mich selbst verlassen. Für mein Vergnügen. Für meine Zukunft.

Ich zog mich um den Dildo zusammen, drückte die Brust nach oben. Ich performte und während ich performte, wurde ich selbst geil.

Ich würde Beau Radcliffe in Versuchung bringen. Ich würde den Teufel selbst in Versuchung bringen. Ich würde alles riskieren, meinen Körper und meine Seele darlegen, denn das war es, was man tat, wenn man sich verdammt noch mal weigerte, einfach aufzugeben.

Ich spannte meine Muskeln an und fühlte den Dildo in mir. Das Glas wurde langsam wärmer und ich schob ihn ein wenig tiefer in mich hinein. Ich hörte auf meinen Körper und streckte meine eigene Hand aus.

Ich fasste mich genau an der richtigen Stelle an, ich wusste, wie ich mich selbst geil machen konnte. Meine Hand hatte Erfahrung darin, mich genauso anzufassen, wie ich es im Dunkeln tat, wenn mir niemand zusah.

Nur dass mir diesmal andere Menschen zusahen. Tat er es auch?

Sah er mir zu? Konnte Beau sehen, wie ich mir selbst das beste Vergnügen bereitete? Sah der Teufel mir zu? Konnte er sehen und mitmachen, wenn wir uns selbst diesem guten und großen Vergnügen hingaben?

Ich bezweifelte, dass es den Teufel oder einen Gott gab, aber ich würde mich selbst anfassen und an all diese überirdischen Dinge denken, während andere eifersüchtig zusahen. Sie schuldeten mir etwas. Sie schuldeten mir diesen Orgasmus und noch Tausende mehr.

Ich dachte an die kalten Nächte im Keller, in den meine zweite Familie mich für ein sogenanntes Time-out sperrte.

Manchmal für die Nacht oder manchmal für einen ganzen Tag, wenn sie mich vergaßen oder sich nicht um mich kümmern wollten.

Ja, ich hatte all die Orgasmen, all die schönen Gefühle, die Freude verdient, die ich in diesem Leben bekommen konnte, und ich würde sie mir verdammt noch mal nehmen.

Ich stieß den Dildo mit langen und langsamen Stößen in mich und ließ die Finger im Kreis über meinen Kitzler gleiten, erlaubte mir den Blick durch den Saal.

Direkt neben mir ergriff ein Ältester den Dildo, den ein Mädchen vorsichtig an sich gerieben hatte. Er warf ihn achtlos auf den Boden. Er war so gut gemacht, dass er nicht zerbrach, sondern einfach nur mit einem Knall landete und mit einem kleinen Knacks am Glied liegen blieb. Wie achtlos sie mit ihren wertvollen Spielzeugen umgingen.

Aber ich konnte nicht bestreiten, dass es geil war, als er die Schönheit an der Hüfte ergriff und sie auf das Sofa zog, auf dem sie gelegen hatte, sodass sie auf ihren Händen und Knien war. Es war ein Mann mittleren Alters mit einem kurzen, dicken Schwanz, aber als er den Umhang zur Seite schob, kam sein trainierter Bauch zum Vorschein. Sie bewegte ihren Hintern, so als würde sie seine nächste Handlung vorhersehen. Er schlug dem Mädchen auf den Arsch und die Backen bebten nach dem Auftreffen der Hand.

Er ergriff ihre Hüften und versenkte seinen Schwanz in ihr. Als er ihn wieder herauszog, war er definitiv länger geworden. Sie kreischte vor Überraschung, als er wieder in sie stieß.

„Drück meinen Schwanz", verlangte er. „Ja, genau so." Er schlug ihr wieder auf den Arsch, als er herausglitt und sein Glied dann wieder in sie hineinrammte.

Ich könnte die Feuchtigkeit und das Schlagen jedes Mal

hören, wenn er in sie glitt, als er wirklich damit anfing, sie zu nehmen und verdammte Scheiße – es war geil.

Tina und Mick hatten Sex, wenn ich da war, aber ich verzog mich immer oder schlug die Tür hinter mir zu, wenn sie anfingen. Und natürlich hatte ich als Jugendliche viele Leute Sex haben gehört, denn Wohnwägen waren nicht gerade für ihre dicken Wände bekannt. Nichts von dem hatte ich jemals sonderlich erregend gefunden. Wahrscheinlich, weil ich all die Leute gekannt hatte und die meisten von ihnen ekelige Arschlöcher gewesen waren.

Das hier war anders. Ich meine, vielleicht waren diese reichen Bastarde im echten Leben auch eklige Arschlöcher. Aber sie waren nicht Teil meines echten Lebens. An diesem Ort manifestierte sich eine unglaubliche Fantasie.

Und ausnahmsweise war ich freiwillig hier.

Also gab ich mich ihr hin. Ich sah den beiden zu, war nur wenige Meter von ihnen entfernt, während sie einander fickten. Für das, was sie taten, gab kein anderes Wort.

Er fickte sie. Sie heulte, so, als würde sie es mögen. Vielleicht tat sie nur so, aber ich war eine Frau und ich konnte andere gut einschätzen. Leute zu lesen war genau das, worin ich gut war. Ich glaubte nicht, dass sie nur so tat, besonders als er anfing, ihr den Hintern zu versohlen und sie noch wilder nahm. Sie drückte sich gegen ihn und wand sich auf seinem Schwanz.

Ich zog mich um den riesigen Dildo in mir zusammen und mir wurde flau im Magen. Dann drehte sich mein Kopf fast unfreiwillig.

Sah Beau den Leuten ebenfalls beim Ficken zu oder beobachtete er mich? War er geil? Fasste er sich selbst an.

Aber er war nicht mehr dort, wo ich ihn zuletzt gesehen hatte. Er stand nicht mehr in meiner Nähe. Nein, der Bastard hatte sich an die Bar verzogen. Er holte sich einen

Drink und unterhielt sich mit seinem Freund. Er blickte nicht einmal in meine Richtung oder in den Raum voller Sex.

Ich biss die Zähne zusammen.

Er machte mich wütend, das konnte ich nicht bestreiten. Ich kochte vor Wut. Ich war unglaublich geil.

Ich wollte seinen Schwanz in mir, nicht diese harte, kalte Imitation eines Mannes. Ich schloss die Augen und drehte den Kopf von ihm weg, wollte nicht, dass er wusste, dass ich nach ihm Ausschau gehalten hatte.

Aber die Augen zu schließen half nicht, denn ich war augenblicklich wieder in meiner ersten Nacht hier, fühlte seinen Körper über meinem. Ich erlebte das, was vor zehn Minuten passiert war, als sein fester, bestimmender Griff an meinem Hals mein Handeln bestimmt hatte. Beide Male hatte er seinen Daumen auf meinen Lippen gehabt. In meinem Mund.

Ich verkrampfte mich um den Dildo. Mein erster Orgasmus und ich erwartete, dass noch viele folgen würden.

Scheiße, alleine der Gedanke an ihn führte dazu, dass ich kam.

Aber das hatte ich bereits gewusst oder nicht? Seit unserer ersten Nacht vor über zwei Monaten war er das gewesen, woran ich dachte, wenn ich mich selbst befriedigte. Er hatte mich nicht für andere Männer versaut. Dass ich jetzt dasselbe Mantra wiederholte, wie es mir schon Tausende Male seit der Nacht in den Sinn gekommen war, half nicht.

Besonders weil ich noch immer einen riesigen Dildo in mir hatte und die Sexgeräusche um mich herum immer lauter wurden.

Scheiß auf Beau Radcliffe. Das hier ging nicht um ihn! Es ging alleine um mich. Mich und meine Zukunft. Mich und meine wunder, wunderschöne Zukunft und das perfekte Leben, das ich haben würde. Ich würde auch nicht darauf warten, dass ich es endlich bekam. Ich würde es von jetzt an haben. Genau in diesem Mund, mit einer Vielzahl unglaublicher Orgasmen, die ich mir selbst gab, ganz alleine.

Ich öffnete die Augen und sah hinauf zur Decke, in den Spiegel, wo ich mich selbst sah, mit weitgespreizten Beinen, geröteter Haut und einem Dildo in mir, während die andere Hand auf meinem Kitzler lag.

Ich war geil. Ich war sexy. Ich würde meine Höhepunkte haben, selbst wenn ich mir Beau Radcliffe vorstellen musste, um sie zu bekommen. Also gab ich nach und stellte mir seinen Körper über meinem vor. Im Spiegel stellte ich mir vor, wie er auf mich stieg.

Ich stellte mir vor, wie er mir den Dildo aus der Hand nahm und ihn auf den Boden warf, so wie der andere Mann es getan hatte. Ich stellte mir vor, wie er seinen perfekten Schwanz herausholte und in mich stieß, weil er sich nicht länger beherrschen konnte. Er wäre steinhart, weil er mir zugesehen hatte und an mich gedacht hatte, auch wenn er nicht wollte, dass ich das wusste, weil er so getan hatte, als würde er etwas trinken und nicht wollte, dass ihn der Gedanke an meine heiße, enge Muschi in den Wahnsinn trieb.

Aber er war endlich an den Ort gekommen, an dem er hatte sein wollen, seit ich meine Leggins ausgezogen hatte. Oh Gott, er würde in mir versinken. Eine Hand wäre an meinem Hals, sein Daumen auf meinen Lippen und er würde in mich eindringen.

Ich würde direkt aufschreien, denn mit nur einem Stoß war ich schon am Kommen, als er den tiefsten Punkt in mir erreichte. Ja, oh Gott, ja...

Gott, was hatte dieser Mann mit mir gemacht? Es war nicht fair. Aber Gott, ich gab mich dem hin. Ich drückte mich gegen ihn. Sein Gewicht drückte mich nach unten. Er besaß mich, brachte mich an meine Grenzen, drückte sich gegen meinen Kitzler.

Ich schrie, als der Orgasmus mich noch höher brachte. Ich dachte, ich hätte das Maximum erreicht, aber ich hatte falschgelegen. Es war nur ein weiterer Zwischenstopp auf dem langen Aufstieg und ich bekam langsam eine Vorstellung von der Supernova, die mich am Gipfel erwarten würde.

Meine Beine begannen im selben Moment zu zittern, während immer wieder heftige Schauer meinen Körper mit Lust erfüllten. Oh Gott, so gut, so heftig, so perfekt und klar. Ich erschauderte erneut, weiteres Zucken, mehr. Oh Gott, mehr...

Ich rieb noch heftiger an meinem Kitzler, an meiner Berührung war nichts Sanftes mehr. Meine Augen waren geschlossen, während ich abwechselnd von Lust und Schmerz erfüllt war, voller Ekstase. Ich nahm mich selbst mit dem Dildo und drückte mich gegen meinen Kitzler als...

„Auf die Knie", befahl eine raue Stimme.

Ich öffnete die Augen und war wirklich geschockt, als ich Beau vor mir stehen sah. Es war nicht mehr nur eine Fantasie. Es war der echte Mann. Sein Gesicht war verzogen, seine Haut blass, aber in seinen Augen konnte ich es sehen – seine Augen brannten vor Lust.

„Auf die Knie", wiederholte er und diesmal zeigte er auf den Boden, so als hätte ich ihn beim ersten Mal nicht verstanden.

Ich tat, was er sagte. Oh, zum Teufel, ich tat, was er sagte. Besonders weil er grob an seinem Gürtel riss, so als könnte er das verdammte Teil nicht schnell genug aufbekommen.

Innerlich begann ich zu strahlen. Ich hatte Beau Radcliffe seine so geschätzte Kontrolle genommen. Genau wie in der Nacht, in der ich ihm das erste Mal begegnet war, begann sein Schutz zu brechen. In der Nacht war es wegen des Alkohols gewesen, aber gerade war es wegen mir. Ich hatte ihn hierzu gebracht.

Seine Augen machten klar, dass ich dafür bezahlen würde, besonders, weil ich mich nicht schnell genug bewegt hatte und er bereits seinen vollen, pulsierenden Schwanz herauszog.

Ich kletterte schnell von der Bank und ging vor ihm auf die Knie. Also ich begann, den Dildo herauszuziehen, schüttelte er ruckartig den Kopf.

„Fick dich weiter damit und beweg dich, wie gerade, während du mir einen bläst. Sorg besser dafür, dass du weiter so kommst wie gerade, während du mir den Schwanz lutscht. Ich möchte, dass du wild wirst. Aber wag es nicht, mich zu beißen."

Meine Zunge glitt über meine Lippen, während ich durch meine Wimpern zu ihm hinaufsah. „Ja, Sir."

Seine Nasenlöcher weiteten sich, so als würde er mich für meine Frechheit bestrafen wollen, aber ich nahm ihm den Dampf, indem ich mit meiner Zunge seinen Schaft berührte und das männlichste Stöhnen aus ihm herauskitzelte.

Ich konnte ihn nicht weiter ärgern, denn ich wollte ihn ehrlich gesagt genauso gerne in meinem Mund haben, wie er es zu brauchen schien. Normalerweise tat es nicht viel für mich, Männer oral zu befriedigen, aber genau wie der Sex mit Beau war das hier anders.

Zum einen war da die Art und Weise, wie er meinen Kopf ergriffen hatte. Er tat nicht das, was manche Männer taten. Er ergriff nicht meinen Kopf und hielt ihn still, damit er mich ficken konnte, als wäre ich eine Art Sexpuppe.

Nein, er hielt ihn fest und streichelte meine Haare von der Stirn nach hinten, was das Ganze irgendwie unglaublich... intim machte. Und ich konnte spüren, wie jede Bewegung meine Zunge etwas bei ihm bewirkte. Seine Beine und sein Bauch spannten sich als Antwort auf meinen Mund an und es war so. Unglaublich. Geil.

Meine eigene Erregtheit brauchte nicht lange für eine Rückkehr, besonders nicht mehr, als seine Hand in meine Haare glitt. Er ergriff einige Strähnen und zog meinen Kopf nach hinten, sodass ich in sein Gesicht aufsah, während mir sein Schwanz den Atem nahm. Unsere Blicke trafen sich und ich kam auf dem Dildo, der noch immer tief in mir steckte.

Seine Augen leuchteten zufrieden und sein Schwanz in meinem Mund spannte sich an und pulsierte. Er reagierte auf mich und ich reagierte auf ihn und es war das geilste Feedback. Lieber Gott, vielleicht war das der Grund dafür, dass der Sex mit ihm so gut war. Ich hatte noch nie zuvor einen Partner gehabt, der so mit mir auf einer Wellenlänge war. Meine Erregung machte ihn geil und ich hatte noch nie zuvor etwas so Heißes erlebt.

Besonders als sein Glied in meinem Mund härter und härter und unglaublich groß wurde. Ich sabberte um ihn herum, während er aus mir glitt und sich wieder und wieder zwischen meine Lippen drückte, sich selbst dabei zusah, wie er in mich hinein und wieder herausglitt, mir in die Augen sah, die Hand in meinen Haaren zusammenzog, so als wüsste er genau, dass meine eigene Lust von jeder seiner Berührungen bestimmt wurde.

Denn das wurde sie und ich verfluchte ihn dafür. Jedes Mal, wenn er die Hand ballte und an meinen Haaren zog, bekam ich den nächsten Orgasmus. Und wenn sie mich überwältigten, stöhnte, kreischte und summte ich um seinen Schwanz herum. Schließlich sah ich das Gesicht, dass ich mir so sehr gewünscht hatte... Der Augenblick, in dem er die Kontrolle verlor. Den Schmerz und die Lust. Beide Hände rissen an meinen Haaren, als hinge sein Leben von mir ab, während sein Schwanz tief in mich eindrang und seine Hitze sich in meine Kehle ergoss.

Ich saugte und schluckte und saugte und schluckte und verehrte und nahm es alles in mir auf, bis auf den letzten Tropfen.

Als er sich von mir löste und ich mich gegen die Bank fallen ließ, schlapp und trotzdem noch immer zuckend, dachte ich zum ersten Mal nach, während ich überrascht zu ihm aufsah. Oh Scheiße. Was, wenn ich das alles hier doch nicht unter Kontrolle hatte?

Denn dieser Mann war so anziehend, dass ich in seiner Nähe alles andere vergaß, alles, außer dem Gefühl von ihm auf meiner Haut.

Und das Verlangen, das Verlangen, das *Verlangen* nach mehr.

6

Beau

WENN ICH EHRLICH BIN, muss ich sagen, dass es fast unmöglich ist, eine Firma zu leiten, wenn man nur einen Laptop hat und mit einer Frau in einem Zimmer eingesperrt ist, die einen tief im Inneren zu hassen scheint. Wir hatten uns nicht gestritten. Tatsächlich hatten wir miteinander geschlafen. Nicht während der Rituale, wo wir es tun mussten, sondern ein paar Mal in diesem privaten Bereich, der nur uns gehörte.

Was konnten wir sonst schon groß machen?

Immerhin konnte ich mir mit ihrem geilen Körper ein wenig die Zeit vertreiben und ich hoffte, dass ich dasselbe für sie tat. Unsere Chemie war unglaublich und unsere Körper fügten sich zusammen, als wären sie füreinander gemacht worden. Wenn wir nicht hier wären und diese verdammten Umstände andere wären, dann wäre dieser Sex zweifelsohne der beste meines Lebens.

Ich wusste, dass ich von hier weggehen und es sehr

schwer finden würde, eine Partnerin zu finden, die es mit Abilene aufnehmen konnte. Das Mädchen wusste, wie man die Leidenschaft in meinem Körper erweckte. Sie war das Feuer, nach dem ich gesucht hatte und ein Teil von mir dachte, dass es eine wahre Schande wäre, sie gehen zu sehen, wenn das Aufnahmeritual vorbei wäre. Ich konnte mir leicht vorstellen, dass ich zu einem Junkie werden würde, der seine Dosis brauchte. Nur dass mein nächster Fix die Hitze zwischen Abilenes Beinen war.

Wenn ich ehrlich war, war das Schwerste an der Aufnahme nicht die Rituale selbst, sondern eher, dass wir hier eingesperrt waren. Ich glaube nicht, dass Menschen dafür gemacht wurden, in Käfigen eingesperrt zu werden und genau das waren wir. Manchmal wurden wir zum „Spielen" aus unserem Gefängnis gelassen, wenn man die Rituale so bezeichnen wollte. Und so krank all das war, freute ich mich tatsächlich auf eine merkwürdige Weise auf die Rituale. Immerhin hießen sie, dass wir etwas Neues sahen. Und das war genau das, was ich brauchte, etwas... Neues.

Ich saß in meinem Stuhl am Kamin, der brannte, obwohl es draußen heiß war. Auf Oleander lag irgendwie immer Kälte in der Luft. Ich hatte keinen Zweifel daran, dass das an den Geistern lag, die über die Flure wandelten.

Ich rief: „Abilene? Alles gut da drin?"

Die Frau verbrachte viel Zeit im Bad. Sie mochte es, heiß zu duschen, das stand fest. Was komisch war, war, dass sie eine natürliche Schönheit hatte und dass ihr Aussehen tatsächlich nicht viel Arbeit in Anspruch nahm. Und es war hart für sie zuzugeben, was der wahre Grund dafür war, dass sie sich so lange im Bad einschloss. Es lag daran, dass das der einzige Ort war, an dem sie mir entkommen konnte.

Es war ihr Zufluchtsort und ich konnte ihr nicht wirklich einen Vorwurf machen.

Anstatt von der anderen Seite der Tür zu antworten, wie sie es sonst tat, kam sie in den Raum gelaufen und fuhr sich mit ihren Finger durch ihre wunderschönen roten Locken.

„Es ist zum aus der Haut fahren", erklärte sie und sah mich böse an, während ich in meiner schwarzen Anzughose vor dem Laptop saß. „Mir ist so langweilig, ich könnte verrückt werden."

Ich nickte. „Ich kann dich verstehen. Ich habe den Überblick verloren, wie lange wir schon hier sind. Es scheint so, als wäre jeder Tag wie der andere."

„Immerhin hast du die Arbeit, um dich abzulenken", sagte sie und ließ sich mir gegenüber auf den Sessel fallen, wo sie die Arme vor der Brust verschränkte.

„Ich habe versucht, dir zu helfen. Ich habe dir jedes Buch besorgt, das du wolltest, habe dir Rätselhefte und Notizbücher besorgt... Ich versuche dir zu helfen."

Ihr Ausdruck wurde weich. „Das weiß ich doch." Sie seufzte laut und fragte: „Können wir spazieren gehen? Ich muss hier raus. Es ist so stickig."

„Wir haben eine unglaubliche Luftfeuchtigkeit und es hat über 35°C. Wenn wir jetzt raus gehen, ist es so, als würden wir direkt in das Höllenfeuer gehen."

„Trotzdem ist es eine andere Hölle als die, in der wir gerade sind."

Ich konnte ihr da nicht zustimmen. Das Letzte, was ich tun wollte, war, meinen verschwitzten Hintern der Hitze des Sommers in Georgia auszusetzen.

„Wie wäre es, wenn wir in Oleander spazieren gehen? Du hast bisher erst ein paar Zimmer gesehen und die Villa hat eine ziemlich beeindruckende Geschichte."

Ihre Augen begannen zu leuchten und sie nickte ein wenig zu aufgeregt. „Gott, ja. Egal, was."

Als wir das Zimmer verließen und hinuntergingen, verkündete ich ihr, dass wir im unteren Stockwerk anfangen und uns dann nach oben hinaufarbeiten würden.

„Dürfen wir einfach so durch die Villa spazieren?"

„Ja, wieso nicht? Als Kind habe ich ständig auf den Fluren dieses Hauses gespielt. Diese Villa war für mich und meine Freunde quasi ein Spielplatz."

„Ein komischer Ort, um zu spielen. Besonders wenn man all die teuren Antiquitäten hier bedenkt. Ich hätte Angst, dass ihr Vasen umschmeißen oder einen Teppich kaputtmachen würdet oder so."

Ich lachte. „Oh, du kannst mir glauben, das haben wir."

„Das Leben eines Kindes mit blauem Blut", murmelte sie.

Ich verkniff mir meine Bemerkung und sagte stattdessen: „Ich greife deine Vergangenheit nicht an, wenn du meine in Ruhe lässt." Ich atmete tief ein und mir wurde klar, dass wir auf unterschiedlichen Wegen gewandelt waren und sie meinen nicht verstand.

Sie war stehen geblieben und als ich mich umsah, um herauszufinden, wieso, trafen sich unsere Blicke. „Es tut mir leid. Du hast vollkommen recht. Das war unhöflich von mir." Sie hielt wieder mit mir Schritt. „Erzähl mir von deiner Kindheit. Ich möchte es wirklich wissen."

Die Frage kam mir komisch vor. Ich war so etwas nicht gewohnt, kannte es nicht, dass man mich nach so etwas Intimem fragte. Die Frauen in meiner Vergangenheit hatten nicht gefragt... Vielleicht hatte es sie nicht interessiert. Sie wussten, was sie von mir bekamen und das hatte gereicht. Ich glaube, ich hatte die Angewohnheit, mir Frauen auszusuchen, die genauso emotional distanziert waren, wie ich selbst.

„Ich hatte immer nur meinen Papa", fing ich an. „Meine Mutter ist an Krebs gestorben, als ich noch ganz klein war. Ich kann mich nicht wirklich an sie erinnern."

Ich führte sie zuerst in die riesige Küche. Der Koch war dabei, irgendeine Soße zu kochen, blickte über die Schulter in unsere Richtung und nickte uns zu. Er fing keine Unterhaltung mit uns an, sondern lenkte seine Aufmerksamkeit wieder auf das kulinarische Meisterwerk vor ihm. Die Küche war der einzige Raum im Haus, in dem es nicht wirklich historische Elemente gab. Sie wurde im Laufe der Zeit immer wieder modernisiert und hatte nun die modernsten Geräte und Arbeitsplatten aus Stahl. Sie war anders als der Rest, denn sie fühlte sich industriell an, aber trotzdem war sie beeindruckend. Ich war kein Koch, aber ich war mir ziemlich sicher, dass jeder Koch von einer solchen Küche träumte.

„Wow", entfuhr es Abilene. „Hier kochen sie für uns? Ich habe mir etwas ganz anderes vorgestellt."

„Was denn?"

„Keine Ahnung. So etwas wie die Küche einer Hexe im Mittelalter oder so. Alt. Ich habe etwas Altes erwartet."

Ich legte meine Hand auf ihren Rücken und führte sie aus dem Raum, denn der nächste auf unserer Tour war mir der Liebste.

„Mein Vater und ich haben oft hier gegessen", erklärte ich ihr, während wir gingen. „Nur wir beide, wenn man Mrs. H nicht zählt. Mrs. H war quasi wie eine Mutter für mich." Ich lächelte warm bei der Erinnerung an die Frau, die mir bei den Hausaufgaben geholfen oder mir Ratschläge gegeben hatte, was Frauen anging. Sie hatte mich stets zurechtgewiesen, wenn ich es gebraucht hatte, aber sie liebte mich aufrichtig.

„Hat dein Vater eine große Rolle in deinem Leben gespielt?", fragte Abilene.

„Ja, ich denke schon. Er hat viel gearbeitet, aber wenn ich nicht hier auf Oleander war, dann war ich in seinem Büro. Tatsächlich haben wir nicht sonderlich viel Zeit zu Hause verbracht, aber ich bin aufgewachsen und hatte immer das Gefühl, dass ich geliebt wurde. Ich glaube, dass das ist, was sich jedes Kind wünscht, und das habe ich bekommen."

Sie war still, bis wir die Bibliothek erreichten. Ich öffnete die großen Türen aus geschnitztem Holz mit den ausgefallenen Klinken und wartete auf ihre Reaktion. Es erfreute mich, dass sie dieselbe Reaktion zeigte, die ich hatte. Große Augen, offener Mund und vor Staunen verstummt.

„Das hier ist mein Lieblingsraum", sagte ich. Ich war kein großer Leser, aber wie konnte man nicht von Bücherregalen, die vom Boden bis unter die Decke reichten, beeindruckt sein? Es gab eine Leiter, die man durch den Raum schieben konnte, um jedes der Bücher zu erreichen.

„Ich dachte nicht, dass du sonderlich gerne liest", sagte sie, während sie die Bibliothek betrat, sich im Kreis drehte und alles genau ansah.

„Ich mag Geschichte", gab ich zu. „Ich mag diesen Raum wegen all der alten Geschichten in den Regalen. Es gibt Erstauflagen, Sammlerstücke und Bücher, die von berühmten historischen Personen vererbt worden sind. Die Geschichte in diesem Raum ist das, was ihn so einmalig macht."

Anstatt die Tour weiterzumachen, ging ich hinüber zu einem Sessel am Kamin und setzte mich hin. Es war lange her, seit ich das letzte Mal in diesem Stuhl gesessen hatte, und es war ein wenig, als würde ich einen alten Freund wiedersehen. Abilene kam zu mir herüber und setzte sich in den Sessel mir gegenüber.

„Was ist mit dir?", fragte ich sie. „Hattest du eine schöne Kindheit?"

Sie lächelte und vermied es mir in die Augen zu schauen. „Eher nicht. Du hattest wenigstens *einen* Elternteil. Ich kann das nicht von mir behaupten."

Ich hielt kurz inne und sah sie genau an. Ich war stolz darauf, wie gut ich Menschen lesen konnte, das kam mir besonders beim Geschäftlichen zugute und mir war klar, dass diese Frau das Thema nicht vertiefen wollte. Ich schätzte, dass es nur fair war, sie nach mehr zu fragen, da sie das Thema aufgebracht hatte, weil sie mich nach meiner Kindheit gefragt hatte. Zeitgleich allerdings entschied ich, sie vom Haken zu lassen. Nicht jeder mochte es, sich an die Vergangenheit zu erinnern und ich würde sie sicherlich nicht dazu zwingen.

„Mein Vater und ich haben hier immer am Heiligen Abend gesessen", begann ich und brachte die Unterhaltung zurück zu mir. „Er gab unseren Angestellten den Abend frei und sie alle bekamen einen Umschlag mit Geld und dann gab es nur ihn und mich. Wir hatten Steak zum Abendessen und dann kamen wir für einen Bourbon hier herauf. Er ließ mich sogar trinken. Dann gab er mir meinen Umschlag voll Geld, wünschte mir frohe Weihnachten und wir haben einfach die gemeinsame Zeit genossen."

Mein Herz wurde schwer und mir war klar, dass Jahre vergangen waren, seit mein Vater und ich dieser Weihnachtstradition nachgekommen war. „Das ist wahrscheinlich eine meiner liebsten Erinnerungen an ihn."

„Ich mag die Feiertage nicht sonderlich, auch keine

Geburtstage. Ich mag einfach keine Feierlichkeiten", stellte sie fest. „Am Ende ist es ein Tag wie jeder andere."

Ich hielt erneut inne und sah sie aufmerksam an. Ich wollte sichergehen, dass ich sie nicht traurig machte oder alte Wunden öffnete, indem ich ihr von meiner privilegierten Kindheit erzählte, wo es doch so offensichtlich war, dass sie nicht das Glück gehabt hatte, dasselbe zu erleben. Abilene allerdings schien nicht wütend, sondern schien stattdessen ziemlich interessiert an dem zu sein, was ich ihr erzählte. Es schien sie wirklich zu interessieren und sie wollte mehr wissen. Es war etwas Neues für mich, eine interessierte Zuhörerschaft zu haben... Das erlebte ich ansonsten nur bei den Bediensteten. Menschen, denen ich gute Gehälter zahlte, damit sie mir Aufmerksamkeit schenkten.

Ich stand auf und fuhr fort: „Ich möchte dir zeigen, was hinter diesen Wänden ist."

Sie folgte mir, die Skepsis deutlich in ihren Augen. „Hinter den Wänden?"

Ich nickte und das Abenteuer schoss mir in die Adern. Ich erinnerte mich, wie ich mich als kleiner Junge gefühlt hatte, wenn wir in den geheimen Gängen von Oleander Verstecken gespielt hatten. Ich ging hinüber zu einem der Bücherregale und zog eine Ausgabe von *Moby Dick* hervor. Das gesamte Regal schwang genauso zu Seite, wie es das in meiner Erinnerung tat.

„Eine Geheimtür?", kreischte Abilene förmlich. Sie wartete nicht auf mich, sondern trat durch die Öffnung, denn die Neugier hatte sie ergriffen. „Oh mein Gott, hier ist ein Flur. Können wir da reingehen?"

Ich holte mein Handy hervor und schaltete die Taschenlampe an. Ich wusste, dass es irgendwo einen Lichtschalter gab, der die schwache Notfallbeleuchtung anschalten würde, aber ich konnte ihn nicht aus dem Gedächtnis heraus finden.

„Ich hatte gehofft, dass du das wollen würdest", sagte ich, als ich hinter ihr auf den Gang trat.

„Wofür ist das?"

„Hat nicht jede Villa von Geistern beherrschte Geheimgänge?", entgegnete ich.

„Lass mich raten", sagte sie, als ich den Schalter gefunden hatte und wir losgingen. „Deine Freunde und du, ihr habt hier drin gespielt?"

„Kannst du uns einen Vorwurf machen?", fragte ich mit einem leisen Lachen. Ich hatte sehr gute Erinnerungen daran, wie ich mit meinen Freunden in den Schatten gespielt hatte. „Mrs. H hat es allerdings gehasst, wenn wir das getan haben. Wir haben immer Dreck mit ins Haus gebracht."

Ich versuchte die Spinnweben für Abilene zu entfernen, aber es schien nicht so, als würden ihr diese etwas ausmachen, genauso wenig wie der Schmutz um uns herum. Ich fand es gut, dass sie kein mädchenhaftes Mädchen war und ihr Abenteuersinn konnte zweifelsohne mit meinem mithalten. Ich konnte mir vorstellen, dass sie die Art Frau war, die mit mir nach Machu Picchu in Peru wandern würde, ohne sich auch nur einmal zu beschweren.

Abilene kicherte und sagte dann: „Ich dachte nicht, dass ich an einem so dunklen, stickigen, staubigen Ort so glücklich sein könnte. Alles ist besser als unser Zimmer."

„Da muss ich dir allerdings zustimmen. Wir mussten wirklich rauskommen."

„Du überraschst mich", stellte Abilene fest. „Es ist schwer, dich einzuschätzen und immer, wenn ich denke, ich weiß, wie du bist, dann machst du so etwas wie das hier. Solltest du nicht eigentlich arbeiten?"

„Das sollte ich, ja, aber ich interessiere mich nicht immer nur fürs Geschäft. Ich reise tatsächlich gerne, wann immer ich kann. Aber ich mag es, außergewöhnliche Sachen zu machen. Ich liebe es, Dinge zu entdecken." Ich kicherte. „Ich schätze, das hier ist die größte Entdeckung, die ich in der näheren Zukunft machen werde."

Sie lachte laut und mir wurde klar, dass das etwas war, was ich nicht oft hörte. Ich mochte ihr Lachen.

Sehr.

„Das kann ich mir vorstellen. Glaubst du, dass wir hier wieder rauskommen werden? Ich kann mir förmlich vorstellen, wie die Ältesten heute Abend warten und ihre Ehrengäste nicht auftauchen, um die Folter, die sie sich ausgedacht haben, zu ertragen."

„Ich weiß noch, wo wir hinmüssen."

„Danke hierfür, Beau. Ich brauche das wirklich. Ich weiß, dass es eigentlich deine Arbeitszeit ist, deswegen schätze ich es wirklich sehr, dass du dir Zeit genommen hast, um mit mir rauszugehen."

„Ich brauchte das auch", widersprach ich. „Es wird jeden Tag ein wenig schwerer und ich habe das Gefühl, dass wir das Schlimmste noch lange nicht hinter uns haben." Ich blickte zu ihr herüber und konnte sehen, dass ich ihren wunden Punkt getroffen hatte. „Aber wir schaffen das. Wir haben es schon bis hier geschafft."

„Auf das Ziel konzentrieren, richtig?"

Ja, das Ziel. Wie genau das aussah, war mir noch immer nicht ganz klar.

7

Abilene

WIR HATTEN einen schönen Tag zusammen. Einen wirklich schönen Tag, wenn man bedenkt, wie eintönig das Leben hier im letzten Monat gewesen ist.

Ich versuchte mich auf das Ziel zu konzentrieren, aber das war nicht leicht. Ich hatte das Gefühl, dass alles zu schnell und zeitgleich zu langsam passierte. Ich konnte mich kaum bewegen. Es war ein wenig, wie wenn man im Auto die Autobahn mit zweihundert hinunterfährt, aber man gleichzeitig das Gefühl hat, dass man sich kaum bewegt.

Eine falsche Bewegung führt allerdings dazu, dass man über die gesamte Autobahn verteilt ist. Es fühlt sich nicht an, wie es wirklich ist.

Genauso fühlte es sich hier mit Beau an.

Es war wie die Ruhe vor dem Sturm.

Aber trotzdem war heute ein schöner Tag gewesen. Es

war toll, mit ihm durch die Villa zu schlendern und von seiner Kindheit zu hören.

Und dann kam die Einladung.

Oft war nichts in der Schachtel mit der Einladung. Diesmal war es anders. Diesmal brachte Mrs. H die Schachtel mit einer solchen Ehrfurcht und Vorsicht in das Zimmer, fast so, als würde sie kaum atmen.

Bei mir hatten direkt alle Alarmglocken geklingelt und selbst Beau hatte seinen Laptop zur Seite gestellt und war aufgestanden, um ihr die Box abzunehmen.

Mrs. H hatte in meine Richtung geblickt – die Frau mochte mich nicht – und sich dann umgedreht und war gegangen. Ich musste sie im Blick behalten, es war fast, als wüsste sie etwas. Sie war von Anfang an kühl zu mir gewesen, aber seit sie von dem sogenannten „Zufall" erfahren hatte, dass Beau und ich uns bereits gekannt hatten, bevor wir hergekommen waren, war sie definitiv misstrauisch geworden. Das war etwas, was ich mir nicht leisten konnte.

Ich musste das hier durchstehen. Ich musste die drei Monate hinter mich bringen und ich musste das bekommen, worum ich am Ende des Aufnahmerituals bitten würde.

Ich hatte auf dem Fragebogen am Anfang gelogen. Ich hatte eine Geldsumme genannt. Eine Summe, von der ich ausging, dass die meisten Mädchen nach ihr fragen würden.

Natürlich war das, was ich tatsächlich wollte, deutlich mehr.

Es würde ein Leben lang dauern, die Schulden zu begleichen.

Ich betrachtete Beaus Ausdruck, als er die Schachtel öffnete und war überrascht, als ein Lächeln auf seinen Lippen erschien.

„Was ist es?", fragte ich und ging auf ihn zu, denn ich war einfach zu neugierig.

„Nun, entweder möchte mein Vater oder die Ältesten feiern, woher ich komme." Er neigte die Schachtel in meine Richtung, damit ich sehen konnte, was sich darin befand.

Ich schnappte nach Luft. Ich konnte nicht anders.

Ich hatte noch nie so viele Diamanten an einem Ort gesehen.

Es war eine... Ich glaube nicht einmal, dass man es Halskette nennen konnte, es war eher ein Halsschmuck aus zusammengefügten Diamanten, die in der Form einer Träne angeordnet worden waren. Am Ende, welches an meinem Ausschnitt liegen würde, war ein riesiger Diamant angebracht worden. Passende, mit Diamanten besetzte Ohrringe und ein mit Diamanten und Rubinen verziertes Diadem vervollständigten den Schmuck. des Weiteren waren glitzernde Pumps in der Schachtel.

Das Letzte, was neben den Schuhen lag, war eine Fliege, die ebenfalls mit Diamanten verziert worden war.

Eine kleine Karte mit Informationen machte klar, dass er einen Smoking zu tragen hatte und ich nichts weiter als die Diamanten und die High Heels, weil wir Walzer tanzen würden.

Ich zog die Augenbrauen nach oben. „Walzer? Nackt und mit Diamanten?"

Beau lachte. „Sie lieben Pracht und Prunk."

„Mein Gott." Ich streckte den Finger aus, um die Kette zu berühren und riss ihn im letzten Moment wieder zurück, bevor ich zu Beau hinaufsah. „Was ist, wenn ich sie verliere? Da sind Hunderte Diamanten auf dem Ding. Was ist, wenn einer herausfällt, während wir tanzen?"

Beau nahm die Schachtelan sich und sah aus, als hätte ich ihn beleidigt. „Das hier sind Diamanten von Radcliffe.

Jeder Stein ist vorsichtig und präzise eingesetzt worden. Sie fallen nicht *einfach* raus."

Ich konnte ihn nur anblinzeln. „Das ist also der Scheiß, den deine Firma macht? Schmuck wie *diesen*?" Ich deutete auf die Schachtel.

„Das hier sind besondere Stücke, aber ja."

„Wie viel kostet das hier?"

Beau zuckte mit den Schultern. „Es ist wahrscheinlich besser, wenn du dir darüber keine Gedanken machst, während du Walzer tanzt."

„Das ist keine Antwort. Wie viel?"

Er seufzte. „Fein. Die Kette kostet eine halbe Million Dollar."

Ich hätte mich fast an meiner eigenen Zunge verschluckt. „Eine halbe..." Ich hätte ihm fast die Schachtel wieder aus der Hand gerissen. Ich meine, Gott. Ich hatte die Ziele hochgesetzt, aber trotzdem. Einfach eine *halbe Million Dollar* in den Händen zu halten...

Ha. *Nimm das, Tina.* Ich grinste.

„Was?", fragte Beau.

Scheiße. Hatte er meine Gedanken in meinem Gesicht ablesen können? Normalerweise war ich doch so vorsichtig.

„Ach, nichts." Ich schüttelte den Kopf und schenkte ihm ein Lächeln. Dann lachte ich. „Es ist nur, zum Teufel, das ist ehrlichgesagt unglaublich viel Geld."

Das brachte Beau zum Lachen. „Das stimmt. Wenn wir sie aus dem Tresor holen, haben wir immer viel Security da."

Ich zog die Augen zusammen. „Mach dir keine Sorgen, ich werde nicht versuchen, mit deiner wertvollen Kette von hier zu verschwinden."

Er lachte erneut. „Nein, das habe ich auch nicht gedacht." Dann wurde sein Ausdruck wieder ernster und er sah mich neugierig an. Was immer er sich fragte, er sprach es nicht laut aus. Er machte einfach irgendwie wieder zu, so wie er es ab und an tat, wenn wir uns zu nahekamen oder anfingen, eine Bindung zu entwickeln.

Ich hasste es, dass er eine Art Schalter hatte, den er einfach umlegen konnte. Das war kein gutes Zeichen.

Ich dachte an das, was er über seinen Vater und die Weihnachtsfeiertage gesagt hatte. Wie es ihre Tradition gewesen war, gemeinsam zu essen und dass sein Vater ihm einen Umschlag mit Geld gegeben hatte. Beau hatte gesagt, dass er in seiner Kindheit glücklich gewesen war, aber ich fragte mich, wie glücklich man wirklich sein konnte, wenn man keine Mutter hatte oder zumindest jemanden mit mütterlicher Wärme und einen Vater, der davon ausging, dass Geld dafür sorgte, dass man schöne Feiertage verbrachte.

Ich hatte eine beschissene Kindheit gehabt und die fehlende Intimität und Bindung war etwas, über das ich seither hinwegkommen wollte, aber immerhin war mir das bewusst. Ich fragte mich, ob die Tatsache, dass man wusste, dass man kaputt war, das Ganze einfacher oder schwerer machte. Vielleicht war es schöner, wenn man durchs Leben ging, ohne die leiseste Ahnung zu haben. Vielleicht war das ein Privileg der Reichen... Man konnte einfach durch das Leben stampfen, ohne sich jemals mit den eigenen Problemen zu befassen.

Oh, Beau, Liebling, ich habe einige Überraschungen für dich.

Wir zogen uns beide an oder bessergesagt zog ich mich aus. Ich war in das Bad gegangen, meinen Lieblingsort, wo ich meinen Gedanken nachgehen konnte und schminkte mich und machte mir die Haare. Wir hatten nicht viel Zeit, weil die Einladung erst spät gekommen war. Es gab kein Muster dahinter, wann die Einladungen kamen. Wahrscheinlich war das ein Teil des Aufnahmerituals. Sie mochten es, dass wir keine Ahnung hatten, damit wir immer angespannt waren.

Ich war ein chaotisches Leben gewohnt, deshalb machten mir diese Spielchen nicht so viel aus. Das Leben als Gauner war nicht gerade bekannt dafür, dass es sonderlich solide und konstant war.

Letztes Jahr hatte ich einen Arschloch-Club-Promoter in Atlanta übers Ohr gezogen, indem ich so getan hatte, als hätte ich Verbindung zu Marketing-Gurus und Influencern. Ich hatte ihn dazu gebracht, mir zehntausend Dollar zu geben, bevor ich ihn einfach stehen ließ. Jedenfalls war ich es gewohnt, zu allen möglichen Zeiten im Einsatz zu sein, obwohl ich nebenbei noch einen Vollzeitjob im Callcenter hatte. Normalerweise versuchte ich einen echten Job neben all meinen anderen Aktivitäten zu haben.

Das sah auf dem Papier gut aus und ich hatte einen guten Lebenslauf ohne nennenswerte Lücken. Weiterhin ermöglichte mir ein echter Job, die Miete mit meinem hart verdienten Geld zu bezahlen, während der Rest das schöne Auto, das ich auf Craigslist gefunden hatte und die tollen Anziehsachen und Lebensmittel finanzierte.

Anders als Tina, die von Ibiza träumte, wollte ich einfach nur klarkommen. Alle anderen hatten Vorteile, die ich nicht hatte, also tat ich, was ich tun musste, um auf das gleiche Level zu kommen. Es erschien mir nur fair.

Und... nun, wenn man einmal weiß, wie man Menschen manipuliert, ist es wirklich schwer, damit aufzuhören. So wie der Kerl in dem Club. Er war unglaublich schmierig. Er hatte angefangen, mich anzugraben, starrte mir die ganze Zeit auf die Titten und war einfach ein so leichtes Ziel gewesen...

„Hier, lass mich dir die Kette umlegen", sagte Beau, der

mich stillstehen sah, nachdem ich aus dem Bad gekommen war.

Ich sah zu ihm auf und wurde aus meinen Erinnerungen gerissen. Er war groß und sanft und unglaublich schön in seinem gestärkten Smoking und der glitzernden Fliege an seinem Hals. Andererseits wäre der Mann noch immer eine Versuchung, selbst wenn er nur einen Lendenschurz trug. Wenn er sich so schick gemacht hatte wie jetzt, sah er aus wie der Gott des Universums. Dominant, entspannt, in seinem Element.

Mein Herz schlug schneller, als er auf mich zu kam. *Es sind die Diamanten, die er hält*, versuchte ich mir selbst einzureden. Neben der Kette mussten die Diamanten in den Ohrringen und das Armband weitere Hunderttausende wert sein.

Es hatte nichts mit Beau Radcliffe selbst zu tun. Rein gar nichts.

Ja, flüsterte eine sarkastische Stimme in meinem Kopf. *Das kannst du dir selbst erzählen.*

Ich schürzte die Lippen und biss die Zähne zusammen, als Beau um mich herumtrat und meinen Bademantel ein wenig hinab zog, sodass er an meinen Hals kam. Meine Haare waren hochgesteckt, genauso wie in der ersten Nacht meiner Ankunft hier. Ich wusste, dass die Diamanten an meinem langen Hals unglaublich aussehen würden. Ich hatte das Diadem bereits in meinen Locken, die sich auf meinem Kopf auftürmten, fixiert und sah genauso toll aus wie die halbe Million in Diamanten, die sich um meinen Körper schlingen würde.

Und obwohl ich wusste, dass ich aussah, als passte das zu mir, fühlte ich mich trotzdem wie eine Hochstaplerin, als Beaus Finger über meine Haut glitten, um die schwere Kette zu fixieren.

Denn irgendein dummer Teil von mir fühlte sich in diesem Moment an Cinderella erinnert. Gott, wie wäre es, wenn das hier echt wäre? Einen Mann wie Beau Radcliffe an seiner Seite zu haben, der einem die Juwelen, das Erbe seiner Familie tatsächlich um den Hals legen wollte? Jemanden, der zeigen wollte, dass du zu ihm gehörst, der dich seins nennen wollte?

Es war ein barbarischer Gedanke, also weiß ich nicht, wieso er dafür sorgte, dass mein Magen zuckte und es zwischen meinen Beinen feucht wurde. Eines Tages würde sich ein Therapeut ganz sicherlich an mir erfreuen, da war ich mir sicher.

Andererseits würde jeder Therapeut wahrscheinlich vom Glauben abfallen, wenn er nur eine Nacht in dieser Hölle aus Sünde und Verlockung verbringen würde.

Heute Abend würde ich mit nichts weiter als Diamanten am Körper Walzer tanzen. Ein Mädchen, das niemand gewollt hatte, war nun die Schönheit eines verrückten Balls, wo alle nackt waren und am Arm des schönsten Mannes im Saal hingen. Oh, wie sich die Dinge änderten.

Ich biss mir auf die Lippe, als Beau die Kette verschloss. Dann nahm er das Armband. „Ähm, wegen heute Abend...“

„Hm?“, fragte Beau, der sich darauf konzentrierte, das Armband an meinem Handgelenk zu schließen.

„Ich weiß nicht, wie man Walzer tanzt.“

Er sah endlich in mein Gesicht und zum ersten Mal, seit ich aus dem Bad gekommen war, trafen sich unsere Blicke. „Oh.“

„Ja. Oh.“

Beau zuckte mit den Schultern. „Das ist nicht so schwer.“

Ich zog die Augen zusammen. „Ach ja?“ Wie hast du es gelernt?“

„Ich hatte Tanzunterricht."

Ich schnaubte. „Ja, natürlich denkst du dann, dass es einfach ist. Kleine Erinnerung: Nicht alle der Plebejer sind aufgewachsen wie du und auf irgendwelche Debütantinnenbälle gegangen. Nicht jeder weiß, welche Gabel er benutzen muss und wie man auf diesen schicken Partys tanzt. Die meisten von uns haben Pretty Woman einige Male gesehen und davon geträumt, reiche Männer für Geld zu ficken." Meine Hand fiel dramatisch auf meine Brust. „Schau, es gibt Wünsche, die *wahr* werden."

Beau verdrehte wegen meines Theaters die Augen. „Bist du dann fertig?"

Ich schob die Lippen vor. „Ich bin mir nicht sicher. Ich weiß nicht, ob du jemals ein Offizier gewesen bist, aber wie du mich letztens nachts behandelt hast, entsprach *definitiv* meiner Definition eines Gentlemans. Bisher erfüllst du also alle meine Fantasien über Richard Gere." Mit den Worten zwinkerte ich ihm zu.

Ich war mir nicht sicher, aber ich glaubte ihn leise lachen gehört zu haben. Alles, was er laut sagte, war: „Zieh deine Schuhe an. Wir wollen nicht zu spät kommen. Und mach dir keine Sorgen wegen dem Tanzen. Ich werde dich führen. Alles, was du tun musst, ist dich festhalten und dich nicht wehren."

Ich zog die Augenbraue hoch, verkniff mir jedoch den Kommentar, der mir auf den Lippen lag. Alles, was ich in diesem Moment denken konnte, war, ja, Beau Radcliffe war unglaublich dominant. Und so sehr mich das auf die Palme brachte, machte es mich noch wütender, dass ich darauf scheinbar wirklich stand.

Ich saß auf dem Bett, während ich die glitzernden High Heels anzog. Sie passten perfekt und waren überraschend bequem. Ich stand auf und ging ein paar Schritte durch das

Zimmer. Okay, vielleicht waren sie nicht *so* bequem, aber sie waren okay. Ich würde nicht hinfallen und das war immerhin etwas.

Beau stand an der Tür. Auf seinem Gesicht ruhte ein kleines Lächeln, was zeigte, wie amüsiert er davon war, dass ich durch den Raum stolzierte und die Schuhe ausprobierte.

Ich sah ihn misstrauisch an. „Hast du etwas zu sagen?"

Er zuckte einfach mit den Schultern, aber in seinen Augen war ein Glitzern zu sehen. „Nein, gar nichts." Er hielt mir den Arm hin.

Gott, er war ein *Guter*. Liebes Universum, das war nicht fair. *Nicht fair*.

Ich holte tief Luft und ging dann an ihm vorbei, drückte die Tür auf und ließ die Hüften schwingen, als ich vorbeistolzierte.

Sein tiefes Kichern machte mich zufriedener, als es sollte.

Er holte zu mir auf und wir gingen durch den Flur zur großen Haupttreppe. Während wir den Flur hinuntergingen, konnte ich Musik hören, die mit jeder Treppenstufe lauter wurde.

Ich hatte erwartet, dass sie vom Band kam, aber nein, als wir im Ballsaal ankamen, sah ich, dass ein Streicherquartett in der Ecke des Saales bei dem Marmorkamin auf einem Podest dafür sorgte.

Die Kronleuchter, die mit Gas betrieben wurden, waren angezündet worden und hüllten die Tänzer darunter in Licht und Schatten. Mir stockte der Atem. Die Szene vor uns war wirklich schön.

Ich hatte mich an die lüsternen Szenarien gewöhnt. Zweifelsohne ging es am Ende um viel Nacktheit und wenigstens ein Mädchen würde gefickt werden, meistens in den Hintern, während es den Schwanz eines anderen Mitglieds im Mund hatte.

Heute Abend allerdings schienen alle wirklich das Spiel zu spielen. Ich war mir sicher, dass es am Ende dazu führen würde, dass alle Mitglieder auf die eine oder andere Art auf ihre Kosten kommen würden, aber gerade war es einfach ein altmodischer Ball, wenn man davon absah, dass die Frauen keine eleganten Ballkleider trugen, sondern mal abgesehen von den großen Schmuckstücken, die sie alle trugen, komplett nackt waren.

Die anderen Frauen waren im Vergleich zu mir mickrig ausgestattet worden. Oh, sie waren beeindruckend. Sie trugen Smaragde und Saphire und Ähnliches, aber ich war die Einzige, die komplett mit Diamanten ausgestattet worden waren.

„Hier entlang", wies uns einer der Ältesten in dem Moment an, in dem wir den Ballsaal betragen. Ich verzog das Gesicht und warf Beau einen Blick zu, aber dieser zögerte keinen Moment, sondern ergriff meinen Arm und folgte dem Ältesten.

„Such dir etwas aus. Es sind alles Radcliffe-Diamanten. Dein Vater hat wirklich eine einmalige Kollektion zusammengestellt."

Der Mann hatte uns zu einem antiken Schrank geführt und als er einen Schritt nach hinten machte, konnte ich sehen, was sich darin befand.

Elegante Nippelklammern lagen auf der Auslage aus Satin überall im Schrank. Jede der Klammern war mit Edelsteinen bestückt.

Beau zögerte nicht und verschwendete bei der Wahl auch keine Zeit. Seine Hand ergriff augenblicklich die Klammern, die am meisten verziert und somit wohl die schwersten waren.

Es waren wieder Diamanten, aber in der Mitte befand sich ein blutroter Rubin, der die Mitte des Tränendekors bildete. Nun, immerhin passte es zum Rest.

Aber ich hatte nicht wirklich Zeit nachzudenken, bevor Beau in den Schrank gegriffen und die Klammern herausgezogen hatte.

Er verschwendete ebenfalls keine Zeit, nach meinen Nippeln zu greifen, damit sich diese aufrichteten. Der Saal war kalt und sie waren schon ein wenig fest, aber wenn ich ehrlich war, waren sie in dem Moment steinhart, in dem Beaus Finger sie berührten. Er drehte meine Nippel zwischen seinem Zeigefinger und seinem Daumen und sie wurden noch härter und länger.

Er legte die erste Klammer an und ich schnappte nach Luft. Das Mistteil *kniff* ganz schön. Aber Beau quälte bereits meinen anderen Nippel und ich konnte mich gegen die von ihm erzeugten Qualen nicht wehren. Ich verfluchte Beau Radcliffe. Er sollte doch... *ooh!*

Die zweite Klammer hatte ihren Platz gefunden. Diesmal war mein Atmen ein langes Fauchen. Es half nicht gerade, dass Beau gegen die hängenden Steine schnipste, sodass ich das Gewicht der Klammern an meinen Nippeln ziehen fühlte.

Ich warf ihm einen bösen Blick zu und ausnahmsweise war er einmal nicht passiv. Das Grinsen war wieder auf seinen Lippen und ich wollte es wegbeißen, es wegküssen. Ich wollte, dass er mich fickte, sodass ich ihn mit den Nägeln über den Rücken kratzen konnte, während er das tat.

Sein Grinsen wurde noch breiter, fast so, als wüsste er, was ich dachte. Denn in diesem Moment nahm er meine Hand in seine, legte meine linke Hand auf seine Schulter und ergriff meine Taille. Bevor ich wusste, wie mir geschah, hatte er uns zwischen all die tanzenden Paare manövriert.

Oh Scheiße, warte, ich war noch nicht bereit gewesen! Ich sagte es nicht laut, weil ich wusste, dass man uns beobachtete, aber trotzdem.

Ich stolperte durch die Schritte und klammerte mich an seine Schulter, als hinge mein Leben davon ab, während er mich über die Tanzfläche zog.

„Hör auf dich gegen mich zu wehren", sagte er. „Lass mich führen."

Ich warf ihm einen bösen Blick zu. „Du hast gelogen. Das hier ist nicht einfach. Du ziehst mich einfach über die Tanzfläche."

Er verdrehte die Augen. „Zähl einfach mit. *Eins, zwei* drei, *eins, zweieins, zwei* drei, *eins* zwei drei. Halt dich an mir fest und lass dich fallen. Vertraue mir und ich werde dich führen. Hör einmal in deinem Leben auf, so verdammt viel nachzudenken."

Es hörte sich so einfach an.

Verstand er es denn nicht?

Das, worum er mich bat, war die schrecklichste Vorstellung für ein Mädchen wie mich.

Ich gab die Kontrolle niemals ab. Nie. Natürlich, manchmal mochte ich es, im Schlafzimmer so zu tun, als würde ich mich unterwerfen, aber in Wahrheit war ich immer diejenige, die die Kontrolle hatte. Immer. Ich ließ einfach zu, dass andere manchmal so taten, als hätten sie die Kontrolle oder ich ließ sie es glauben.

Am Ende des Tages war ich wirklich diejenige, die alle beherrschte. Ich war diejenige, die das Sagen hatte.

In diesem Moment allerdings wollte Beau, dass ich sie *wirklich* abgab – dass ich ihm *wirklich* vertraute. Selbst wenn es nur so eine Kleinigkeit war, wie ihm zu vertrauen, dass er mich nur einen Abend lang sicher über die Tanzfläche führen würde.

Es war unglaublich, wirklich, dass ich mich so dagegen sträubte. Unglaublich und gefährlich, denn es konnte mich einiges kosten, wenn ich nicht mitspielte.

Ich verzog das Gesicht, konzentrierte mich und sah auf den Boden, während wir weitertanzten. Eins, zwei drei, eins, zwei drei zählte ich, aber bevor ich wieder anfangen konnte, lag Beaus Hand fest auf meinem Kinn und zwang mich, zu ihm hinaufzusehen. „Nicht mogeln und auf deine Füße schauen. Und versuche nicht laut zu zählen. Du bist unglaublich schön und machst das so gut. Das brauchst du alles nicht."

Peinlich berührt biss ich mir auf die Lippe. Mir war nicht klar gewesen, dass ich laut gezählt hatte. Scheiße. Vielleicht könnte ich es ja einfach in meinem Kopf machen?

Aber selbst die Zahlen immer und immer wieder in meinem Kopf zu flüstern würde verhindern, dass ich die richtigen Schritte zur richtigen Zeit machte. Ich stolperte immer mal wieder.

„Schau hoch", verlangte Beau und er tat es mit *der Stimme*. Der Stimme, die er immer dann nutzte, wenn er in mir war. Mein Blick fiel auf sein Gesicht.

„Gib nach", forderte er erneut. Seine Hand drückte die meine, griff sie noch fester und dann tat er dasselbe mit meiner Taille.

Und ich verstand. Ich verstand es wirklich.

Auch wenn es mir komplett widerstrebte, zwang ich meinen Körper, sich zu entspannen und tat das, was Beau sagte.

Ich begab mich in seine Hände. Ich wurde... irgendwie schwach genug, dass er mich führen konnte.

Und das Verrückteste überhaupt geschah. Als ich meine

Muskeln soweit entspannt hatte, dass ich die Stärke seiner Absicht, seiner Bewegungen fühlten konnte, war es... Es war wow.

Plötzlich begannen wir, gemeinsam über die Tanzfläche zu gleiten, anstatt gegeneinander anzukämpfen oder zu stolpern.

Eins, zwei drei, *eins, zweieins, zwei* drei, *eins* zwei drei.

Unsere Körper bewegten sich, tanzten zu der betörenden Musik, passend zum Rhythmus schritten wir auf eins und drehten uns auf zwei und drei.

Das Einzige, was ich je erlebt hatte, was sich ähnlich anfühlte, war Sex, aber beim Sex gab ich niemals die Kontrolle so sehr auf, wie ich es in diesem Moment tun musste. Einfach, weil ich die Schritte nicht kannte. Ich war gezwungen, Beau voll und ganz zu vertrauen.

Und er war ein Partner, der es wert war. Er verdiente, dass man ihm vertraute. Sein Körper war ein fester Rahmen, an dem ich mich festhalten konnte. Die wenigen Male, bei denen ich stolperte, fing er mich und manövrierte mich ohne Mühe in den nächsten Schritt. Wir begannen uns so leicht zu bewegen, dass es war, als seien wir flüssig und ich war mir nicht mehr sicher, wo ich endete und er anfing. Die Nippelklammern bewegten sich hin und her, schwangen, zogen meine Nippel beim Tanzen hinunter und feuerten die elektrischen Schocks, die durch meinen Körper gingen, weiter an.

Und Beaus Augen... Sie glitten nicht durch den Raum, blickten nicht hinab zu unseren Füßen, damit wir nicht stolperten... Nein, seine Augen ruhten die ganze Zeit über in meinen. Und ich sah nicht hinab zu meinen Füßen und ich zählte im Kopf nicht mehr bis drei.

Ich sah einfach nur zu Beau hinauf, hielt mich an ihm fest und vertraute er, während er mich durch den Saal bewegte, immer und immer wieder, Drehung um Drehung, Runde um Runde. Es hätte nicht funktionieren sollen. Ich hatte nicht die leiseste Ahnung, was ich hier tat.

Und ich konnte nicht einfach wegsehen. Ich konnte nicht wegsehen, egal wie sehr ich es wollte, denn das Tanzen geschah, weil ich ihm vertraute. Es war nicht einfach eine einmalige Entscheidung. Nein, es war eine Entscheidung, die ich in jedem Augenblick aufs Neue traf. Ich entschied mich immer und immer wieder, mich seiner Dominanz und seiner Führung hinzugeben.

Als ein weiteres Lied endete, schob Beau uns schließlich endlich auf die Seite des Ballsaals. Ich schnappte nicht nur wegen des Tanzens nach Luft. Mein Herz raste in meiner Brust.

Aber ich bekam keinen Augenblick Zeit, um zu Atem zu kommen, denn ein anderer Ältester kam auf uns zu. „Ein wunderbares lebendiges Beispiel der Juwelen deiner Familie", sagte der Älteste mit einem Grinsen zu Beau. „Aber ich denke, es ist an der Zeit, eine Auswahl der Perlen hinzuzufügen."

Ich sah Beau fragend an – ich trug bereits etwas am Hals, an den Handgelenken, Ohrringe und selbst an meinen Brüsten. Wo genau sollten bitte die Perlen noch hin?"

Als sich jedoch der zweite Schrank öffnete, wurde mir klar, dass es mir einfach an Fantasie fehlte.

Mir wurde klar, dass es in dieser Nacht ausnahmsweise darum ging, uns langsam zu bedecken, anstatt weiter auszuziehen.

Jedes Stück, mit dem man uns ausstattete und es waren alles besondere Stücke von Radcliffe, war nicht einfach ein unschuldiges Schmuckstück.

Was jetzt auf uns im Schrank wartete, beispielsweise. Es gab kleine Unterwäsche aus Spitze, bei der der Schritt fehlte, wenn man von einer Perlenkette absah, die genau über den Schlitz verlaufen würde.

Meine Augen wurden groß, aber Beau hielt nicht inne. Er zuckte auch nicht zusammen. Er suchte einfach ein schwarzes Höschen mit glitzernden Perlen aus. Wie ein Gentleman in einem Märchenbuch verbeugte er sich vor mir. Anders allerdings als Cinderellas Prinz, schob er mir nicht einen Schuh aus Glas auf den Fuß, sondern hob diesen an, sodass er das mit Perlen bestückte Höschen meine Beine hinaufschieben konnte.

Seine Finger liebkosten meine Beine. Seine Hände liefen über die Innenseite meiner Schenkel, während er das Höschen langsam nach oben schob, bis es schließlich an seinem Platz an meinen Hüften angekommen war.

„Champagner?", fragte eine Frau, die an uns vorbeikam. Sie war ebenfalls nackt, aber mit Juwelen ausgestattet und trug ein Tablett voller glitzernder Champagnerflöten.

Beau ergriff zwei und ich musste bei dem Anblick der zerbrechlichen Flöten in seinen männlichen Händen schwer schlucken. Als er mir eine reichte, entschied ich, dass ich darauf scheißen würde. Dreistigkeit siegt. Wir beide wussten, wohin dieser Abend führen würde.

Tatsächlich hatten sich um uns herum bereits einige Paare zurückgezogen und die wahren Feierlichkeiten begonnen.

Also hob ich die Champagnerflöte an meinen Mund, drehte sie auf meinen Lippen und ließ ein paar Tropfen meinen Körper hinablaufen, an meinem Nabel vorbei und auf die Perlen an meiner Muschi.

Beaus Blick folgte der Spur aus Champagner, während er sich seinen Weg über meinen Körper bahnte. Dann traf sein Blick wieder auf meinen.

„Schau was du angerichtet hast", sagte er mit tiefer, dunkler Stimme. „Du hast einen Schlamassel angerichtet."

Mein Herz stolperte wegen des dunklen Versprechens in seinem Tonfall. „Was wirst du dagegen tun?", flüsterte ich zurück. „Wirst du mich dafür bestrafen?"

Seine Pupillen verdunkelten sich und seine Nasenlöcher weiteten sich. „Du solltest nicht mit gefährlichen Dingen spielen, von denen du nichts verstehst, meine Kleine."

Ich zog eine Augenbraue hoch und nahm einen weiteren Schluck vom Champagner. Erneut ließ ich einige Tropfen über meine volle Unterlippe hinabtropfen und meinen Körper hinunterlaufen.

Ohne den Blick von mir abzuwenden, legte er einen Arm um meine Taille und bewegte seinen Körper an meinen, was mich dazu zwang, nach hinten zu stolpern. Wie auf der Tanzfläche musste ich mich entweder seinem Willen beugen oder in Kauf nehmen, dass ich stolperte und fiel.

Er machte erneut klar, wer in diesem kleinen Drama der Chef war. Und genau wie vorhin war ich klug genug, zu erkennen, dass es Situationen gab, in denen die einzige Möglichkeit nicht zu verlieren, aus Aufgeben bestand und sich einfach an der einzigen Rettungsweste, die in Griffweite war, festzuklammern. In diesem Fall war das er.

Also klammerte ich an ihn und lief rückwärts, bis ich die Wand hinter mir spürte. Dann nahm er mein eigenes Champagnerglas und hob es an meine Lippen. Bevor ich es allerdings damit in Berührung kam, hatte er es so weit geneigt, dass sich der Inhalt über mich ergoss, dank der Nippelklammern Wasserfälle erzeugte und dann das letzte bisschen auf meine Muschi traf, sodass ich komplett tropfte, durchnässt war, glitzerte.

Und dann ging er vor mir auf die Knie, schob meine Beine weiter auseinander, als es angenehm war.

Mit der einen Hand hielt ich mich an der Wand fest, die anderen fand Halt an seiner Schulter. Auch wenn er auf den Knien war, stellte er sicher, mich aus dem Gleichgewicht zu bringen, sodass ich wusste, dass er noch immer der war, der die Kontrolle hatte.

Als sein Mund allerdings auf meinen Kitzler traf, die samtigen Perlen gegen meine Knospe drückte und er mich leckte und den verschütteten Champagner auf mir verteilte, hin und her, vor und zurück...

„Oh Gott", schrie ich. Es war mir vollkommen egal, wo wir waren, wer mich hörte. Alles außer der verdammten magischen Samtigkeit seiner Zunge, die auf meine intimste Stelle traf und das Nirwana, in das er mich gerade gebracht hatte, war mir vollkommen egal.

Meine Beine zitterten, aber ich schaffte es, aufrecht zu bleiben, während er einen Arm um meinen Oberschenkel legte und mich noch enger, fester an sein Gesicht und seine forschende Zunge schob.

Ich erschauderte weiter. Der Orgasmus hörte nicht auf. Ich war zerflossen, zwischen meinen Beinen war geschmolzene Lava, das Verlangen, das mich zum Leuchten gebracht hatte, verwandelte mich in ein Lichtwesen, so exquisit, dass all das Glitzern der Steine im Raum in mir entzündet wurde.

Ich schrie erneut auf, während seine Zunge sich bewegte und mein Magen drehte sich um und der Tanz lebte in mir weiter, während er mich komplett dominierte. Die Perlen verstärkten das Gefühl noch weiter und seine Zunge. Sie hörte einfach nicht auf. Ich wollte nicht, dass sie jemals wieder aufhörte. Hör nie auf, oh Gott, hör nie auf...

Ich warf meinen Kopf in den Nacken und stieß meine

Brüste nach vorne. Die baumelnden Nippelklammern tanzten, zogen an mir, stimulierten mich nur noch mehr, obwohl das eigentlich nicht hätte möglich sein sollen. Oh *Scheiße*, Lust wie diese sollte nicht möglich sein. Wie war das möglich?

Und dann war Beau plötzlich nicht mehr auf dem Boden. Er war auf den Beinen und die Perlen waren an die Seite geschoben, nur ein wenig, sodass sie feucht an meinem Kitzler lagen, während er hart wie Stahl in mich eindrang.

Ich zog mich zusammen und schrie auf. Meine Arme schlangen sich um seinen Hals und ich klammerte mich an ihn. Er war mein Rettungsboot im tosenden Ozean, während die Wellen über mich hereinbrachen und mich bedeckten. Ich krampfte um sein Glied, die Höhepunkte hörten einfach nicht auf.

Ich wusste nicht, dass es so sein konnte. Wieso hatte mir nie jemand gesagt, dass es so sein konnte? Wenn ich gewarnt worden wäre, dann hätte ich es vielleicht irgendwie verhindern können, hätte...

Er stieß wieder in mich, so, so tief, dass ich auf eine vollkommen neue Art und Weise um ihn herum erschauderte. Eine vollkommen neue Reaktion auf die Lust begann.

Ich vergrub die Fingernägel in seinen Schultern, aber ich war mir nicht sicher, ob er das überhaupt durch seinen Smoking fühlen konnte. Aber immerhin fühlte er etwas, denn er kam ebenfalls, fickte mich an der Wand mit verzweifelten Stößen, fixierte mich wie einen eingefangenen Schmetterling. Wir waren beide außer Atem und zitterten, während er in mir explodierte.

Dann lehnte er sich vor und sein heißer Atem traf heftig auf mein Ohr. „Du bist jetzt überall, wo es möglich ist, mit

Radcliffe markiert worden. Du bist von mir bedeckt, innen und außen."

Ich zitterte und erschauderte und klammerte mich für einen weiteren Augenblick an ihn, bevor er sich von mir löste, denn Gott, das, was er gesagt hatte, war soeben zeitgleich das genau Richtige und das genau Falsche gewesen.

Denn er hatte keine Ahnung, welche Macht ein Name hatte und wie er genau alles war, was ich mir jemals gewünscht hatte.

Schließlich war sein Name der Grund dafür, warum ich hier war.

Ich würde diese Juwelen am Ende des Abends zurückgeben, aber der Name Radcliffe würde am Ende mir gehören.

8

Beau

„JETZT, wo wir wieder in unserem Zimmer sind, denke ich, dass eine Bestrafung ansteht", sagte ich, während ich die Tür hinter uns schloss.

Ein dunkles Verlangen hatte mich überkommen und es gab nur einen Weg, es zu stillen.

„Bestrafung?" Ihre Augen waren groß geworden, aber das freche Lächeln in ihrem Gesicht zeigte mir, dass sie genau wusste, was auf sie zukam... was sie mir schuldete.

„Der Schmuck meiner Familie sollte vorsichtig und respektvoll behandelt werden. Niemals sollten Radcliffe Diamanten mit Champagner versaut werden", begann ich meinen Vortrag, ergriff meinen Gürtel und öffnete langsam die Schnalle.

„Ach, wirklich?", fragte sie und machte ein paar Schritte nach hinten in Richtung des Bettes. Sie ließ die Fingerspitzen über die Diamanten auf ihrem Körper gleiten und fügte hinzu: „Bin ich ein ungezogenes Mädchen gewesen?"

„Ein sehr ungezogenes Mädchen."

Ich ergriff meinen Gürtel und zog ihn aus den Schlaufen. Das Geräusch des Leders und das metallene Klimpern der Schnalle führten dazu, dass Abilene mit großen Augen hinabsah.

„Wa... Was hast du vor?" So langsam bekam ihre Maske Risse und ich konnte in ihren Augen eine Mischung aus Angst und Verlangen erkennen.

Anstatt mit Worten zu antworten, ergriff ich ihren Arm und drehte sie um, sodass sie auf das Bett gelehnt war. Sie trug keine Kleidung, die mir den Zugang erschwert hätte und ihr fester, schöner Arsch war das perfekte Ziel. Ohne Zögern traf der Ledergürtel auf ihren Arsch. Mir gefiel das Geräusch, das er machte, genauso sehr wie ihr überraschter Aufschrei.

„Ich werde dir den Hintern versohlen, damit du lernst, dem Namen Radcliffe den gebührenden Respekt zu erweisen."

Zu meiner Überraschung blieb Abilene in Position. Sie hielt ihren Hintern nach oben gereckt, während ihr Körper auf der Matratze ruhte. Die Diamanten glitzerten im schwachen Licht im Zimmer, während sie über das Bett glitten. Ihre roten Haare hatten sich aus ihrer Hochsteckfrisur gelöst und umschmeichelten nun ihre Haut.

Ich schlug sie mit dem Gürtel. Einmal, nochmal und genoss, wie sie nach Luft schnappte und wimmerte. Was ich allerdings am besten fand, war, dass sie in Position blieb. Sie hatte sich meiner Dominanz unterworfen und ich konnte es kaum aushalten, meinen Schwanz nicht in ihr zu haben. Ich versuchte mich weiter auf meine Rolle zu konzentrieren, schlug noch ein wenig fester mit dem Leder zu und beobachtete, wie ihre Haut mit jedem Schlag roter wurde.

„Das tut weh", schrie sie.

Ich schlug erneut zu.

„Beau…"

Und ein weiterer.

Meine dominante Seite brauchte mehr davon und dass sie sich so unterwarf, schien geradezu danach zu rufen. Immer und immer wieder schlug ich mit dem Gürtel zu, bis jeder Zentimeter ihrer Haut aussah, als sei er verbrannt. Ihr Stöhnen hatte sich in Schreie und Wimmern verwandelt, aber ihr Körper ging nie aus der Position.

Es war unglaublich schön.

Und selbst als ich aufgehört und den Gürtel auf den Boden geworfen hatte, blieb mein unterwürfiger Liebling in Position und wartete auf die nächste Anweisung.

Gott, ich musste sie spüren.

Ich wollte sie in den Armen halten, sie liebkosen, sie für immer beschützen.

Ich nahm sie in den Arm und hielt sie. Sie kuschelte sich an mich und ich wusste, dass ich es genauso sehr brauchte wie sie, dass ich mich nun um sie kümmerte.

Ich küsste ihre Stirn, ihre Wangen, ihre Nasenspitze und dann ihre Lippen. Ich drückte meinen Körper gegen den ihren und schob meine Zunge zwischen ihre Lippen, sodass ich ihre berühren konnte, eins werden konnte.

Wir küssten uns. Meine Lippen drückten sich sanft auf ihre und ich war kurz vor dem Wahnsinn.

Was zum Teufel tat ich hier?

Ich wusste es besser. Ich brach meine eigenen Regeln. Ich kam ihr zu nah. Viel, viel zu nah.

Und trotzdem…

Irgendwas an dieser Frau brachte meinen Körper zum Beben. Dass sie ihre Verletzlichkeit und ihre Unterwürfigkeit so sanft und ehrlich zeigte, hatte meine Libido befeuert. Sie war nicht zimperlich oder arrogant, wie viele Frauen, die ich kennengelernt hatte, sondern lieb und aufrichtig... zumindest tief in ihrem Inneren. Ich konnte es sehen, egal wie sehr sie versuchte, es zu verstecken. Natürlich konnte sie wirklich frech sein, aber die Wahrheit war, dass Abilene eine starke Frau war mit einer Natur, die ich noch nie zuvor erlebt hatte und nichts hatte mich je mehr erregt.

Ich versuchte Abilene gegen die Wand zu drücken. Ich wollte sie direkt hier nehmen. Ihr perfekter, fester und kurviger Körper bewegte sich jedoch keinen Zentimeter.

Sie schüttelte den Kopf. „Wir haben eine Regel gebrochen. Eine deiner Regeln. Erinnerst du dich an den Vertrag?" Ihr Lächeln und das Glitzern in ihren Augen zeigte mir, dass sie es liebte, dass ich die Regel gebrochen hatte, dass sie es liebte, dass sie nun die besseren Karten in den Händen hielt, weil ich die Kontrolle verloren hatte.

„Dein Ernst?" Ich lächelte verführerisch, blickte zu ihr hinab. „Vielleicht muss ich die erneut bestrafen, weil du die Regeln gebrochen hast."

„Ich?", flüsterte sie, die Lippen nahe an meinem Ohr. „Für einen Kuss braucht es zwei." Sie begann verführerische Küsse an meinem Hals zu platzieren. „Vielleicht sollte ich es noch einmal machen, nur um zu sehen, wie viel Ärger ich bekomme..."

„Abilene...", warnte ich sie. Ich fühlte, dass ich kurz davor war, erneut die Kontrolle zu verlieren, denn ich wollte wirklich, dass meine Zunge wieder mit ihrer tanzte.

„Beau...", warf sie zurück und küsste mich weiter, während die Funken um uns herum nur so sprühten.

„Offenbar habe ich dir den Hintern nicht genug versohlt."

„Oh, das hast du... Vielleicht mochte ich es einfach. Sehr."

Ich konnte mich nicht eine Minute länger unter

Kontrolle halten. Ich legte meine Hände auf sie und drückte sie gegen die Wand. Nachdem ich ihre Hände ergriffen hatte, platzierte ich sie über ihrem Kopf und hielt sie mit einer Hand fest, während die andere damit begann, ihr die Diamanten vom Körper zu reißen. Ich riss, ich zog und bevor ich überhaupt das nächste Mal Luft holte, hatte ich sämtlichen Radcliffe-Schmuck von ihrem Körper entfernt. Meine Lippen drückten sich voller Verlangen mit aller Kraft auf ihre.

Ich legte meine Lippen an ihren Hals und begann, sie zu küssen, zu saugen und zu beißen. Da Abilenes Arme noch immer über ihrem Kopf fixiert waren, hatte sie keine Chance, sich gegen das, was ich tun wollte, zu wehren. Als meine Zähne ihre Haut berührten, begann ich damit, mich mit derselben Dringlichkeit und Wut meiner eigenen Kleidung zu entledigen, mit der ich sie gegen die Wand gedrückt hatte.

Ich hatte diese Frau an diesem Abend bereits gefickt, aber ich konnte nicht genug von ihr bekommen. Ich küsste ihre Brust und dann die andere, saugte an ihrem Nippel, biss sanft mit den Zähnen. Sie schnappte nach Luft, stöhnte, feuerte meinen Weg ihren Oberkörper hinab immer weiter an. Als ich schließlich mein Ziel erreicht hatte, küsste ich jedes Gramm ihres Fleisches und leckte ihren gesamten Schlitz, bis sie vor Verlangen stöhnte. Ich hatte es kaum erwarten können, mehr von ihr zu schmecken, in unserem Zimmer, wo es nur uns gab und so fand meine Zunge den Weg in ihr feuchtes, kleines Loch.

„Beau...", stöhnte sie und versenkte ihre Fäuste in meinen Haaren. „Fick mich. Ich will, dass du mich jetzt nimmst."

Endlich... Ich ließ sie zu Boden gleiten, platzierte meinen Körper über ihrem, fand ihren Blick und ließ den

Kontakt nicht abbrechen. Sie sah mir tief in die Augen, verband unsere Seelen, unsere Energie.

Ich schob mich tief in sie und hielt dann inne. Ich brauchte einen Moment, um etwas für mich zu tun. Ich fühlte eine Verbindung, eine Nähe, die ich nie zuvor gefühlt hatte. Ich sah Abilene in die Augen und schaute sie einfach an. Ich sah die Frau an, während wir eines wurden.

„Du gehörst mir", gab ich leise zu und war von den Gefühlen, die mich zu übermannen drohten, verwirrt. Es war so viel mehr als einfach nur dominant und das Verlangen, wie es bisher gewesen war. So, so viel mehr.

„Ich habe mir nichts mehr gewünscht, als das zu hören."

Ich legte meine Lippen auf ihre und küsste sie, bis ich das Gefühl hatte, dass unsere Lippen miteinander verschmolzen. Ihr Atem war meiner, meiner war ihrer. Ich fühlte, wie ihre Zunge sich an meiner bewegte, wie ihre Hände mich liebkosten. Wir umarmten uns.

Ich bewegte mein Glied langsam mit einem sinnlichen Rhythmus heraus und hinein. Ich liebkoste ihre Haare und lächelte sanft, während ich ihr in die Augen sah.

Wer fickten einander nicht einfach.

Es ging nicht darum, dass wir beide kamen.

Wir waren...

Scheiße... Wir waren.

Ohne ein Wort zu sagen, zog ich meinen Schwanz ganz aus ihr raus, neckte sie, küsste erst eine Brust und dann die andere. Ich saugte an einem Nippel und konzentrierte mich dann auf den anderen. Ich küsste und leckte jede Stelle ihres Bauches. Ich konnte nicht genug bekommen. Ich konnte von dieser Frau einfach nicht genug bekommen. Ich brauchte mehr. Ich brauche Abilene mehr, als ich jemals irgendwen in meinem Leben gebraucht hatte.

Ich bewegte meinen Körper, sodass ich mein Glied

erneut tief in sie stoßen konnte. Ich zog es schnell wieder heraus, nur um dann mit der Kraft der reinen Lust wieder in sie zu dringen.

„Schau mir in die Augen", verlangte ich.

Abilenes Blick ging mir bis in die Seele, verlangte, dass ich es ihr gleichtat, nie wegsah. Ich wollte Kontrolle, aber ihre Augen verlangten, dass ich sie ihr gab. Sie hatte die Macht, egal wie sehr ich versuchte, mich dagegen zu wehren.

Ich streckte die Hand nach ihrem Gesicht aus und ließ die Finger sanft über ihr Kinn gleiten, während sie mich langsam zum Höhepunkt brachte.

Ich drückte mich noch einmal tiefer in sie und hinterließ dann eine Spur aus Küssen an ihrem Hals. „Komm für mich, Abilene. Ich möchte fühlen, wie deine Muschi sich um meinen Schwanz zusammenzieht."

Ein wildes Feuer brannte tief in mir, als sie genau das tat. Sie zog sich um mich herum zusammen und flüsterte: „Ja, Sir." Dann zuckte sie wie verrückt.

Als ihr Orgasmus abflachte, drehte ich mich auf den Rücken und erlaubte Abilene, mich zu reiten. Ihre schlanken Schenkel an den Seiten meines Körpers brachten mich weiter an den Abgrund. Ihre Haare umrahmten ihr Gesicht, ihre perfekten Augen, die einen verzaubern konnten und die Art und Weise, wie sie sich bewegten, nahmen mir fast all die Kontrolle, die ich noch hatte.

Ich schloss die Augen und begann meinen Körper rhythmisch zu bewegen. Das Feuer brannte sich langsam durch meinen gesamten Körper. Ich konnte das Inferno spüren, das in mir immer heißer mit einer unglaublichen Kraft brannte, das heißer wurde, als ich es mir jemals hätte vorstellen können. Die Hitze führte dazu, dass jedes Stöhnen lauter wurde, dass jeder Atemzug mehr stockte.

Abilene warf ihren Kopf in den Nacken und griff nach meinen Händen. Sie legte sie auf ihre Brüste, während sie meinen Schwanz ritt, als sei sie wild geworden. Sie ging runter, wann immer ich nach oben stieß. Ich bewegte meinen Körper schneller, feuerte die Hitze in mir weiter an, bis ich schließlich ihren Namen rief und sie mit ihren eigenen Lustschreien in meine einstimmte.

Wir bewegten unsere Hüften, bis wir komplett ausgelaugt waren. Langsam glitt Abilene von mir und kuschelte sich mit ihrem kleinen Körper an meinen. Es schien, als würden wir gleichzeitig atmen, während wir versuchten, wieder in dieser Welt zu landen, normal zu atmen.

Normal.

Was zum Teufel war normal?

Ich konnte spüren, dass mein Herz schneller schlug und sich mir der Magen umdrehte. Augenblicklich wurde mein befriedigter Körper stocksteif. Die Panik setzte ein. Ich hatte mich dieser Frau langsam geöffnet und jetzt war ich verletzlich.

Schwach.

Ich musste stark bleiben, wenn ich es durch diese Rituale schaffen wollte. Das hier war nicht nur ein Spiel. Das hier war mein Leben. Meine Zukunft. Und der Beschützer in mir erkannte, dass es auch um Abilenes Zukunft ging. Ich wollte ihr dabei helfen, das zu erreichen, was sie sich gewünscht hatte. Sie hatte es verdient. Sie würde es bekommen. Ich würde sichergehen, dass sie es bekam.

Aber nicht, wenn ich schwach war.

„Das war... Heute Abend war... wow", murmelte Abilene, die fast einzuschlafen schien, während sie sich noch enger an mich kuschelte.

Während das unbändige Verlangen meine Arme um sie

zu legen und sie zu küssen und ihr schöne Worte und Versprechen zuzuflüstern, meine Seele heimsuchte, stand ich auf und
ging hinüber zum Fenster, um wieder zu Sinnen zu kommen.

Im Zimmer herrschte Stille. Erdrückend. Die Realität
kämpfte mit der Euphorie, die wegen des unglaublichen
Sexes, den wir gerade gehabt hatten, noch immer in mir
verblieb.

„Beau...", sagte Abilene schließlich leise und unter-
bracht die steigende Anspannung mit dem warmen Klang
ihrer Stimme.

Ich hätte die Vorsicht vergessen und einfach mit ihr ins
Bett gehen sollen.

Ich hätte sie küssen sollen, wie ich es wollte.

Ich hätte ihren Körper liebkosen und sie daran erinnern
sollen, dass er mir gehörte, auch wenn das Spiel aus Dominanz und Unterwerfung, das wir gerade absolviert hatten,
nicht mehr präsent war.

Ich hätte die Regeln vergessen sollen. Die Verbote heben
sollen.

Ich hätte all das tun sollen.

Verdammt, ich sollte all das tun.

„Wir müssen uns an den Vertrag halten", sagte ich und
weigerte mich, hinüber zu Abilene zu blicken, die nackt im
Bett lag. „So geil heute Nacht auch war. Wir haben eine
Grenze überschritten."

„Weil wir uns geküsst haben?"

Ich nickte, auch wenn wir die Grenzen auf viele andere
Arten überschritten hatten, nicht nur, weil wir uns küssten.
Zumindest galt das für mich. Vielleicht war es meine
Schuld.

Ich holte tief Luft. „Wir haben den Vertrag nicht
grundlos aufgesetzt."

„Ist das dein Ernst? Du willst, dass wir uns an den dummen Vertrag halten? Wir haben doch eben noch darüber gescherzt und jetzt machst... Ist das dein verfickter Ernst?" Ihre Worte waren schar und ohne sie anzusehen, war mir klar, dass sie wütend war.

Wütend war gut.

Wütend war sicher.

„Wir haben eine Geschäftsbeziehung", fuhr ich fort.

„Du willst mich doch verarschen!", schrie sie. „Wir hatten gerade Sex und waren uns näher als je zuvor und du fängst an, von Geschäftsbeziehungen zu sprechen? Fick dich, Beau. Du bist ein verdammter Wichser."

Gut. Es ist gut, wenn man mich nicht mag. Ich wollte nicht, dass die Leute, mit denen ich Geschäfte machte, mich mochten. Schwarz und weiß, kalt und auf den Punkt. Man sollte mich respektieren, nicht mögen. Das Geschäft war das Geschäft.

Ich drehte mich auf dem Absatz um, um sie zu konfrontieren und bereute es augenblicklich. Ihre Wut machte sie nur noch geiler. „Sei nicht böse", verlangte ich. „Ich habe von Anfang an klar gemacht, was ich erwartet habe. Du und ich, wir fangen an, das alles hier... kompliziert zu machen. Ich spreche nur davon, damit wir wieder Ordnung hineinbringen können."

„Kompliziert?" Sie sprach das Wort ruhig, was nur dazu führte, dass ich die Wut in ihren Augen noch mehr wahrnahm.

„Ja, kompliziert. Das möchte ich einfach nur klarmachen."

Ich schwang sich vom Bett und marschierte ins Bad... schon wieder. „Nun. Das wollen wir auch wirklich nicht. Niemand möchte, dass es kompliziert ist."

Das Letzte, was ich im Zimmer hörte, war die Tür, die sie hinter sich zugeschlagen hatte.

9

Abilene

KOMPLIZIERT. Kompliziert.

Ich würde ihm zeigen, was kompliziert war.

Ich warf Beau, der friedlich schlafend neben mir im Bett lag, einen bösen Blick zu. Natürlich konnte er schlafen. Offenbar war das die Art Mann, die er war. Er konnte unglaublichen, alles verändernden Sex mit mir haben, der sich so, so...

Ich schluckte schwer und drückte die Hände auf die Augen.

Verdammte Scheiße, ich war die Dumme hier.

Ein Mann, der Dinge versprach und schöne Dinge sagte, wenn er mit einem schlafen möchte, das war nun wirklich nichts Neues.

Du gehörst mir.

Und dann war ich dumm genug, ihm zu sagen, wie sehr ich mir gewünscht hatte, das zu hören.

Dumm!

Ich riss mir die Decke vom Körper und stand auf. Beau bewegte sich nicht einmal.

In dem Moment, in dem meine Füße den Boden berührten, drehte sich mein Magen um und nicht auf die gute Art und Weise. Oh Scheiße, nicht schon wieder. Ich legte den Kopf in den Nacken. Ernsthaft? Das brauchte ich nicht schon wieder.

Ich hatte am Abend nicht viel gegessen und ein leerer Magen war keine gute Idee. Ich würde mit den Konsequenzen leben müssen, wenn ich nicht direkt etwas zu essen bekam. Es war nicht so, als könnte ich irgendjemandem hier sagen, was ich zu essen brauchte. Ha.

Ich sah Beau, der noch immer schnarchte, so als wäre alles in Ordnung, böse an. Wahrscheinlich war es das. Er kam gut durch die Rituale. Er konnte es mit einem geilen Mädchen, dass quasi darum flehte, sein Sexspielzeug zu sein, treiben. Gott, ich fühlte mich so *dumm* wegen dem, was in dieser Nacht passiert war!

Ich gab einen Scheiß auf diese archaischen Regeln, dass man hier ohne männliche Begleitung das Zimmer nicht verlassen durfte. Das war einfach frauenfeindlicher Schwachsinn.

Und vielleicht war es eher Dummheit und Leichtsinn, aber in diesem Augenblick war mir das alles egal. Ich zog einen Bademantel über und ging hinüber zur Tür, öffnete sie und verschwand auf dem dunklen Flur.

Mein Herz begann direkt zu rasen. Es war unglaublich, dass es sich so verboten anfühlte, durch ein dunkles Haus zu laufen. Es war ein wenig, als sei ich ein Teenager, der zu spät nach Hause kommt. Ja, ja, ich wusste, dass es Konsequenzen haben würde, aber in diesem Moment erschienen mir all ihre Regeln und ihre kleinen Rituale einfach absurd.

Sie waren einfach reiche Wichser, die zu viel Zeit hatten und sich gerne verkleideten.

Der Rest von uns lebte in der echten Welt. Der Welt, in der man mitten in der Nacht hungrig wurde und für einen verdammten Snack in die Küche ging.

Trotzdem versuchte ich so weit wie möglich in den Schatten zu bleiben, während ich durch die abgedunkelte Villa schlich. Hier und da gab es Licht, sodass ich sehen konnte, wohin ich ging, und ich wusste noch, wo die Küche war. Oh, das hatte ich mir definitiv auf meinem kleinen Ausflug mit Beau gemerkt.

Ich war aufmerksam, aber alles war ruhig. Es war fast gruselig, wenn ich ehrlich war. Ich glaubte nicht an Geister. Zumindest nicht an solche, die in alten Häusern umhergingen. Nein, mir waren eher die Geister bekannt, die die Erinnerungen heimsuchten – und die waren definitiv real. Tina suchte mich regelmäßig heim und sie wandelte munter irgendwo auf dieser Welt, zumindest ging ich davon aus. Aber ich hatte keine Angst, dass irgendwelche wütenden Männer aus dem Bürgerkrieg hier ihren großen Auftritt haben würden. Meiner Erfahrung nach richteten die Lebenden deutlich mehr Schaden an als die Toten.

Gott, heute Nacht war es so gewesen, als hätte Beau einfach einen Schalter umgelegt...

Das hatte ich schon einmal erlebt.

Tina war genauso. Sie hatte geschworen, dass wir Schwestern seien. Schwestern mit unterschiedlichen Vätern. Schwestern für immer, das hatte sie mir erzählt.

Ich hatte sie kennengelernt, als ich vierzehn war und in einer weiteren Pflegefamilie platziert worden war. In dem Moment, in dem meine Sozialarbeiterin vor dem alten Wohnwagen angehalten hatte, vor dem Spielzeug und alte

Fahrräder den Rasen bedeckten, dass das hier nur ein weiterer Halt in meinem Albtraum sein würde.

Ich hatte angefangen zu weinen und die Sozialarbeiterin angefleht, mich nicht dort zu lassen. Sie hatte behauptet, dass die Morrisons sehr nett seien und dass sie weitere drei Mädchen beherbergten, die nur wenige Jahre älter waren als ich. Wollte ich etwa keine Freundinnen haben? War ich es nicht leid, ein großes Zimmer und ein Bad mit all den anderen Mädchen in der Wohneinrichtung zu teilen? War es nicht so, dass ich dort gemobbt wurde? Sie hatte Himmel und Hölle in Bewegung gesetzt, damit ich herkommen konnte und wenn ich ihr nicht dankbar dafür war, dann würde sie umdrehen und ein Mädchen herbringen, das es mehr verdient hatte als ich.

Ich war aus dem Auto gestiegen.

Die Morrisons hatten gelächelt und hatten mich vor der Sozialarbeiterin überschwänglich in ihrem Haus willkommen geheißen. Aber sie waren tatsächlich keine sonderlich guten Schauspieler gewesen. Ich hatte direkt hinter ihre Fassade blicken können. Ich war ihnen vollkommen egal. Sie machten all das hier nur wegen des Geldes. Die Sozialarbeiterin hatte entweder keine Ahnung oder hatte so viel auf ihrem Schreibtisch, dass es ihr vollkommen egal war. Mich hierher zu bringen hieß, dass sie einen Fall weniger hatte und ohne sich zu lange aufzuhalten, war sie wieder in ihr Auto gestiegen und in ihrem ordentlichen Pontiac davongerauscht.

Ray Morrisons erste Worte an mich war die Aufforderung, ihm ein Bier zu holen. Als ich mich nicht schnell genug bewegt hatte, hatte er angefangen, mich zu beschimpfen.

Ich hatte sehr schnell bereut, dass ich jemals aus dem Auto gestiegen war.

Wenn es Tina nicht gegeben hätte. Sie war bereits seit sechs Monaten dort gewesen und sie kümmerte sich um mich. Sie brachte mir bei, wie man Mr. Morrisons schlimmsten Wutanfällen entging und dass man Mrs. Morrison besser nicht begegnete, wenn sie trank.

Ich verbrachte Stunden damit, ihr zuzusehen, wie sie sich schminkte, hörte ihr zu, wie sie über Jungs und die Schlampen an ihrer Schule sprach und erfuhr von ihrem Traum, dass sie eines Tages nach L.A. ziehen wollte und dort eine erfolgreiche Schauspielerin werden wollte. Für mich war sie noch glamouröser als jede Schauspielerin in den Hochglanzmagazinen. Sie war eine Göttin. Ich konnte einfach nicht glauben, dass sie sich herabließ, um Zeit mit jemandem wie mir zu verbringen.

Erst Jahre später war mir klar geworden, dass Tina es einfach mochte, wenn man zu ihr aufsah. Sie mochte es, sich selbst reden zu hören, aber es war noch besser, wenn sie einen untergeben Diener hatte, der alles in sich aufnahm. Innerhalb eines Jahres hatte ich weiterhin bewiesen, dass ich eine tolle Komplizin für ihre regelmäßigen Ladendiebstähle war.

Ich war die Ablenkung, während sie ihre Lieblingskosmetik in ihrem BH verschwinden ließ. Danach war alles nur noch weiter eskaliert. Ich hatte es nie machen wollen, aber mit Tina schien es immer so einfach und cool... und es funktionierte.

Wir waren nur einmal erwischt worden.

Nein, das ist nicht richtig. *Ich* bin erwischt worden. Tina war die Ablenkung oder *sollte* die Ablenkung sein und ich klaute.

Die Ladenbesitzerin allerdings hatte in meine Richtung geschaut und wies ihren Neffen an, mich festzuhalten. Der

Neffe hatte quasi direkt hinter mir gestanden und ich hatte keine Ahnung gehabt, dass er da war.

Tina war weggelaufen, als sie sah, dass ich hochgenommen wurde. Ich konnte ihr keinen Vorwurf machen. Wenn ich in ihrer Lage gewesen wäre, wäre ich wohl auch davongerannt. Zumindest habe ich mir das selbst eingeredet. Es war schlimm genug, dass eine von uns beiden erwischt worden war. Es gab keinen Grund dafür, dass wir beide den Ärger bekommen sollten. Überhaupt keinen Grund... Nur, dass ich wusste, dass ich Tina niemals alleine zurückgelassen hätte. Wir waren Blutsschwestern. Wir hatten ein Ritual gemacht, uns in die Handflächen geschnitten und dann die Hände geschüttelt und alles. Ich wäre für sie gestorben.

Sie allerdings war fortgelaufen. Die Ladenbesitzerin war tatsächlich sehr nett gewesen, wenn man die Umstände bedachte. Sie gab mir die Wahl, sie würde entweder meine Eltern oder die Polizei anrufen.

Also gab ich ihr Rays Telefonnummer.

Er kochte vor Wut, als er kam, um mich abzuholen und entschuldigte sich überschwänglich bei der Besitzerin, während er für die Kosmetikprodukte und die Ohrringe, die ich hatte klauen wollen, bezahlte. Und ich war an dem Abend, nachdem Ray und ich wieder zu Hause angekommen waren, von diesem grün und blau geschlagen.

Tina hatte mich danach im Arm gehalten, während ich vor Schmerzen geweint hatte. Das war wenigstens etwas gewesen, oder?? Sie hatte sich nie dafür entschuldigt, aber andererseits hatte sie auch nichts falsch gemacht, nicht wirklich.

Nur, dass das von da an ein Muster war, das wir immer und immer wieder wiederholt hatten. Der Tag war nur das erste Mal, aber mit jedem Tag, mit jedem Monat, mit jedem

Jahr wollte sie mehr und mehr und mehr von mir. Sie nahm immer mehr, ohne etwas zurückzugeben. Sie sagte mir, wie lieb sie mich hatte und dass wir uns glichen, wie ein Ei dem anderen, dass wir beide es mit der gesamten Welt aufnehmen würden.

Am Ende hatte sie mich fallen gelassen und sie tat es auf eine unterschwellige, unaufgeregte Art und Weise, so als wäre ich nur eine Fliege und hätte keine Bedeutung.

Sie war der Ansicht, dass ihr Freund mir mehr Beachtung schenkte als ihr, war eifersüchtig geworden und war mit ihm aus der Stadt weggezogen. Nach fünf gemeinsamen Jahren verschwand sie einfach. Als hätte ich ihr nie etwas bedeutet...

Tatsächlich hatte ich das auch nicht. Ich war immer entbehrlich gewesen. Ich war es wert, in ihrer Nähe zu sein, solange ich für sie von Nutzen war.

Ich blinzelte die dumme Träne weg, als ich in der Küche ankam.

Es war dumm, jetzt an all das zu denken. Ich schlich um zwei Uhr morgens durch eine versaute Sex-Villa, verdammt. Ich hatte keine Zeit, über die Vergangenheit nachzudenken, die längst Geschichte war.

Einfach nur, weil Beau Radcliffe genauso wie meine soziopathische ehemalige beste Freundin, die wie eine Schwester gewesen war, einfach einen Schalter umlegen und seine Gefühle ausschalten konnte... Das war am Ende doch keine große Sache.

Ich atmete hörbar aus und verdrehte dann die Augen wegen mir selbst. Ich hielt inne und versuchte meinen Körper zu beruhigen und mein Geist hörte mir zu. Jetzt war alles genau so still wie vorhin. Gut. Nicht, dass mich das überraschte. Ich war mir sicher, dass alle anderen lebenden Seelen in diesem Haus friedlich in ihren Betten schliefen und genauso schnarchten wie Beau. Hier machte sich niemand Sorgen.

Ich schüttelte den Kopf und öffnete die Tür. Die Küche war weniger gut beleuchtet und im Vorratsschrank war es noch dunkler.

Ich traute mich nicht, das Licht anzuschalten, also tastete ich mich an den Regalböden entlang. Ich holte einige Schachteln hervor, eine nach der anderen. Cornflakes, Cornflakes, Kaffeefilter.

Ich tastete mich zum unteren Regal hinab und holte eine Schachtel hervor, die die richtige Form zu haben schien und hielt sie ins Licht.

Cracker. Bingo

Ich öffnete die Box und schob mir einige in den Mund, dann ging ich hinüber zum Kühlschrank. Ich hoffte wirklich, dass es...

Ich öffnete die Kühlschranktür.

Oh, ja. Ich holte das Ginger Ale hervor.

Das Dinner wahrer Helden.

Ich war gerade dabei, das Ginger Ale zu öffnen, als der Raum sich plötzlich erhellte.

„Und was genau glaubst du, was du da tust, Mädel?"

Ich drehte mich schnell in Richtung der schottischen Stimme und verschüttete fast das Ginger Ale, das ich gerade aufgemacht hatte.

„Gott, Sie haben mich fast zu Tode erschrocken", entfuhr es mir, als ich die füllige Hausdame erblickte.

Sie war mit einem pinken Bademantel bekleidet, den ich mir nie hätte an ihr vorstellen können und warf mir mit verschränkten Armen einen bösen Blick zu.

„Sei leise", fauchte sie und zog am Saum, um angezogener zu wirken. „Willst du das ganze Haus aufwecken?"

Interessant. Ich war immer davon ausgegangen, dass die

Frau mich hasste. Ehrlich gesagt war ich schockiert darüber, dass sie nicht alle darüber benachrichtigte, dass ich ausgebrochen war.

Ich sollte mehr Angst haben. Hier stand einiges auf dem Spiel. Aber nach der heutigen Nacht... Ich wusste auch nicht, wieso, aber alles, worauf ich so hart hingearbeitet hatte...

„Ich weiß nicht, was du glaubst, was du hier tust, du kleines Flittchen, aber du kannst hier niemandem was vormachen."

Sie deutete auf meine Cracker und das Ginger Ale. „Wie weit bist du?"

Zuerst lachte ich – Flittchen? Was war neu... Dann allerdings verarbeitete mein Gehirn, was sie ansonsten noch gesagt hatte und...

Ich wurde kreidebleich. Oh Scheiße. Ich würde ohnmächtig werden. „Wovon sprechen Sie?" Ich schnaubte und warf mir die Haare über die Schultern.

Sie zog die Augen zusammen. „Verkauf mich nicht für dumm, Mädel. Du bist schwanger oder nicht? Wie hast du es geschafft, dass der Arzt das bei der Untersuchung nicht bemerkt hat? Versuch gar nicht erst, es zu bestreiten. Du wirst noch heute einen Schwangerschaftstest machen. Allerdings nur, wenn ich nicht das gesamte Haus aufwecke, um ihnen zu sagen, dass du sie alle belogen hast und du genau *hier und jetzt* disqualifiziert wirst!"

Ich richtete mich auf und machte mir nicht die Mühe, es zu bestreiten.

Fein. Sie hatte die Wahrheit herausgefunden. „Das würden Sie nicht machen. Beau ist Ihnen zu wichtig. Deshalb haben Sie noch nicht alle aufgeweckt. Mich zu disqualifizieren würde auch bedeuten, ihn zu disqualifizieren, und Sie möchten nicht riskieren, dass das passiert."

In ihren Augen erschien die Missgunst, vielleicht war es sogar Hass. Sie war Beau gegenüber sehr loyal und wahrscheinlich empfand sie dasselbe für all die Jungs, die hier aufgewachsen waren. Ich musste das hier vorsichtig angehen.

Ich hielt die Hände in die Luft. „Ich habe nicht vor, hier irgendjemanden zu verarschen."

„Dafür ist es jawohl zu spät. Du hast Beau bereits durch deine Lügen und deine Manipulation in Gefahr gebracht. Erzähl mir, wie du es geschafft hast, den Arzt zu täuschen."

Ich verdrehte die Augen. „Das war nicht sonderlich schwer. Es gab an dem Abend viele Mädchen, die untersucht werden mussten. Ich wusste, dass ihr alle schon vorher an unsere Untersuchungsergebnisse kommt. Ich bin in eine Klinik gegangen und habe mir dort angeblich die Spritze geben lassen, nur dass ich tatsächlich den Arzt dort bezahlt habe, damit er mir sie nicht setzt, weil ich bereits schwanger war. Dann habe ich mit eurem Doktor abgemacht, dass ich sie nicht noch einmal brauche, schließlich war sie in meinen Unterlagen schon vermerkt. Und er hatte schon so viel zu tun, dass es ihm nichts ausmachte, darauf zu verzichten."

Mrs. Hs Gesicht verdunkelte sich. „Und, du kanntest Beau vorher, also war es kein Zufall, dass du hier gelandet bist."

Scheiß drauf, jetzt konnte ich ihr auch die Wahrheit sagen. Ich sah ihr in die Augen und richtete mich auf.

„Es ist sein Baby. Er hat mich in der Nacht, in der wir das erste Mal miteinander Sex hatten, geschwängert, vor etwa zwei Monaten. Deshalb bin ich hier. Ich möchte dafür sorgen, dass dieses Baby alles bekommt, was es verdient. Ich werde es nicht erlauben, dass mein Baby so aufwächst, wie ich aufgewachsen bin. Dieses Kind wird den Namen seines

Vaters und alles, was dieser bedeutet, bekommen. Es wird nicht einfach verstoßen werden. Es wird ein Radcliffe sein."

Aber Mrs. H schüttelte bereits den Kopf. „Du bist eine Lügnerin. Ich kenne meinen Beau gut genug, um zu wissen, dass er vorsichtig ist. Du bist mit dem Kind eines anderen Mannes schwanger und hast dann die Möglichkeit gesehen. Denn das ist, was du bist oder nicht? Eine Opportunistin?", fauchte sie mich an. "Ich kann Menschen wie dich auf eine Meile entfernt riechen."

Ich lachte ein bitteres Lachen und nickte. „Ja. Sehen Sie, das hier ist genau die Art von Scheiße, die ich vermeiden wollte, nachdem ich herausgefunden hatte, dass ich schwanger bin und wer der Vater ist. Da hat Google mir übrigens einige Erkenntnisse geliefert und mir wurde klar, dass das hier genau die Scheiße ist, die mir bevorsteht."

„Du hast ganz bestimmt keine Einladung bekommen. Du bist eine Lügnerin und eine Betrügerin, also versuche mir jetzt nicht irgendeine traurige Geschichte zu verkaufen."

Ich legte die Hände auf die Hüften. „Sie haben recht. Beau selbst hat mir in unserer gemeinsamen Nacht von diesen kranken verfickten Ritualen erzählt."

„Ausdruck", fuhr sie mich an.

Ich verdrehte die Augen. „Also habe ich nachgeforscht und herausgefunden, wo dieser Ort ist." Sie musste nicht wissen, dass es eine ehemalige Schönheit gewesen war. „Ich habe das Haus beobachtet und bin der Limo gefolgt, als sie losfuhr. Dann habe ich mich mit dem Mädchen getroffen, nachdem sie ihre Einladung bekommen hat. Abilene. Ich bot ihr an, für sie zu gehen."

„Du bist eine hinterlistige Schlange", entfuhr es Mrs. H, die aussah, als würde sie innerlich toben.

Ich schüttelte nur den Kopf. „Ich weiß gar nicht, warum

ich mir die Mühe mache, Ihnen das zu erklären. Sie waren offenbar noch nie zuvor in einer schwierigen Lage und können nicht verstehen, was es heißt, wenn man sich Zugang verschaffen muss. Es war der einzige Weg herauszufinden, ob dieser Mann jemals die Art Vater sein konnte, die ich für mein Kind will. Ein Weg, wie ich von ihm die Unterstützung für sein eigenes Fleisch und Blut verlangen konnte." Ich warf die Hände in die Luft und fühlte mich dumm, weil ich mich noch immer verteidigte, tat es aber weiterhin, denn vielleicht fühlte es sich einfach gut an, es jemandem zu erzählen, selbst wenn es diese knallharte Frau war.

„Glauben Sie wirklich, dass mir nicht klar ist, dass es einen Vaterschaftstest geben wird? Natürlich weiß ich das und der wird beweisen, dass das hier Beaus Kind ist." Ich berührte meinen Bauch und schluckte schwer. Gott im Himmel, die Erkenntnis, dass in mir ein kleiner Mensch heranwuchs, brachte mich noch immer aus der Fassung und erstaunte mich.

Mit zwei Monaten waren sie etwa so groß wie eine Weintraube. Das hatte ich auf irgendeiner doofen Website über Schwangerschaft gelesen und seither niemals wieder vergessen. Wieso stellten sie die Größe von Babys immer mit Obst da? Ich konnte es nicht verstehen. Aber ich hatte es seither auch nicht vergessen können. Kleine, mini Baby-Weintraube.

Ich sah sie an. „Ich habe keine Ahnung, was es heißt, Mutter zu sein. Ich habe eine Höllenangst. Aber ich werde es schaffen. Und ich werde es gut machen. Aber ich brauche Schutz. Ich möchte, dass mein Kind einen Vater hat, aber ich möchte auch nicht, dass er mir das Kind wegnimmt. Und ja, ich will die Unterstützung, die ich haben sollte. Glauben Sie wirklich, ich habe gegen den Reichtum und die Macht dieser Menschen irgendeine Chance vor Gericht?"

Ich deutete auf den Reichtum in der riesigen Villa, in der wir standen. „Glauben Sie wirklich, dass sie mich nicht wie einen Käfer zerquetschen würden, wenn sie könnten? Ich war unter dem Schutz des Jugendamtes. Ich weiß, wie es funktioniert. Ich musste sicherstellen, dass ich in dieser Situation so viel Macht wie möglich hatte. Ich selbst habe nichts." Ich drückte fester auf meinen Bauch, während meine Überzeugung wuchs, desto länger ich sprach. Gott, ich konnte nicht glauben, dass ich mir auch nur einen Augenblick lang erlaubt habe, an etwas anderes zu denken, egal wie sehr der Sex mit Beau all das durcheinandergebracht hat. „Aber ‚nichts' ist nicht, was mein Kind haben wird. Es wird ein gutes Leben haben. Ein *wundervolles* Leben."

Und mit den Worten schob ich mir einen weiteren Cracker in den Mund, denn mir war wirklich schlecht. Morgens war es am schlimmsten. Auch wenn der Morgen tief in der Nacht war oder mitten am Tag. Tatsächlich war die Tageszeit vollkommen egal, denn wer immer es Morgenübelkeit genannt hatte, war ein verdammter *Lügner*.

Aber ja, morgens war es am schlimmsten. Deshalb verbrachte ich immer einige Stunden im Bad, nachdem ich aufgewacht war. Normalerweise übergab ich mich für wenigstens eine Stunde, dann lag ich eine Stunde lang auf dem kalten Fliesenboden, dann versuchte ich sauber zu machen und mich innerhalb der letzten halben Stunde zumindest einigermaßen herzurichten, bevor ich beim Frühstück versuchte, Essen hinunterzuwürgen.

Mrs. H starte mich einige lange, stille Momente mit geschürzten Lippen an. Dann ließ sie die verschränkten Arme fallen. Um sie erneut zu verschränken.

Ihr Kinn spannte sich an. Sie öffnete den Mund... Und schloss ihn dann wieder.

Schließlich schüttelte sie den Kopf und zeigte mir ins Gesicht. „Du hast bis nach dem Ritual morgen Abend Zeit, Beau alles, was du mir gerade gesagt hast, zu erzählen, denn wenn du es nicht tust, werde *ich* es machen."

Dann nahm sie eine weiße Schachtel von ihrem Platz auf der Arbeitsplatte, genau links vom Herd.

Sie drückte sie mir in die Hand und deutete mit dem Finger wieder auf mein Gesicht. „Und, ich schwöre, Mädel, wenn du lügst, dann ziehst du den Zorn der Götter auf dich. Morgen Abend. Ansonsten..." Sie warf mir einen letzten bösen Blick zu.

Ich drückte die Schachtel an meine Brust und nickte. Diese bemerkenswerte Frau jagte mir durchaus Angst ein. „Verstanden."

„Jetzt los. Beweg deinen Hintern zurück nach oben, bevor irgendjemand anders dich sieht!"

Und natürlich tat ich genau das.

10

Beau

ABILENE WAR SCHON den ganzen Tag komisch. Ihre grünen Augen schienen durch das Zimmer zu huschen, vermieden mich aber peinlichst. Es schien fast, als fühlte sie sich aus irgendeinem Grund schuldig oder als hätte sie etwas, was sie mir gestehen musste. Sie spielte mit den Fingern und lief auf und ab wie eine eingesperrte Löwin und sie war den ganzen Tag lang still.

Die Frau trieb mich in den Wahnsinn.

Ich hatte erwartet, dass sie auf mich böse sein würde. Ich hatte erwartet, dass sie schmollen würde oder mich mit Schweigen strafen würde. Ich war ein Arsch gewesen, der nur Sex wollte, und das wusste ich genau. Aber ihr Verhalten war nicht das, was ich erwartet hatte und ich hasste, dass ich keine Ahnung hatte, was in ihr vorging. Bei Geschäftsverhandlungen wäre sie ein ebenbürtiger Gegner gewesen. Es war unmöglich zu erkennen, was sie wirklich fühlte oder dachte.

„Okay, es reicht", sagte ich schließlich, während ich meinen Laptop schloss und meine gesamte Aufmerksamkeit auf sie richtete. „Was ist hier los?"

„Was meinst du?", fragte sie, ohne sich zu mir umzudrehen, denn sie starrte weiter aus dem Fenster.

„Du verströmst eine unglaublich nervöse Energie und treibst mich fast in den Wahnsinn. Das passt gar nicht zu dir."

„Nun..." Sie atmete tief durch und drehte sich dann zu mir um. „Ich *bin* nervös."

„Wegen heute Abend?", fragte ich sie und warf einen Blick auf die Schachtel für das heutige Ritual. „Das weiße und das rote Halsband?"

Sie öffnete den Mund, um etwas zu sagen, schloss ihn und warf dann einen Blick auf die Schachtel, von der sie gesagt hatte, dass Mrs. H sie heute Morgen gebracht hatte, während ich im Bad war.

„Was bedeuten die Farben? Weiß? Rot?"

„Sie zeigen, ob ich dich mit den Ältesten teilen werde", erklärte ich nüchtern. „Rot heißt, dass ich dich mit von mir ausgewählten Männern teile. Weiß heißt, dass ich dich mit allen teile."

„Gott im Himmel..."

„Das wird kein schönes Ritual... aber dafür sind wir hergekommen oder nicht?"

„Ja, stimmt. Deshalb sind wir hier", wiederholte sie, aber ihr Tonfall machte klar, dass das, was ich ihr gesagt hatte, nicht wirklich das war, was sie dachte. „Ich schätze, mir gehen einfach die Nerven durch."

„So nervös und... so beunruhigt... warst du vor keinem der anderen Rituale. Was ist jetzt anders?" Ich nahm ihr ihre Geschichte nicht ab.

Sie zuckte mit den Schultern und richtete ihre Aufmerksamkeit erneut auf das Fenster.

„Abilene..."

Sie sah mich immer noch nicht wieder an, sagte allerdings: „Weißt du... Ich habe die Tage hier in der Villa damit verbracht, etwas rausfinden zu wollen. Ich wollte erfahren, was für ein Mann du wirklich bist. Tief in dir."

„Und was ist der Zweck davon?", fragte ich sie.

„Ich wollte dich kennenlernen."

„Du musst mich nicht kennen, um diese Rituale zu absolvieren. Wir müssen uns einfach nur konzentrieren und an den Plan halten."

„Ja, an den Vertrag", murmelte sie, während ihre Finger über den Stoff der Vorhänge glitten. „Wie konnte ich das nur vergessen?"

„Ja, der Vertrag", wiederholte ich. „Ich weiß, dass ich letzte Nacht ein Arschloch gewesen bin, und auch wenn ich das, was ich gesagt habe, genauso gemeint habe, wollte ich nicht, dass es sich so kalt und grob anhört, wie ich es gesagt habe. Manchmal sage ich genau das, was ich denke, ohne das mir klar ist, wie das für andere rüberkommt. Es tut mir leid, wenn ich dich verletzt habe."

„Du hast mich nicht verletzt", fuhr sie mich an. „Ich weiß genau, warum ich hergekommen bin. Du musst mich nicht daran erinnern."

„Fein", entgegnete ich und nahm die Schachtel mit den Halsbändern, die ich ihr dann reichte. „Wir müssen uns fertigmachen. Wir wollen nicht zu spät kommen. Such du die Farbe aus."

„Wir nehmen das weiße", fauchte sie und ergriff das Halsband. „Zum Teufel, es ist ja nicht so, als würde es dir etwas ausmachen. Es ist einfach ein weiteres Ritual, das wir bestehen müssen, nicht wahr?"

Ich wartete nicht ab, was sie noch sagen würde, sondern

nahm stattdessen meinen Smoking und ging ins Bad. Wut strömte durch meine Adern und ich wusste nicht genau, warum. War es, weil sie wütend auf mich war? War mir wichtig, was sie dachte? Lag es daran, dass mir selbst die Regeln des Vertrages widerstrebten und dass die schwarz-weiße Welt, in der ich gerne lebte, langsam grau zu werden schien?

Eine Sache war sicher...

Diese kleine, sexy Rothaarige hatte es geschafft, mir unter die Haut zu fahren, auch wenn ich mein Bestes gegeben hatte, das zu verhindern.

Es erstaunte mich, dass Abilene mit nichts als dem weißen Halsband bekleidet herumlaufen konnte und trotzdem den Kopf hoch erhoben hielt, die Schultern nach hinten drückte und ein unglaubliches Selbstbewusstsein ausstrahlte, was ich nie zuvor bei einer Frau gesehen hatte. Sie schämte sich nicht, es war ihr nicht peinlich. Sie versteckte sich nicht hinter mir oder versuchte ihren Bademantel, so lange, wie sie konnte zu tragen. Sie packte die Situation mit einer so unglaublichen Würde, mit einer solchen... Kraft beim Schopf.

Als wir den Ballsaal betraten, war das Erste, was wir hörten, erneut das Streicherquartett. Ich schaute mich nicht einmal nach meinem Vater um. Ihn in dieser Umgebung zu sehen, wäre einfach komisch. Es überraschte mich, dass diese Männer, in deren Gegenwart ich aufgewachsen war und zu denen ich stets aufgesehen hatte, in Wahrheit schmutzige Wichser waren.

Ich empfand mich selbst nicht als prüde, tatsächlich eher das Gegenteil, aber ich hatte auch nicht das geringste Verlangen, den Schwanz eines anderen Mannes zu sehen. Ehrlich gesagt wollte ich einfach nur zurück in unser Zimmer, wollte Abilenes auf Bett werfen und sie mit so viel wilder Leidenschaft nehmen, wie wir es in der letzten Nacht getan hatten.

Bei der Vorstellung, erneut bis zu den Eiern in ihr zu sein, zuckte mein Schwanz. Und vielleicht würde ich ihren festen kleinen Arsch dafür bestrafen, dass sie heute so schlecht gelaunt gewesen war, so als Bonus.

„Lasst den Spaß beginnen", sagte Abilene und riss mich damit aus meinen Gedanken. Der Sarkasmus in ihrer Stimme war nicht zu überhören.

Sie wartete nicht darauf, dass ich etwas entgegnete, sondern ging tatsächlich hinüber zu den anderen Frauen. Mitglieder des Ordens des Silbernen Geistes fassten sie bereits an, fingerten sie, nahmen sie und fickten, wen immer sie aussuchten. Ich bemerkte, dass mein Freund Rafe in einem Stuhl mit hoher Lehne saß, der an der Wand neben anderen stand. Ich entschloss mich zu ihm hinüber zu gehen und die Show zu genießen. Ich hatte keine Ahnung, was heute von mir erwartet wurde, aber ich dachte, dass es wahrscheinlich das beste war, Rafes Vorbild zu folgen, schließlich machte er das hier schon länger.

Nachdem ich Platz genommen hatte, wurde mir schnell klar, dass Rafe keinerlei Absicht hatte, sich mit mir zu unterhalten. Sein Blick war starr und auf seine Schönheit fixiert und die Wut in ihm hatte quasi einen Gestank an sich, der nach Gefahr roch. Ich entschloss mich, dass es das Beste wäre, einfach still dazusitzen und meiner eigenen Schönheit dabei zuzusehen, wie sie mit dieser... Invasion klar kam und dann mit dem Abend abzuschließen.

Der Raum war mit Dutzenden schönen Frauen gefüllt. Es gab genug sexy Szenen vor meinen Augen, die meine Aufmerksamkeit die gesamte Nacht hätten beanspruchen können, allerdings... ruhte mein Blick auf Abilene. Keine andere konnte gegen sie stand halten und es schien fast, als wüsste das kleine Luder das ganz genau. Ihr Selbstbewusstsein war an der Grenze zur Arroganz und ich liebte es. Ihre grünen Augen machten sich über mich lustig. Forderten mich heraus, von meinem Platz aufzustehen und sie als die meine zu markieren. Und als ein Mann in einem silbernen Umhang auf sie zu kam und seine Hände über ihre perfekten Brüste glitten, hätte sie fast bekommen, was sie wollte.

Aber ich wollte nicht, dass sie diese Macht über mich hatte.

Nein... Ich würde mich auf etwas anderes konzentrieren. Sie hatte das weiße Halsband ausgesucht, also würde ich sie mit den Folgen alleine lassen. Und wenn mich das Zusehen, wie diese Männer anfingen, sie anzufassen und sie zu liebkosen, so als wäre sie einfach ein Stück Fleisch innerlich fast in den Wahnsinn trieb... Ich würde es nicht zeigen. Nein. Ich würde einfach hier sitzen und an meinem Drink nippen, als hätte das alles nichts mit mir zu tun. Ich konnte dieses Ritual durchstehen. Ich konnte ignorieren, was dort vor sich ging. Ich konnte erreichen, dass es mir... nichts ausmachte.

Schwarz und weiß.

Halte dich an den Plan.

Und ich kam gut damit klar, der Plan funktionierte, bis ich sah, dass Mr. St. Claire nicht weit von Abilene entfernt damit begann, seinen Schwanz zu streicheln, schnell und heftig, denn er bereitete sich darauf vor, eine dieser armen Frauen zu nehmen. Alles, was ich immer wieder dachte, war, dass er es besser nicht auf meine Frau abgesehen hatte. Nicht meine.

„Komm her", wies er die Frau an, die ihm am nächsten war. „Ich möchte deine kleinen Titten drücken, während ich sie in den Arsch ficke."

Mehr Männer kamen an seine Seite, in ihren Gesichtern stand geschrieben, dass sie interessiert waren. Mehr Hände fanden ihren Weg an Schwänze. Wie sie das als sexy empfinden und wie es sie geil machen konnte, verstand ich nicht. Alleine das Zusehen führte dazu, dass mir schlecht wurde. Vielleicht lag es daran, dass Abilene mir zu nahestand.

Einer von ihnen fasste eine Frau an, die von einem anderen Ältesten gefickt wurde und zwang sie vor St. Claires Schwanz in die Knie. Sie schrie kurz vor Überraschung, aber der Laut wurde umgehend von St. Claire erstickt, der seinen Schwanz tief in ihre Kehle rammte.

„Du", schnippte St. Claire in Richtung eines anderen Mädchens. „Komm her. Lutsch meine Eier und du." Er schnipste erneut.

Diesmal hatte er auf Abilene gedeutet. Scheiße.

Sie sah verängstigt aus, als Mr. St. Claire erneut in ihre Richtung schnipste, als sie sich nicht rührte.

Das war der Vater von einem meiner besten Freunde. Wenn Walker das sehen würde... Scheiße... Wieso musste ich das sehen? Kranke Wichser... alle miteinander.

„Massiere mir die Prostata. Sorge dafür, dass ich komme wie ein Rennpferd", wies er sie an.

Verzweifelt sah sie sich nach mir um, so als würde sie eine Erklärung wollen, aber ich konnte ihr nicht helfen. Ich konnte rein gar nichts tun, denn damit würde ich den Vertrag brechen. Das würde heißen, dass es mich interessierte. Ich würde ihr zeigen, dass zwischen uns mehr war als ein Geschäft.

Es ist einfach nur ein Vertrag.

Ja... Ich war ein verdammter Lügner!

Als sie noch immer nicht reagiert hatte, fauchte Mr. St. Claire sie an: „Jetzt! Ich habe dir eine verdammte Anweisung gegeben, Mädchen. Das ist ein weißes Halsband um deinen Hals, also schieb deine Finger in meinen Hintern, bevor ich mich entscheide, den deinen zu nehmen und dir zeige, wie sich ein echter Mann anfühlt!"

Ich musste den Blick abwenden. Ich konnte nicht hier sitzen und dabei zusehen, wie Abilene Walkers Dad den Finger in den Arsch steckte. Ich konnte das nicht aushalten. Aber sein Rufen in ihre Richtung zwang mich, erneut zu ihr hinüber zu sehen.

„Gott, ich habe nicht gesagt, dass du mir die Finger in den Arsch stecken sollst", tobte Mr. St. Claire, der so heftig herumfuhr, dass er seinen Schwanz aus dem Mund der Frau riss, die ihm gerade einen Blowjob gab. „Ich habe gesagt, dass du meine Prostata massieren sollst."

Abilene sah einfach nur schockiert zu ihm hinauf und es sah aus, als hätte sie Angst. Sie war verängstigt. Sie hatte so viel Angst, dass ich mich wirklich zusammenreißen musste, nicht einfach zu ihr herüber zu stürmen und St. Claire vor allen in seinen haarigen Arsch zu treten. Aber er war einer der Ältesten. Das hier war ein Ritual. Wir mussten am Ball bleiben oder wir riskierten, alles zu verlieren...

Dann verdrehte Mr. St. Claire die Augen im Kopf. „Gott im Himmel. Beau, bring deiner Schönheit vielleicht doch mal ein paar Grundlagen bei, wenn es darum geht, einem Mann Lust zu bescheren. Uma, komm her und zeig ihr, wo die Prostata eines Mannes ist." Mr. St. Claire warf mir einen bösen Blick zu. „Sieh es als einen verdammten Gefallen."

Ich tat mein Bestes, ihm ein desinteressiertes Lächeln zuzuwerfen und hob mein Bourbon-Glas zum Toast. Ich musste mich so sehr zusammenreißen, nicht aufzustehen und vor Wut zu brüllen.

Wieso war ich so wütend?

Glücklicherweise kam Montgomery, als ich mein Limit erreichte, zu mir herüber und sagte: „Tief durchatmen."

„Es geht mir gut", log ich und nahm einen Schluck aus meinem Glas. „Alles ein Teil des Rituals. Ich konzentriere mich auf das Ziel."

„Wenn du dich besser fühlst, wenn du es aussprichst, dann tu das. Aber ich kenne dich, Bruder. Das hier zerreißt dich innerlich."

„Wie ich bereits gesagt habe... Es geht mir gut."

Aber das tat es nicht. Das tat es nicht!

Fass verdammt noch mal nicht das an, was mir gehört!

Es gab für diesen Abend keine Regeln, über die ich informiert worden war. Wer hatte gesagt, dass ich sitzen bleiben und zusehen musste? Natürlich hieß das weiße Halsband, dass andere die Frau anfassen durften, die sie anfassen wollen, aber kein Mann würde sich zwischen mich und meine Schönheit stellen, wenn sie sich um mich kümmerte. Mich.

Ich marschierte zu ihr herüber, ergriff eine Faustvoll von ihren roten Haaren und drückte sie auf die Knie. Die heftige Aktion reichte, um St. Claire zum Kichern zu bringen.

„Dann werde ich meiner Schönheit mal eine Lektion erteilen", sagte ich und hoffte, dass es Mr. St. Claire ablenken würde, wenn ich so aggressiv mit meiner Schönheit umging, ohne dass ich ihm damit auf die Füße trat. „Sie sollte wissen, wie man einen Ältesten befriedigt und jetzt, wo sie das nicht geschafft hat, muss sie mit den Konsequenzen leben."

Walkers Vater lachte erneut und fokussierte sich dann auf eine andere Frau. „Sei mein Gast. Sie gehört ganz dir."

Ich öffnete meine Hose und holte meinen Schwanz heraus. Ich sah hinab in ihr überraschtes Gesicht und fuhr sie harsch an: „Lutsch meinen Schwanz. Jetzt."

Ich bat sie nicht. Ich würde nicht freundlich zu ihr sein. Ich wollte, dass alle in diesem Saal – auch Abilene selbst – wussten, dass sie mir gehörte. Mir allein.

Ich legte meine Faust um mein Glied und drückte es im selben Moment gegen ihre Lippen, in dem ich ihren Kopf an den Haaren, die ich noch immer fest in der Faust hielt, in meine Richtung zog. Es ging hier um Lust. Unbändiges, wildes Markieren von dem, was mir gehörte.

Und Abilene wusste das genau. Denn ohne innezuhalten öffnete sie die Lippen und ließ ihre Zunge um den Kopf meines Schwanzes gleiten, ohne dabei jemals den Blick von meinen Augen abzuwenden.

„Nimm mich ganz", stöhnte ich und zog ein wenig fester an ihren Haaren.

Sie gehorchte mir aufs Wort und nahm meinen harten Schwanz ganz in den Mund. Ihr Kopf begann, sich mit einer Kraft und einer Reibung, die mich fast in die Knie zwang, vor und zurückzubewegen.

Um mich herum stöhnten die Frauen.

Männer stöhnten vor Lust.

Alles, worauf ich mich allerdings konzentrieren konnte, waren ihre Lippen, während sie das Fleisch meines Glieds mit der Entschlossenheit, mich zu befriedigen, umschlossen.

„Tiefer", stöhnte ich und schob meinen Schwanz in ihre Kehle. „Nimm mich ganz wie das dreckige Luder, das du bist."

Und als wäre sie ganz in meinem Bann und als hätte sie sich mir ganz unterworfen, gehorchte auch ihre Kehle und mein Penis glitt noch tiefer in sie hinein. Sie musste nicht würgen, aber in ihren grünen Augen standen Tränen, trotzdem machte sie weiter.

So unglaublich tief.

So unglaublich eng.

Ich konnte es nicht länger ertragen und zog ihn aus ihrem Mund heraus. Ich zog in Erwägung, mein Sperma über ihre makellosen Wangen zu ergießen oder sogar in ihr Gesicht, damit kein einziges Mitglied des Ordens sich auch nur eine Sekunde lang die Frage stellte, wem sie gehörte, aber ich wollte mehr. Ich wollte sie ganz als meine markieren, jede Stelle ihres Körpers. Und es gab noch ein Loch, das ich nicht erobert hatte.

Ich wollte nicht mehr in der Mitte des Saales sein, also hob ich sie von den Knien und führte sie hinüber zu einer Couch am Kamin. Glücklicherweise standen auf dem Tisch daneben einige Flaschen Gleitgel und auf dem Weg nahm ich eine von ihnen mit.

„Ich werde dich in den Arsch ficken", erklärte ich. Ich fragte wieder nicht, sondern teilte es ihr mit.

Abilene sagte nichts, aber sie stolperte fast über ihre eigenen Füße, während wir zu der Couch hinübergingen.

Ich ließ keine weitere Sekunde verstreichen, sondern drückte sie direkt auf das Sofa, benetzte meine Finger mit dem Gleitgel und drückte sie an das kleine Loch, das bald meines sein würde. Sie schnappte nach Luft, als meine Finger in sie glitten, aber sie blieb in Position, genauso, wie ich sie am Rand des Sofas platzierte, den Arsch hoch in die Luft gereckt, sodass jeder ihn sehen konnte.

„Du solltest mir dankbar sein, dass ich dich erst ein wenig dehne, bevor ich meinen Schwanz tief in dich ramme."

„Gott", fauchte sie und stöhnte zeitgleich, wobei ihr Körper sich anspannte.

„Entspann dich", befahl ich ihr, während ich meinen Finger in sie hineinschob und wieder herauszog, ihn bei jedem Stoß ein wenig nach links und nach rechts bewegte.

„Fick mich einfach endlich in den Arsch", sagte sie, während ihr Loch sich um meinen Finger schloss.

Mit meiner freien Hand schlug ich ihr fest auf den Arsch. „Du gibst hier nicht die Befehle." Ich schlug sie erneut und dann noch mal. „Ich mache das."

Ich ließ meinen Finger mit ein wenig mehr Kraft noch tiefer in sie gleiten. Es gefiel mir, wie sich ihr Rücken durchdrückte, fast so sehr wie die leisen Laute, die über ihre Lippen kamen, als ich es tat, also nahm ich sie weiter mit dem Finger. Ich schlug sie immer und immer wieder, bis die Haut ihres Arsches rot war.

Inzwischen musste ich dringender in ihr sein, als ich atmen musste, also zog ich meinen Finger heraus und befeuchtete meinen Schwanz. Ich drückte ihn an ihren Eingang und teilte ihr mit, dass es wehtun würde.

Ich ergriff ihre Hüften, durchbrach ihren engen Eingang mit meinem Schwanz und dehnte sie dabei weit.

Sie schnappte nach Luft und stöhnte, was mir zeigte, dass meine Warnung berechtigt gewesen war. Anstatt allerdings zu versuchen, mir zu entkommen oder mich anzuflehen aufzuhören, drückte sich diese Frau, die vom Teufel besessen zu sein schien, gegen mich und sorgte dafür, dass ich noch tiefer in sie eindrang. Sie mochte den Schmerz. Sie mochte, dass ich ihren Arsch eroberte. Ich wusste es, weil sie sich so bewegte.

Ich schlug ihr noch einmal auf den Arsch als Warnung, dass ich die Kontrolle hatte, auch wenn es mir gefiel, dass sie sich bewegte. Ich war derjenige, der entschied, wie schnell das hier geschah und wie tief ich in sie eindrang.

„Beau", hörte ich hinter mir.

Ich drehte den Hals um und sah Mrs. H auf mich zustürmen.

Ich steckte noch immer bis zu den Eiern in Abilenes

Arsch, als Mrs. H ohne Zögern auf uns zu kam und mir ins Ohr flüsterte: „Wie kannst du es wagen, ein Mädchen in ihren Umständen zu schlagen?"

Schlagen?

Umstände?

Mrs. H?

Schnell riss ich meinen Schwanz aus Abilene und verstaute ihn in meiner Hose. Es fiel mir schwer zu verstehen, was hier vor sich ging. Abilene dreht sich um und setzte sich auf die Couch. Sie zog ihre Beine an die Brust und versuchte ihren Körper vor Mrs. H Blicken zu schützen.

„Was zum Teufel... machen Sie hier?", fragte ich und sah mich im Saal um, um zu sehen, ob irgendwem anders aufgefallen war, dass die Hausmutter von Oleander während einer verdammten Orgie mitten im Ballsaal stand. Es schien, als wären alle anderen deutlich zu beschäftigt, um es zu bemerkten. Abilene und ich waren die Einzigen, die diesen unangenehmen Moment durchlebten.

„Du nimmst sie fast wie ein Schwein!", fuhr mich Mrs. H, die Hände auf die Hüften gelegt an. „Ich bin niemand, der schwangere Frauen behandelt, als seien sie aus Porzellan, aber ich erwarte, dass du ein wenig vorsichtiger ist. Besonders, weil wir nicht wissen, wie es dem Baby geht, ohne dass der Arzt sie untersucht. Es ist nicht klar, ob sie das hier... machen darf."

Ich warf Abilene einen Blick zu. Ihre Augen waren groß, während sie den Kopf in Mrs. H Richtung schüttelte. „Wovon sprechen Sie? Baby? Schwanger?" Meine Stimme war so leise, dass nur Abilene und vielleicht Mrs. H mich hören könnten. „Bist du etwa schwanger?"

Abilenes Lippen begannen zu zittern und ihre Locken umrahmten ihr Gesicht, was es ein wenig abschirmte, aber nicht genug. Ich konnte erkennen, was dort geschrieben stand.

„Schwanger?" Ich sagte es, als würde die Worte mich schmerzen. „Schwanger."

„Ich habe versucht, es dir zu sagen." Sie sah Mrs. H an. „Ich wollte es ihm heute sagen."

Mrs. H nahm mich am Arm und flüsterte mir ins Ohr. „Bring sie hier raus, bevor einer der anderen etwas mitbekommt."

Es klingelte mir in den Ohren, so laut, dass ich weder die klassische Musik noch die Laute der Eroberung und der Orgasmen wahrnahm. Ich musste Mrs. H zustimmen. Wir mussten augenblicklich von hier fort. Ich brauchte frische Luft. Ich musste das, was ich gerade gehört hatte, verarbeiten.

Schwanger...

11

Abilene

„Was zum Teufel meint sie? Du kannst nicht schwanger sein!" Beau schrie mich fast an, nachdem er mich zurück in unser Schlafzimmer gezogen und die Tür hinter uns zugeschlagen hatte.

Ich schätzte, die Ältesten würden es nicht gutheißen, dass wir so plötzlich verschwunden waren, aber gerade als wir gegangen waren, gab es irgendeine andere Aufregung. Ich hatte nur einen kurzen Blick auf den anderen Anwärter erhascht, der aufgestanden war und die Ältesten zurechtgewiesen hatte, während Beau mich am Ellbogen aus dem Ballsaal befördert hatte.

Ich starrte Beau jetzt, wo wir alleine im Schlafzimmer waren, an. Meine Gefühle waren nach dem, was gerade unten passiert war, außer Rand und Band. „Ich kann sehr wohl schwanger sein. Ich bin es. Und das Baby ist deines. Es ist von unserer ersten gemeinsamen Nacht vor zwei Monaten."

Wenn ich eben gedacht hatte, dass Beau wütend aussah, dann war das im Vergleich zu seiner gegenwärtigen kirschroten Färbung nichts gewesen.

Er stürmte auf mich zu.

Ich kreischte und versuchte ihm zu entkommen, aber ich konnte nirgendwo hin. Bevor ich entkommen konnte, stand ich mit dem Rücken an der Tür.

Seine Hand legte sich um meinen Hals. Er drückte nicht zu, sondern ließ sie dort einfach liegen, fixierte mich genauso, wie ich war.

„Du hast mich von Anfang an belogen", kam es durch zusammengebissene Zähne.

Ich ergriff das Handgelenk der Hand, die an meinem Hals lag und riss es hinab und von mir weg, dann schubste ich ihn so fest ich konnte.

„Nein, ich wollte herausfinden, was für einen Vater mein Kind haben würde. Und ich wollte dich wirklich kennenlernen. Also, danke dafür."

„Hör auf das zu sagen. Wenn du überhaupt schwanger bist, wissen wir beide, dass es nicht meines sein kann. Ich habe niemals Sex, ohne ein Kondom zu benutzen."

Ich zog die Augenbrauen hoch und er wedelte ungeduldig mit der Hand durch die Luft. „Mal abgesehen von hier. Mir ist versichert worden, dass du eine idiotensichere Verhütungsmethode benutzt, während du hier in der Villa bist."

„Das tue ich", versicherte ich ihm. „Ich bin bereits schwanger."

„Mit dem Bastard eines anderen Mannes, den du als meinen verkaufen möchtest. Ich bin kein verdammter Idiot. Glaubst du wirklich, dass verzweifelte Huren mich nicht schon vorher als Opfer auserkoren haben?"

Verzweifelte Hu...

„Du selbstverliebter Hurensohn!"

Er war nicht der Einzige, der wütend werden konnte. „In der Nacht, als wir uns in der Bar kennengelernt haben, hatte ich keine Ahnung, wer du bist. Und stell dir vor, Mister Ich-bin-immer-so-verantwortungsbewusst, du hast in der Nacht *kein* Kondom benutzt. Du hast mich nicht einmal gefragt, ob ich eines hätte. Wir waren beide vollkommen besoffen und so geil aufeinander, dass wir es kaum in meine Wohnung geschafft haben, bevor du mich mit deinem Schwanz in mir gegen eine Wand gestoßen hast. Kannst du dich daran erinnern? Ach richtig, kannst du nicht. Trotzdem ist das die Wahrheit. Besonders, weil deine kleine Abladung des Spermas in mir zu einem verdammten Kind geführt hat. Und *diese* wunderbare kleine Überraschung hat mich sechs Wochen später erfreut."

Er hatte von mir abgelassen, die Arme vor der Brust verschränkt und sein Gesicht war wie versteinert. „Bist du fertig?", fragte er kalt.

„Ob ich fertig bin?", fragte ich und wurde nur noch wütender, desto ruhiger er wurde. „Nein, das bin ich nicht. Denn nachdem ich herausgefunden hatte, wer du bist, habe ich versucht, dich anzurufen. Aber stell dir vor, der Anruf von jemandem, der behauptete, dass er mal mit dir ausgegangen ist, wurde nicht durchgestellt. Tatsächlich hat sich herausgestellt, dass es förmlich unmöglich ist, dich zu kontaktieren, Mister Unantastbar. Aber ich war mir verdammt sicher, dass mein Kind nicht so aufwachsen würde wie ich und auch, dass ich es nicht zulassen würde, dass man es mir wegnimmt. Ich will, dass es den Nachnamen seines Vaters bekommt und das Leben, das es verdient hat und ich werde seine Mutter sein."

Beau verlor die Fassung und das war wirklich ein wunderschönes Schauspiel. Sein Finger war ausgestreckt und deutete direkt auf mein Gesicht. „Dann schätze ich, dass du besser in die Bar gehst und auf den Türsteher oder den Barkeeper oder mit dem auch immer du es seither getrieben hast, ansprichst, schließlich scheint es ziemlich leicht zu sein, zwischen deine Beine zu kommen."

Ich schlug ihn.

Fest.

Und als ich ausholte, um ihn ein zweites Mal zu schlagen, schnellte seine eigene Hand nach vorne und ergriff meinen Arm erneut am Handgelenk.

Ich versuchte mich gegen ihn zu wehren, aber er war stark und er ließ einfach nicht los. Ich steckte fest, mein Arm in der Luft, in einer harten Umklammerung.

„Du bist der Einzige, mit dem ich es im letzten Jahr getrieben habe, du verdammter *Bastard*!"

Seine Augen weiteten sich und sein Griff löste sich. Ich riss meinen Arm los und er ließ es geschehen. Ich stürmte von ihm weg, schaffte es allerdings keine zwei Schritte, bevor er mich erneut aufhielt.

Diesmal war sein Griff weniger fest und ich riss mich sofort los. Er sah verwirrt aus, vorsichtig und es hatte nichts mit dem normalen Ausdruck in Beaus sonst so selbstbewusstem Gesicht zu tun.

„Falls du die Wahrheit sagst..." Er sprach nicht weiter, so als könnte er nicht einmal den Gedanken beenden. Es war so unvorstellbar für ihn.

Ich schüttelte vor Ekel den Kopf. „Gott, glaubst du wirklich, dass ich dumm bin? Mir ist klar, dass du einen Vaterschaftstest verlangen willst, um sicherzugehen, dass es dein Baby ist. Und den kannst du haben. All die Tests, die du willst. Denn ich bin mir sicher, wie das Ergebnis lauten wird. Glaubst du wirklich, ich wäre hierhergekommen und hätte all diese Scheiße mitgemacht, wenn ich mir nicht sicher wäre, dass du der Vater bist?" Dabei deutete ich auf die Wände um uns herum.

Ich schätze, das war der Moment, in dem er es wirklich verstand, denn Beau blinzelte, stolperte nach hinten und blinzelte noch ein paar Mal. „Ein Baby? Ich werde Vater?"

Er fuhr sich mit der Hand durchs Haar und sah noch immer aus, als sei er gerade vom Zug überrollt worden. Nun, ich hatte ihn auch wirklich überrumpelt.

„Ja", schnaubte ich mit einem finsteren Lachen. „Ich war für die Neuigkeit auch nicht wirklich bereit. Ich hatte nicht erwartet, dass..."

Dann allerdings fielen meine Hände auf meine Taille. Noch war alles flach, aber manchmal in der Nacht, wenn ich auf dem Bett lag und meinen Bauch anfasste, stellte ich mir das kleine Leben, das in mir entstand, vor. Das Herz, das pochte. Wie es sich anfühlen würde, es in weniger als sieben Monaten in den Armen zu halten. Meinen Sohn oder meine Tochter.

Ich konnte es noch immer nicht ganz fassen.

Gott, ich würde dieses Kind versauen. Wahrscheinlich hatte ich jetzt schon alles falsch gemacht. Ich sah zu Beau hinüber. Er blinzelte noch immer, sein Mund öffnete und schloss sich wieder, fast so, als wäre er im Begriff etwas zu sagen. Dann allerdings zuckten seine Augen und er blieb still. Er wirkte ein wenig wie ein Roboter mit einem Kurzschluss. Ich konnte mir die Worte auf seiner Stirn fast vorstellen: Fehler – kann nicht verarbeitet werden! Fehler – kann nicht verarbeitet werden!

Oh Gott, das hier würde im Desaster enden. Es war jetzt schon eines. Ich hatte alles versaut.

Dann spürte ich das Kribbeln auf meiner Zunge, was mir immer sagte, was als nächstes Folgen würde und mir wurde umgehend schlecht. Oh Scheiße.

Ich rannte ins Bad, schlug die Tür hinter mir zu und schaffte es kaum bis zur Toilette, bevor sich das bisschen, was ich zu Mittag gegessen hatte, seinen zweiten Auftritt hatte, genau wie all das Wasser, das ich getrunken hatte.

Fast augenblicklich erklang ein Klopfen an der Tür. „Abilene. Abby! Mach auf. Lass mich rein!"

Ich hielt mich an der Toilettenschüssel fest und übergab mich erneut. Es war nur Magensäure.

Mir war heiß und ich fühlte mich verschwitzt und ich hatte Tränen in den Augen, als ich nach dem Toilettenpapier griff, um mir über den Mund und das Gesicht zu wischen.

„Abilene. Das ist mein Ernst, mach jetzt die Tür auf!"

Ich ließ mich auf den kalten Fliesenboden neben der Toilette sinken und lehnte mich an die Wand. Mein Kopf fiel in den Nacken und ich blickte einfach hinauf zur Decke.

„Abilene!" Er schlug gegen die Tür.

Ich legte meine schwachen Hände an meinen Kopf und schrie dann in Richtung Tür: „Lass mich in Ruhe! Der Parasit, den du in mich gesetzt hast, lässt mich dreimal am Tag kotzen! Du kannst warten, bis die Toilette wieder frei ist!"

Dann stöhnte ich und rieb mir über den Bauch. „Es tut mir leid, Baby. Ich glaube nicht wirklich, dass du ein Parasit bist. Du bist unglaublich. Das weiß ich jetzt schon. Dein Vater ist einfach ein Arschloch, den Mama manchmal auf seinen Platz weisen muss. Aber Mama ist gerade zu müde, um ihm eine Lektion zu erteilen."

Ich ließ meinen Kopf wieder gegen die Wand fallen.

Aber Beau ließ nicht locker und hob fast die Tür aus den Angeln. Als er genau das androhte, rief ich schließlich: „In Ordnung!" Zittrig und schwach, wie ich war, schaffte ich es irgendwie, mich ein wenig aufzurichten.

Ich robbte und krabbelte hinüber zur Tür, entriegelte sie

und schon flog sie auf. Die Bewegung allerdings war zu viel gewesen, zu schnell und ich krabbelte wieder hinüber zur Toilette, umarmte die Schüssel und würgte noch ein wenig. Es kam fast nichts, aber jedes Mal spannte sich mein gesamter Körper an. Als mein Körper endlich damit fertig war, sich dessen zu entledigen, was schon lange nicht mehr in mir war, war ich nicht nur komplett verschwitzt, sondern auch am Weinen.

Erst dann wurde mir klar, dass da ein Körper hinter meinem war. Starke Hände hielten mir die Haare aus dem Gesicht. Beau rieb mir über den Rücken und hielt meine Haare, während ich...

Auch wenn ich eben schon verheult gewesen war, war das nichts im Vergleich zu der Flutwelle gewesen, die jetzt wegen dieser überraschenden, sanften Geste über mich hereinbrach.

Beau war ein eiskaltes Arschloch, damit kam ich klar. Mit dem hier, das hier...

„Hey, ruhig", sagte er, drehte mich um und zog mich in seine Arme.

Dann, als ich schwach und erschöpft und wegen dem, was an diesem Abend geschehen war und diesem unglaublichen Höhepunkt komplett entnervt in seinen Armen lag, begann ich plötzlich zu schweben.

Beau hatte mich hochgehoben. Er hielt mich in seinen Armen. Und dann, bevor ich überhaupt verstand, was passierte oder wie unglaublich *himmlisch* es sich anfühlte, sich in seinen Armen so geborgen zu fühlen, legte er mich sanft auf das Bett.

Ich öffnete die Augen und sein Ausdruck war weich und voller Sorge. Und dann fühlte ich seine Hände wieder auf meinem Körper. Was tat er... Deckte er mich... Deckte er mich wirklich zu?

Aber ja. Ja, Beau Radcliffe war so eben einfühlsam und sanft gewesen, hatte mich ins Bett gebracht und zugedeckt, nachdem es mir so dreckig ging.

„Du musst dich ein wenig ausruhen. Wir unterhalten uns, wenn du wach wirst. Du musst dir keine Sorgen mehr machen. Wenn dieses Kind wirklich meines ist, wird es ihm nie an etwas fehlen. Niemals."

Und so schlief ich ein. Ich hatte das Gefühl, dass es egal war, wie falsch ich alles angegangen war, es schien, als hätte ich wenigstens ein Ziel erreicht.

Mein Kind würde ein Radcliffe sein.

12

_____

Beau

ICH GING HINÜBER zum Fenster und versuchte Abilene nicht anzusehen. Das war schwer für mich, weil es schien, als verginge jede Stunde hier auf Oleander extrem langsam. Ich kannte nur eine Möglichkeit, es durch den Tag zu schaffen und das war, sich auf das Ziel zu fokussieren. Keine Ablenkungen. Mädchen versauten immer alles in meinem Leben und ich würde sicherlich nicht zulassen, dass diese Frau das versaute, was der wichtigste Test meines Lebens war... Zumindest war das der Plan gewesen.

Ihre Neuigkeit allerdings hatte mich aus der Bahn geworden. Ich konnte das, was sie gesagt hatte, nicht verstehen, konnte mir die Zukunft nicht vorstellen. Ich konnte meine nächsten Schritte nicht planen. Es war das komplette Chaos.

Das Ziel des Ordens war es, die Schönheit zu brechen.

Nicht die Schönheit zu retten.

Nichts, sich in die Schönheit zu verlieben.

Kein glückliches Ende mit der Schönheit.

Aber jetzt gab es ein Baby, an das ich denken musste. Die Regeln des Spiels hatten sich soeben dramatisch geändert.

Wir waren noch nicht lange hier in der Villa und es war bereits jetzt schwer für mich, was kein gutes Zeichen war. Ich war mir so sicher gewesen, dass ich mit diesem Geheimbundscheiß klarkommen würde, dass das hier einfach nur ein weiteres To-do auf meinem Gang in eine Zukunft, die ich mir immer ausgemalt hatte, wäre. Aber jetzt war da diese Schwangerschaft...

Ich war mir ziemlich sicher, dass ich im Laufe der Jahrhunderte nicht der erste im Orden gewesen war, der eine der Schönheiten geschwängert hatte, aber wie ich jetzt damit umging, war genau der Schlüssel dafür, ob ich die Ältesten zufriedenstellen könnte oder alles aufs Spiel setzte. Ich war mir nicht sicher, was getan werden musste oder was als „richtig" und „angemessen" angesehen werden würde.

Und jetzt, wo ich wusste, dass Abilene schwanger war. Sollten wir das hier aufgeben? Sollte ich die Ältesten wissen lassen, dass sie nicht mehr an diesen Aktivitäten... teilnehmen konnte? Nein... Ich musste mich darauf konzentrieren, dass wir jedes Ritual bestanden, egal was es war. Egal welche Aufgabe *uns* gestellt wurde. Solange es dem Baby keinen Schaden zufügen würde.

Darüber nachzudenken würde mich in den Wahnsinn treiben.

Glücklicherweise sah ich auf der anderen Seite des Fensters eine Ablenkung. Langsam ging Rafe in Richtung des Friedhofs, und auch wenn ich wusste, warum er das tat, entschloss ich mich das Zimmer schnell zu verlassen und Hallo zu sagen... oder auf Wiedersehen, schließlich hatte er seine Aufnahme beendet.

Mrs. H hatte mir heute Morgen mitgeteilt, dass ab jetzt nur noch Abilene und ich hier sein würden, obwohl sie mir die Details schuldig geblieben war. Sie war gekommen, um nach Abilene und dem Baby und mir zu schauen. Ich hatte ihr gesagt, dass ich gerade nicht darüber sprechen konnte, was die Frau glücklicherweise verstanden hatte, woraufhin sie uns mit unserem Frühstück alleine gelassen hatte.

„Ich bin sofort wieder da", sagte ich zu Abilene, die einen alten schwarz-weiß Film auf einem kleinen Fernseher schaute, den ich für sie bekommen hatte.

Ich wusste, dass sie gerade keine wichtigen Unterhaltungen führen wollte, genauso wenig wie ich und dass sie ebenfalls versuchte, Blickkontakt mit mir zu vermeiden.

Überrascht sah sie zu mir auf. „Wohin gehst du? Wir dürfen das Zimmer nicht alleine verlassen."

„Nein", sagte ich, während ich mir schnell die Schuhe anzog. „Du, als Schönheit, sollst das Zimmer nicht alleine verlassen. Ich bin sofort wieder da. Ich will mich nur von meinem Freund verabschieden." Ich sah auf und merkte, dass es sie verunsicherte, dass ich sie alleine lassen würde. „Mach dir keine Sorgen. Ich werde nur ein paar Minuten weg sein."

Ich wartete nicht auf einen Streit oder auf das Flehen, dass ich sie mitnehmen solle. Ich verließ das Zimmer schnell, joggte den Flur hinab und aus dem Haus, von wo aus ich mich beeilte, zu Rafe zu kommen, der fast den Kamm des Hügels erreicht hatte.

Als ich ihn an der Stelle, wo er vor dem Grab stand, erreichte, hörte ich ihn reden und entschloss, dass ich ihm die Zeit geben würde, das zu sagen, wofür er gekommen war.

„Ich hätte eher herkommen sollen", sagte Rafe, der von Timothys Grabstein stand. „Es waren die Schuldgefühle, die mich ferngehalten haben. Ich dachte immer, dass ich derjenige war, der dich hierhergebracht hat und auch wenn ich mir bis heute wünschte, ich wäre ans Telefon gegangen..."

Rafe sah hinab zu seinen Füßen und trat gegen eine Wurzel, bevor er fortfuhr: „Ich vermisse dich, Bruder. Das tue ich wirklich. Aber ich habe auch Neuigkeiten. Fallon Perry... Kannst du dich an sie erinnern? Nun, du wirst es wohl nicht glauben, aber ich liebe sie." Er lachte. „Ja, du hast dich immer über mich lustig gemacht, weil ich in sie verschossen war, damals, als wir noch Kinder waren und auch wenn es mir schwerfällt, muss ich zugeben, dass du recht gehabt hast. Jedenfalls hoffe ich, dass sie für immer Teil meines Lebens sein wird... und irgendwie macht es mich froh, dass du sie kanntest und das gut heißen würdest. Ich weiß, dass es dir gefallen würde."

Seine Stimme stockte und er blickte zum Himmel hinauf. „Ich vermisse dich verdammt noch mal."

„Er war einer der Guten", sagte ich, als ich zu Rafe hinüberging und ihm meine Hand zum Trost auf die Schulter legte. „Ich habe immer zu Tim aufgesehen. Ich bin mir sicher, dass er wirklich stolz darauf wäre, was für ein Mann du geworden bist."

Rafe nickte. „Er war ein guter Kerl und das hoffe ich auch. Ich hoffe, ich habe ihm Ehre erwiesen." Dann sah er mich an. „Bist du für eine Weile aus der Schlangengrube entkommen?"

Ich zuckte mit den Schultern und steckte die Hände in die Taschen, während ich Tims Grabstein anstarrte. „Das hier ist verrückt. Das kann ich zumindest sagen. Nichts von dem, was Sully mir erzählt hat, hat mich auf das hier vorbereitet." Ich blickte zu Rafe hinüber und fügte hinzu: „Ich bin froh, dass du die Aufnahme geschafft hast. Glückwunsch. Ich hoffe, ich schaffe es auch."

Rafe kicherte. „Du hast gerade erst angefangen. Glaub mir, es wird noch viel schlimmer."

„Aber du hast es geschafft und das ist gut."

„Ich bin mir nicht sicher, wie. Einige Male war ich kurz davor, aufzugeben. Ehrlichgesagt schulde ich Fallon wirklich viel. Das Mädchen hat mich davor bewahrt, verrückt zu werden."

„Du kannst dich wirklich glücklich schätzen, dass du jemanden als deine Schönheit hattest, den du wirklich kanntest. Hier mit einer Fremden eingesperrt zu sein, ist schon ziemlich bizarr. Es ist ein bisschen so, als hätte man immer und immer wieder eines der schlimmsten Blind-Dates aller Zeiten. Ich glaube manchmal, dass das schwerer ist, als die eigentlichen Rituale es bisher gewesen sind."

„Wie kommst du mit deiner Schönheit aus?", fragte Rafe.

Rafe hatte schon genug mit sich zu tun. Er konnte es nicht gebrauchen, dass ich all meine Sorgen bei ihm ablud. Und ich war noch nicht bereit dazu, die Schwangerschaft mit irgendjemandem zu besprechen. Ich konnte es noch immer nicht glauben... Es war ein wenig, als würde ich an einem Schock leiden oder so. Fürs Erste würde das Geheimnis von der Schönheit und dem Baby alleine meines bleiben.

„Ganz okay... nicht so wie du und Fallon, aber okay. Sie ist gut im Bett und ganz schön geil, also schätze ich, ich sollte mich glücklich schätzen. Wenn diese 109 Tage allerdings vorbei sind, werde ich nicht mehr zurückschauen, sondern nur nach vorne."

Vielleicht log ich... okay... Ich log. Aber es fühlte sich gut an, das zu sagen. Wäre es nicht toll, wenn es so einfach wäre? Vielleicht konnte ich diesen ganzen Albtraum einfach vergessen und so weiterleben, wie ich es geplant hatte? Aber in Wahrheit wäre nichts je wieder, wie es gewesen war.

Rafe lachte und klopfte mir auf die Schulter. „Erzähl dir selbst, was immer du willst. Es gibt keine Möglichkeit, dass du ohne eine Verbindung zu ihr hier rausgehst, nachdem du all das so lange durchgestanden hast. Keine Chance. Die Schönheit ist hier, um mit dir zu schlafen und dir den Kopf zu verdrehen. Es bringt nichts, sich dagegen zu wehren."

„Deine Situation ist anders", widersprach ich. „Aber ich bin wirklich glücklich für dich. Lass uns hoffen, dass wir anderen auch die Aufnahme schaffen und nicht so enden wie Sully."

„Du schaffst das", versicherte Rafe mir, während er sich umdrehte, um den Friedhof zu verlassen. „Ich muss los, Fallon wartet auf mich."

Ich ging an seiner Seite und versuchte die große Villa, die vor mir lag, zu ignorieren. Sie erinnerte mich an etwas, das Stephen King in einem seiner Horror-Romane zum Leben erwecken würde. Dieser Augenblick der frischen Luft und die Auszeit von allem ermöglichte es mir, mich wieder ein wenig normaler zu fühlen. Wie ein Mensch. Auch wenn es nur für einen kurzen Augenblick war.

„Willst du noch einen Ratschlag?", fragte Rafe, als wir den Fuß des Hügels erreichten.

„Klar, wenn er mir dabei helfen kann, das hier zu überstehen."

„Sei kein Arsch." Er klopfte mir freundlich auf den Rücken und lächelte. „Ich kenne dich. Du bist niemand, der Beziehungen eingeht. Du bist lieber für dich. Und du kannst ein echter Wichser sein. Ich sage das, weil ich dich mag, aber arschig zu sein wird weder dir noch deiner Schönheit weiterhelfen. Also sei kein Arsch."

Ich grinste und schubste Rafe sanft. „Verstanden. Kein

Arsch sein." Als wir uns der Villa näherten, stellte ich ihm die Frage, die mir auf der Zunge brannte, seitdem ich das Zimmer verlassen hatte. „Wieso machen wir das hier? Ich meine... Wieso bedeutet es uns etwas? Wieso ist der Orden so wichtig?"

„Geerbte Boshaftigkeit", verkündete Rafe einfach. „Es ist in unserem Blut. Wir haben keine Wahl."

Wie wahr seine Worte waren.

Und trotzdem... das Wort Erbe ... Es ließ mich an das Kind denken, von dem Abilene behauptete, dass es meines sei. Das Kind in ihrem Bauch. Ein Gedanke, den ich schnell zu vergessen versuchte.

Unsere Wege trennten sich und ich ging zurück in unser Zimmer. Es war nicht fair, Abilene lange alleine zurückzulassen, während ich immerhin die Sonne sah und ein wenig nicht-vergiftete Luft atmen konnte. Ich sollte ihr wenigstens dieselbe Möglichkeit geben.

Als ich das Zimmer betrat, marschierte Abilene von Wand zu Wand. Es war offensichtlich, dass sie aufgeregt war. Sie fuhr herum, um mich anzusehen und bevor ich etwas sagen konnte, sprudelte es aus ihr hervor. „Okay, wir können das offensichtlich nicht länger ignorieren. Wir können nicht den ganzen Tag lang vermeiden, darüber zu sprechen."

„Da muss ich dir zustimmen", erklärte ich, während ich auf ihre Schuhe deutete. „Lass uns spazieren gehen. Draußen ist es noch nicht heiß und ich glaube, dass das uns beiden guttun wird."

Schweigend verließen wir Oleander und Rafes Worte kamen mir wieder in den Sinn. „Es tut mir leid, dass ich mich letzte Nacht wie ein Arschloch verhalten habe. Meine erste Reaktion bei der Neuigkeit vom Baby ist nichts, worauf ich stolz bin. Es tut mir leid."

Sie holte tief Luft, während wir an den Eichen vorbei-
gingen, die sporadisch Schatten und Schutz vor den heißen
Sommertemperaturen boten. „Ich weiß, dass es ein Schock
gewesen sein muss. Ich schwöre dir, dass ich nicht lüge. Es
ist dein Baby."

„Das glaube ich dir."

Und das tat ich wirklich. Ich war mir nicht sicher,
warum, aber etwas in mir sagte mir, dass diese Frau nicht
log, was das Baby anging. Es wäre so einfach zu beweisen,
dass es nicht meines war und sie wäre nicht dumm genug,
so etwas zu machen und zu hoffen, dass sie damit durch-
kam, wenn es nicht stimmte. Aber irgendwas in mir sagte
mir auch, dass ich noch nicht die ganze Wahrheit kannte.
Irgendwas verheimlichte sie mir noch immer. Sie erzählte
nicht alles.

„Aber ich glaube auch, dass es da noch etwas gibt und
ich denke, dass es an der Zeit ist, dass du die Wahrheit
sagst."

Sie hielt einen Moment lang inne und ging dann weiter.
„Ich hatte nicht das einfachste Leben", fing sie an. „Um zu
überleben, habe ich einiges getan, worauf ich nicht gerade
stolz bin. Ich habe viele Leute verarscht und sie an der Nase
herumgeführt. Ich habe gegaunert und…"

„Bist du mit Absicht schwanger geworden?", unterbrach
ich sie. Sie wäre nicht die erste Frau, die einen reichen
Mann festnagelte, indem sie schwanger wurde. Ich dachte,
dass es eine faire Frage war. Hatte sie mich als leichtes Ziel
ausgemacht, weil ich mich in einem teuren Anzug in einer
Bar komplett abgeschossen hatte?

„Nein", entgegnete sie leise. „Die Schwangerschaft war
nicht geplant. Ich hätte keinen ungeschützten Sex gehabt,
genauso wenig wie du. Ich weiß, dass es vielleicht schwer zu
glauben ist…"

„Ich glaube dir", bestätigte ich erneut. Das musste sie verstehen. „Aber jetzt müssen wir besprechen, was als Nächstes passiert. Wir haben neben unseren Leben ein weiteres, an das wir denken müssen."

„Dessen bin ich mir durchaus bewusst." Sie legte ihre Hand auf ihren Bauch und zum ersten Mal blickte ich darauf und mir wurde klar, dass dort in ihr ein neues Leben entstand. Ein Leben, für dessen Entstehen ich ebenfalls verantwortlich war. Ich ließ den Gedanken zu. Ich freundete mich mit ihm an.

Und dann überkam mich das Bedürfnis, etwas zu tun, irgendwas zu tun, um all das „richtig" zu machen. Es war so stark, dass es mir fast die Luft zum Atmen raubte.

„Als Erstes musst du zu einem Arzt gehen. Ich werde zusehen, dass Mrs. H so schnell wie möglich einen kommen lässt. Und dann besorgen wir all diese besonderen Vitamine, die schwangere Frauen täglich nehmen sollen."

Ich warf einen weiteren Blick auf ihren Bauch. „Wir wollen, dass das Baby gesund ist. Und dann müssen wir all die Babybücher haben, die uns sagen, was uns erwartet. Oh und Schwangerschaftsmode. Ich werde dir die Klamotten besorgen, die du brauchst."

Mein Kopf stellte eine To-do-Liste auf, fast so, als würde er die Ideen mit einer Maschinenpistole schießen. „Vielleicht können wir jemanden herholen, der Schwangerschaftsyoga macht und was ist einem Experten fürs Stillen? Möchtest du eine Hebamme und einen normalen Arzt?"

Abilene lachte. „Immer langsam mit den jungen Pferden!"

Sie blieb stehen und drehte sich zu mir um. „Ich kann verstehen, dass du versuchen möchtest, die Situation unter Kontrolle zu bringen, aber das geht doch etwas schnell. Wir müssen uns auf das hier und jetzt fokussieren. Alles andere, was du gerade angesprochen hast... nun, erstmal sollten wir uns auf das Aufnahmeprogramm konzentrieren."

Da hatte sie nicht ganz unrecht. „Wenn die Ältesten herausfinden, dass du schwanger bist, werden sie uns disqualifizieren." Wir gingen langsam weiter. „Und vielleicht wäre das genau das Richtige. Vielleicht ist es nicht sicher, wenn du weiter an den Ritualen teilnimmst."

„Ich glaube nicht, dass Orgien dem Baby irgendeinen Schaden zufügen."

„Es ist mehr als einfach nur Sex, das weißt du ganz genau."

„Nichts, was wir bisher getan haben, hat das Leben des Babys auch nur im Geringsten gefährdet, sonst hätte ich es nicht getan. Ich habe nicht einmal einen Schluck von dem Champagner genommen, weißt du noch?", argumentierte sie. „Außerdem... müssen wir beide das Aufnahmeritual absolvieren. Das weißt du genauso gut wie ich."

„Das stimmt", bestätigte ich. „Ich muss das Geschäft übernehmen. Jetzt noch mehr als vorher, schließlich muss ich jetzt an meine Familie denken."

Die Sonne wurde so langsam wirklich heiß auf meinem Rücken und ich begann zu schwitzen, was mir zeigte, dass wir reingehen sollten, wo es kühler war. „Lass uns wieder reingehen. Hier draußen wird es zu heiß."

„Ich bin nicht plötzlich gebrechlich, weißt du. Ich bin einfach nur schwanger." Dann allerdings machte sie kehrt und ging wieder in Richtung der Villa.

„Das weiß ich, aber wir müssen auch an die Sicherheit des Babys denken. Und du hast recht, erst mal müssen wir mit den Ritualen weitermachen. Wobei ich es dir jetzt klipp und klar sage, wenn ich jemals denke, dass du oder das Baby in Gefahr seid, dann setzte ich dem allen augenblicklich ein Ende."

„Das habe ich verstanden", murmelte sie.

„Ich möchte trotzdem, dass du diese Vitamine nimmst und ich werde die Bücher organisieren. Wir brauchen auch einen Plan, was die Geburt angeht. Oh, und was ist mit den Kursen zur Geburtsvorbereitung, wo man lernt, wie man atmen muss und so was? Wir müssen einen Plan machen." Ich musste zurück in unser Zimmer, damit ich anfangen konnte, alles aufzuschreiben.

Abilene kicherte. „Gott, es wäre schrecklich, wenn wir keine Ahnung hätten, wie wir atmen sollen."

13

Abilene

BEAU WUSSTE ALSO von dem Baby. Mein großes Geheimnis war gelüftet. Und alles war... okay. Irgendwie?

Ich hätte wissen sollen, dass er es gut aufnehmen und anfangen würde, alles bis ins kleinste Detail zu planen. Als wir heute Morgen vom Frühstück zurückgekommen sind, hat er bereits angefangen, von einem Sparbuch fürs College für das Baby zu reden.

Das Kind war noch nicht einmal geboren und er dachte bereits darüber nach, wo es studieren würde! Gott, ich konnte mir kaum ausmalen, wie ich die nächste Woche überstehen würde.

Aber hier war Beau, er war bereits dabei, die Burg zu erstürmen, plante alles vom Kindergarten bis hin zum College und es war einfach... Ich war einfach...

Ich war überwältigt. Es jagte mir ein wenig Angst ein, dass Beau genau das tat, was ich erwartet hatte. Er schmiedete all diese Pläne, nahm sich jedoch nur selten die Zeit, mich zu fragen, was ich mir für mein Kind wünschte.

Er war wie ein Elefant im Porzellanladen und es war schwer für mich, mir keine Sorgen zu machen, dass ich ständig um meinen eigenen Platz im Leben unseres Kindes würde kämpfen müssen. Er war die Art Mann, der die Kontrolle übernahm, der die Entscheidungen traf.

Es fühlte sich jetzt noch wichtiger an, dass wir das Aufnahmeritual schafften, damit ich den Platz im Leben meines Kindes verlangen konnte, auch wenn sich das vielleicht albern anhörte.

Obwohl Beau immer *unser* Baby und die Ausbildung *unseres* Kindes sagte... Ich fand... Alles fühlte sich einfach unsicherer an, jetzt, wo ich es ihm gesagt hatte.

Das war auch der Grund dafür, dass es mir nichts ausmachte, dass an diesem Abend das nächste Ritual stattfinden würde. Beau bekam direkt Panik, was von uns erwartet werden würde, besonders weil in der Schachtel nichts war, was uns einen Hinweis gegeben hätte... Genauer gesagt, war die Schachtel leer gewesen. Ich sollte allerdings nackt erscheinen. Eine wahre Überraschung...

Ehrlich gesagt war ich bereit, Beau zu beweisen, dass er mich nicht in Watte packen musste. Ja, irgendwie war es schon niedlich, dass er ständig nachschaute, ob ich auch gut zugedeckt war und ob ich die Vitamine, die Mrs. H zu mir hereingeschmuggelt hatte, nahm und dass er mir feuchte Tücher auf die Stirn legte, wann immer die Morgenübelkeit mich überkam. Ich hatte niemals in meinem Leben jemanden gehabt, der sich so um mich sorgte.

Dann allerdings erinnerte ich mich selbst daran, dass es nur der Fall war, weil er wusste, dass ich mit seinem Kind schwanger war. Es ging überhaupt nicht um mich. Und das war in Ordnung. Wirklich.

Aber die Bücher, die ich gelesen hatte, bevor ich hier-hergekommen war, hatten gesagt, das normale physische Aktivitäten vollkommen in Ordnung waren. Schwangere Frauen waren verdammt noch mal keine Invaliden. Und heute Nacht würde ich das Beau beweisen.

Wovor die Bücher mich *nicht* gewarnt hatten?

Dass ich unglaublich rattig sein würde. Es war so, dass ich am liebsten im Schlaf über Beau hergefallen wäre und es mit ihm getrieben hatte, so geil war ich.

Aber was wollte Mister über-vorsichtig plötzlich nicht mehr tun?

Pling, Pling, Pling, ganz genau. Er hatte mich nicht einmal auf eine sexuelle Art angefasst, nachdem er es mir bei dem letzten Ritual richtig gegeben hatte. Ich hätte ihm den Hals umdrehen können. Dass er mir den Hintern versohlte, würde dem Baby keinen Schaden zufügen, genauso wenig würde es schaden, wenn er mich nahm wie das wilde Biest, das ich so an ihm mochte.

Wir waren von der wilden Leidenschaft abgewichen und bei null gelandet. Gott im Himmel, mein Körper sehnte sich nach ihm, besonders weil mein Libido auf Hochtouren arbeite, stärker ausgeprägt war als je zuvor.

Was immer das Ritual in dieser Nacht sein würde, ich hoffte, dass ein Teil darin bestand, hart von ihm range-nommen zu werden. Mehrfach. Bitte Gott, wenn es dich gibt...

Der Sturm, der in Beaus Gesicht tobte, während er sich seinen steifen Smoking anzog und ich mich auszog, zeigte, dass er sich nicht ebenfalls auf das Ritual in dieser Nacht freute.

„Entspann dich", sagte ich und öffnete langsam den BH, sodass meine Brüste vor ihm zum Vorschein kamen. „Alles wird gut. Wir werden runtergehen, es miteinander treiben und dann wieder hier hochkommen. Du brauchst nicht plötzlich Lampenfieber zu bekommen."

Zu meiner Zufriedenheit war er abgelenkt, denn sein Blick war auf meine Brüste gefallen, bevor er mir wieder ins Gesicht schaute. Die Augenbrauen waren zusammengezogen. „Du musst das hier ernster nehmen."

Ich lachte und wuschelte mir durch die Haare. „Oh, ich nehme das sehr ernst." Ich drehte mich zur Tür um. „Ich *muss* es wirklich besorgt bekommen", murmelte ich leise.

Und dann dauerte es nur eine Sekunde und Beaus harter Körper presste sich an meinen Rücken, eine seiner warmen Hände lag an meiner Taille. Er sprach in meine Haare. Sein Atem war warm und kitzelte. „Ich meine es ernst, Abilene. Sei bitte vorsichtig. Mach die Ältesten nicht wütend. Mach einfach genau das, was sie von dir verlangen und nicht mehr."

Seine Hand glitt von meiner nackten Hüfte auf meinen Bauch. „Und, wenn es jemals zu viel wird, dann musst du es nur sagen und alles findet ein Ende."

Ich drehte mich zu ihm um, meine blanken Brüste drückten sich gegen seine Smokingjacke, weil wir uns so nahe waren. Es fühlte sich unglaublich an und es fiel mir schwer, mich weiter auf die Unterhaltung zu konzentrieren.

„Eine Sache sollte klar sein", erklärte ich. „Ich werde nicht aufgeben. Ich muss wissen, dass du an meiner Seite bist und mich unterstützt. Du kannst nicht einfach den Schwanz einziehen. Ich muss wissen, dass du mir vertraust und dass du nicht plötzlich zu einem Macho wirst, der mich beschützen will oder unser Geheimnis preisgibt und dafür sorgt, dass wir beide disqualifiziert werden. Es ist egal, was passiert, du reißt dich zusammen. Du musst mir vertrauen, dass ich niemals absichtlich etwas tun würde, was dieses Baby in Gefahr bringt. Kannst du das?"

Sein Kinn wurde steif und es sah aus, als würde er mir widersprechen wollen. Ich wusste, dass er nichts mehr schätzte als seine eigene Kontrolle über alles, also war mir klar, dass es wirklich eine große Sache für ihn war, als er „Fein" hervorbrachte.

Er ergriff meinen Arm, als wir die Treppe hinabgingen. Ich glaube nicht, dass es darum ging, dass er ein Gentleman sein wollte, sondern einfach die Tatsache, dass er mich festhalten und ein klein wenig Kontrolle haben musste, bevor wir uns dem hingaben, was die Ältesten sich in dieser Nacht überlegt hatten.

Auf den Stufen war keine Musik hörbar, während wir hinabstiegen und ich versuchte so zu tun, als würde mich die Stille nicht nervös machen.

Es sah so aus, als gäbe es heute Nacht keine Party oder Orgie...

Dann kamen wir in den weißen Ballsaal und Beau versteifte sich auf der Stelle neben mir. Alle Ältesten waren anwesend, trugen ihre silbernen Umhänge und hielten ihre gruseligen Gehstöcke aus Holz, aber die nackten Frauen, die sonst immer in der Nähe der Mitglieder waren, um sie zu bedienen, fehlten.

Nein, für heute Abend waren einfach nur zwei kleine Stationen in der Mitte des Saales aufgebaut worden.

Eine war ein Stuhl mit einem kleinen Tisch und es sah so aus, als würde ein Mann etwas bereitlegen, das aussah wie... alles, was man für ein *Tattoo* brauchte?

Aber das andere Möbelstück ließ mich die Augen weit aufreißen.

Es sah fast aus wie ein Stuhl beim Frauenarzt, nur dass er komplett aus Leder gefertigt war. Aber es gab die Beinhalter und es schien darum zu gehen, dass meine Beine weit und in einem komischen Winkel gespreizt werden soll-

ten, vor allem, wenn man bedachte, dass ich splitterfaser-
nackt war. Ich würde keinen Zentimeter meines Körpers
verstecken können.

Besonders weil ich feststellte, dass an den Beinhaltern
Fixiergurte angebracht worden waren. Sie würden mich mit
weit gespreizten Beinen darin fixieren.

Beau machte einen Schritt nach vorne und warf den
Ältesten böse Blicke zu. „Das hier ist kein Tag mit einem
weißen Halsband. Kein Schwanz, außer meinem, berührt
meine Schönheit", erklärte er entschlossen.

Einer der Ältesten trat nach vorne. Ich wurde blass, als
ich sah, dass es der Mann war, der mich beim letzten Ritual
so grob angewiesen hatte, seine Prostata zu massieren und
dann so schnell wütend geworden war, weil ich es nicht
richtig gemacht hatte. Aber ganz im Ernst... Wer hatte
schon Erfahrung, wenn es darum ging, einem Kerl den
Finger in den Arsch zu stecken und konnte die Prostata
beim ersten Versuch finden? Ich offensichtlich nicht.

„Du bist ein Anwärter", erklärte der Mann laut. „Du
stellst hier nicht die Forderungen. Aber das Ritual in dieser
Nacht ist nur dafür da, dass wir die Schönheit als eine des
Ordens kennzeichnen. Du wirst, entsprechend der Tradition ebenfalls deine Markierung erhalten.

Beaus Gesicht wurde so unglaublich rot, dass ich Angst
hatte, dass ihm eine Ader platzen würde. Offensichtlich war
ich nicht die Einzige, die das bemerkte, denn ein anderer
Mann trat nach vorne. Er war viel jünger als die anderen.
Dann erinnerte ich mich, dass Beau mir von ihm erzählt
hatte. Es war Beaus Freund Montgomery.

„Traditionen bestehen fort und wir akzeptieren, dass
einige altertümliche Rituale an die modernen Zeiten ange-
passt werden müssen", begann Montgomery. Er sah Beau
ins Gesicht, während er sprach. Dann drehte er sich zu den

anderen Ältesten um und hob eine Peitsche in die Luft. „Deshalb dürfen die, die möchten, die inneren Schenkel der Schönheit peitschen, bevor wir das Fleisch durchbrechen."

Oh Scheiße. Auspeitschen? Fleisch brechen?

Ich hatte gedacht, dass Beau vorhin angespannt gewesen war, aber das war nichts im Vergleich zu der Salzsäule, zu der er bei dieser Ankündigung erstarrt war.

Aber es gab nicht viel Zeit, über die Sache nachzudenken, denn die Ältesten kamen, ergriffen Beau und zogen ihn von mir fort in Richtung der Tattoo-Station.

Und zeitgleich kamen Älteste und führten mich in Richtung des gynäkologischen Stuhls mit den weit gespreizten Beinhaltern.

Beau schaute über die Schulter in meine Richtung. Unsere Blicke trafen sich und ich konnte es in seinen Augen sehen. Er war kurz davor, dem Ganzen Einhalt zu gebieten. Kurz davor zu erklären, dass ich schwanger war und es für uns beide zu ruinieren.

Ich warf ihm einen bösen Blick zu und schüttelte den Kopf. Ich konnte das hier aushalten. Ich *würde* das hier aushalten. Ich würde es schaffen.

Aber so entschlossen und stur ich auch war, ich konnte nicht behaupten, dass ich nicht gezittert hätte, als ich auf das seltsame Möbelstück stieg.

Fremde Hände waren überall auf meinem Körper. Sie streichelten meine Beine, während sie diese in den Beinhalten platzierten. Sie drückten mich, während sie die Fixierbänder aus Leder an meinen Schenkeln festzogen. Jemand drückte meine Brust, ein anderer ließ die Finger über die Innenseite meiner Oberschenkel gleiten.

Sie alle hielten jedoch ihr Wort und keiner von ihnen öffnete seinen Gürtel oder holte sein Glied hervor.

Ohne mir dessen bewusst zu sein, hatte ich die Luft angehalten und atmete nun erleichtert aus.

Du kannst das schaffen, motivierte ich mich selbst. *Es ist keine große Sache. Du kannst das.*

Dann allerdings schlugen die Stöcke auf den Boden und dieses Geräusch, welches eines der angsteinflößendsten auf der gesamten Welt sein musste, hallte durch den riesigen Saal, der ansonsten komplett leer war.

Ich fühlte mich tatsächlich wie die sprichwörtliche Opfergabe an die Götter, jetzt, wo ich hier mit breit gespreizten Beinen lag, sie mich fixiert hatten und ich komplett verletzlich war.

Ich hörte die Tattoomaschine angehen und meine Augen fanden Beau. Sie hatten die zwei Stationen aufgebaut, sodass wir einander genau im Blick halten konnten. Wahrscheinlich war das Sinn der Sache, zumindest dachte ich das. Wir sollten einander sehen, während wir das durchmachten... All das durchmachten, was sie für uns geplant hatten.

Ich sah noch immer Beau an, als mich der erste Schlag traf.

Das Ende der Lederpeitsche, das auf die Innenseite meines Oberschenkels aufkam, brachte mich zum Schreien und ich setzte mich so weit auf, wie ich es trotz der Fesseln konnte. Es war nicht fair, dass sie ebenfalls meinen Oberkörper fixiert hatten.

„Das ist schön, wir sorgen dafür, dass ihre Schenkel schön pink werden", kommentierte einer der Ältesten, während er mit der Peitsche immer wieder ein X auf meine Schenkel schlug.

Dann reichte er die Peitsche dem Mann hinter sich. Er schlug weniger fest zu, es war eher, als würde er meine nun pink gewordene Haut massieren. Dann, bevor ich mich ganz von den härteren Hieben erholt hatte, streckte er die Hand aus, um mich zu kneifen, nur etwa einen Finger von meiner Vulva entfernt.

Die nächsten beiden Männer konzentrierten sich stark auf die Peitsche und ich bereitete mich innerlich auf jeden Hieb vor. Meine Schenkel brannten.

Der Schmerz und meine Gefühle brachten mich zum Zittern und als ich aufsah, liefen unerwünschte Tränen meine Wangen hinunter. Ich konnte sehen, dass Beau mich beobachtete. Sie hielten sein Handgelenk und der Tätowierer arbeitete daran, aber Beau sah aus, als stünde er kurz davor, aufzuspringen, herüberzukommen und mich aus meinem Stuhl zu reißen.

Ich schüttelte den Kopf und schloss dann die Augen. Ich ließ mich erneut in den Ledersthul sinken und versuchte, mich dem, was hier geschah, hinzugeben.

Der nächste Mann hatte keinerlei Interesse an der Peitsche. Er ließ einfach seine rauen Hände über die Innenseite meiner Schenkel, die inzwischen unkontrolliert zitterten, gleiten. Dann zog er sie auseinander, spreizte sie noch weiter.

„Was für eine schöne pinke Muschi", sagte er. „Schaut euch diese pinke Muschi an. So ist es richtig. Zieht sie auseinander. Weiter. Komm schon." Er riss am Fleisch meiner Schenkel und tatsächlich konnte ich fühlen, wie sich meine intimste Stelle noch weiter öffnete, sodass alle im Raum sie sehen konnte.

Ein Murmeln ging durch den Saal.

„Sorg dafür, dass ihr Kitzler für das Piercing schön groß ist, Brian", rief der erste Älteste.

Oh Scheiße, sie wollten mir meinen Kitzler piercen? Jetzt, wo ich an mir hinabsah und erkannte, wie ich hier lag, war das offensichtlich.

Der Mann zwischen meinen Beinen, ich schätzte, dass es Brian war, war nur zu glücklich, der Aufforderung nachzukommen. Er war kein unattraktiver Mann. Er war vielleicht Mitte vierzig. Ein aufgeregtes Strahlen war in seinen Augen, während er seinen Finger befeuchtete und ihn dann an meine intimste Stelle legte.

Mein gesamter Körper fuhr bei der Berührung zusammen und ich konnte nicht anders als den Blickkontakt zu Beau suchen. Die Vene an seinem Hals stand hervor, während der andere Mann anfing, mit mir zu spielen, meine Lippen fingerte und schließlich meine Klitoris fand.

Als seine Finger anfingen, sie zu umkreisen, versuchte ich die Tränen zurückzuhalten, dann kam ein anderer Mann und übernahm seine Position und eine andere Hand berührte mich.

Irgendjemand trug Gleitgel auf und dann waren da viele Hände, viele Männer. Sie zogen an meiner Muschi und dehnten sie weit. Rieben an mir.

Und verdammt, ich war auch nur ein Mensch. Mein Körper reagierte. Ich war sowieso schon nervlich am Ende, all meine Hormone spielten verrückt.

Meine Muschi wurde weicher und rot und größer unter ihren Berührungen. Mein Kitzler wurde größer und begann zu pulsieren.

Ab und an schlug die Peitsche auf meinen Schenkel und durchbrach die Mischung aus Lust und Empfindungen, was meinen gesamten Körper zum Zittern brachte.

Dann kamen die Hände zurück, große männliche Hände. Sie fassten mich an, zogen an mir, rieben, rieben immer und immer wieder, umkreisten und spielten, bis ich es kaum noch aushalten konnte.

Meine Augen ruhten weiter auf Beau. Ich fühlte mich von der Lust gequält, fühlte mich allerdings auch, als würde ich ihn verraten. Das war nicht das, was ich mich gewünscht hatte. Ich hatte seinen Körper gewollt. Seine Hände.

Und stattdessen wurde ich liebkost und gerieben und gekitzelt und oh Gott, oh Gott...

„Komm", rief Beau. „Komm für mich, Schönheit. Schrei, während du kommst."

Der Moment, in dem er mir die Erlaubnis erteilte, war der Moment, in dem ich zu schreien begann. Meine Brüste drückten sich so sehr nach oben, wie sie es trotz der Fesseln konnte. Der Orgasmus, der sich innerhalb der letzten zwanzig Minuten aufgeladen hatte, entlud sich über mir.

Es waren wieder Hände auf meinem Körper. Ich schloss die Augen und stellte mir vor, dass es Beaus Hände waren. Sie rieben mich, berührten mich an den intimsten Stellen, spielten mit meinem Arschloch, während er mir so deutlich sagte, dass ich *kommen* sollte.

„Beau!", schrie ich, während ich kam und kam und kam. Irgendjemand schob seinen Finger in meinen Hintern und ich drückte mich dagegen, benutze meine Hüften schamlos, während die anderen weitermachen, ihre Hände noch immer auf meiner Muschi und an meinem Kitzler.

Dann ließen sie Beau gehen und er eilte zu mir herüber, schob seine Hose runter, während er zu mir herüberkam. Oh Gott, danke Gott. Ich weinte vor Erleichterung.

All die anderen Männer verschwanden, während er keine Zeit verstreichen ließ, zwischen meine absurd gespreizten Beine zu treten, meine noch immer schmerzenden Schenkel hart ergriff und sich selbst bis zu den Eiern in mir versenkte.

Ich schrie auf und versuchte, seinem Stoß zu begegnen so sehr ich konnte, aber er hielt mich mit den Händen fest, legte sie auf meine Hüften. Erbarmungslos drückte er mich auf den Stuhl und fickte mich. Seine Augen waren dunkel, bedrohlich und voller gefährlicher Lust.

Zum ersten Mal, seitdem er von der Schwangerschaft erfahren hatte, war er glücklicherweise nicht vorsichtig, was mich anging.

Ich kam fast augenblicklich erneut. Die schreckliche Folter meines Kitzlers hatte dafür gesorgt, dass ich bereits jetzt wieder am Rande des nächsten Orgasmus stand.

Ich zog mich um sein Glied zusammen, während alles in mir pulsierte. Unsere Blicke trafen sich, während er wieder tief in mich drang und knurrte, dann noch einmal aus mir glitt und so grob in mich stieß, dass sich der gesamte Stuhl ein gutes Stück nach hinten bewegte.

Er schrie, als er kam, und ich zog mich zusammen, hieß sein Sperma in meinem Körper willkommen, zog mich noch heftiger um ihn zusammen.

„Und jetzt markieren wir sie als Teil des Ordens", ertönte eine Stimme hinter Beau. Beau biss die Zähne zusammen und einen Augenblick lang hatte ich Angst, dass er ablehnen würde. Das tat er allerdings nicht. Er zog sich aus mir heraus, wobei Sperma der Bewegung folgte. Ich drückte mich nach oben. Mir fehlte sein Gewicht in dem Moment, in dem es mich verließ.

Bevor ich allerdings irgendwas tun oder gar etwas andres denken konnte, machte der Mann, der Beau tätowiert hatte, einen Schritt nach vorne.

Ich blinzelte und legte den Kopf in den Nacken, weil ich mir nicht sicher war, ob ich dabei würde zusehen können. Ich hatte keine weiteren Piercings außer Löcher für Ohrstecker. Damals war ich vierzehn gewesen und Tina hatte die tolle Idee gehabt, es mit Eiswürfeln und einer Nadel zu machen. Es hatte unglaublich wehgetan, aber wir hatten es geschafft.

Also bereitete ich mich innerlich vor. Ich erschreckte mich, als mich erneut Hände an meinem intimsten Ort berührten. Diesmal allerdings waren es mit Handschuhen bedeckte Hände. Trotzdem war mein Kitzler riesig und geschwollen und jede Berührung war unangenehm und brachte mich zum Beben.

Er wusch die Stelle und deutlich bevor ich dafür bereit war, empfand ich Schmerz an meinem Zentrum der Lust, als er mich piercte.

Ich schrie nach Gott, gegen das, was ich jetzt fühlte, war das Auspeitschen ein Kinderspiel gewesen.

Dann allerdings machte der Mann einen Schritt nach hinten und ich sah hinab. Ich bekam kaum genug Luft, so schnell atmete ich.

Ein kleiner Ring mit einem Diamanten glitzerte nun an meiner Klitoris.

Ich hatte keinen Zweifel daran, dass es sich um einen Radcliffediamanten handelte.

Ich gehörte *ihm*.

14

Beau

„BIST DU DIR SICHER, dass es dir gut geht?", fragte ich, während ich sie zurück in unser Zimmer trug.

„Ich hab dir gesagt, dass es mir gut geht. Dem Baby geht es auch gut."

„Das wissen wir nicht", sagte ich. Ich war wütend auf mich selbst, weil ich zugelassen hatte, dass diese Wichser ihr mit der Peitsche Hiebe auf die Oberschenkel geschlagen und ihren verdammten Kitzler gepierct hatten!

Und was habe ich getan? Ich habe sie gefickt. Ich konnte einfach nicht anders. Ich musste in ihr sein. Ich musste sie haben. Aber das Baby...

„Doch, das weiß ich", versicherte sie mir und klammerte sich ein wenig fester an meinen Hals, während ich mich an dem Türgriff zu unserem Zimmer zu schaffen machte. „Dem Baby geht es sehr gut."

Als ich sie auf dem Bett abgelegt hatte, zeigte ich mit

dem Finger auf sie und gab ihr die Anweisung, sich nicht zu bewegen. Ich würde sofort wieder da sein.

Ich hastete in das Bad und befeuchtete einen Waschlappen mit warmem Wasser. Ich kam zurück und Abilene hatte glücklicherweise tatsächlich auf mich gehört und lag noch immer gegen die Kissen gelehnt da. Sie hatte ein warmes Lächeln im Gesicht und schüttelte den Kopf, als ich auf sie zukam.

„Es ist wirklich alles in Ordnung."

„Spreiz die Beine", befahl ich ihr. Ihre Antwort reichte mir nicht. Ich wollte sichergehen, dass sie nicht an den Schenkeln blutete, dass sie keine blauen Flecken hatte und dass diese Idioten mit ihren Schlappschwänzen die Peitsche nicht zu heftig eingesetzt hatten.

Mit einem Seufzen tat sie, was ich verlangt hatte und ließ zu, dass ich den Waschlappen über ihre roten und heißen Schenkel rieb. Ich versuchte nicht auf die mit dem Diamanten verzierte Klitoris zu schauen und versuchte noch stärker die Tatsache, dass mein Schwanz schon wieder steinhart war, zu ignorieren. Irgendwas an dieser Frau verwandelte mich in ein Tier mit animalischen Gelüsten, einem fast urtypischen Verlangen, alle Vorsicht zu vergessen, wenn das hieß, dass ich bis zu den Eiern in ihr sein könnte.

Offensichtlich. Die Tatsache, dass sie schwanger war, war dafür ja wohl Beweis genug.

Es klopfte sanft an der Tür und Mrs. H kam herein. „Ich habe eine besondere Pflege für das Piercing", erklärte sie. „Wir wollen sichergehen, dass es sauber bleibt und gut gepflegt ist."

„Wir werden es sofort entfernen, wenn wir hier weggehen", verkündete ich, ohne mit dem Waschlappen von ihrer misshandelten Haut abzulassen.

„Hey, du", sagte Abilene und hob den Kopf vom Kissen, damit sie mir einen bösen Blick zuwerfen konnte. „Vielleicht möchte ich es ja behalten. Vielleicht gefällt es mir ja."

„Es kommt raus", wiederholte ich und meinte es genau so.

„Nun gut", sagte Mrs. H, die auf das Bett zugekommen und fest entschlossen war, jeden Streit bereits im Keim zu ersticken. „Das müsst ihr nicht heute entscheiden. Konzentriert euch auf das, was vor euch liegt." Sie reichte Abilene die Pflege. „Zweimal täglich." Dann sah sie mich an. „Es würde auch nicht schaden, wenn du es ein paar Tage lang auch auf dein Tattoo aufträgst. Du solltest dafür sorgen, dass es gut mit Feuchtigkeit versorgt ist, damit es nicht verkrustet."

„Was haben sie dir überhaupt tätowiert?", fragte Abilene. „Ich hab es noch gar nicht gesehen."

„Zwei sich kreuzende Säbel", murmelte ich und war mir nicht sicher, wieso das eine so große Sache war.

Wenn man mit dem Wissen aufwächst, dass man eines Tages ein solches Tattoo bekommen wird, ist man irgendwie nicht mehr so schockiert, wenn es dann soweit ist. Allerdings war ich sehr dankbar dafür, dass die Ältesten die Tradition abgelassen hatten, die Schönheit ebenfalls mit den Säbeln zu markieren... Denn anstelle eines einfachen Tattoos war den Schönheiten früher ein *Brandmal* auf der Haut verpasst worden. Ich bezweifelte wirklich, dass ich es zugelassen hätte, dass ein Mann sich Abilene mit einem glühenden Brandeisen genähert hätte.

„Ich möchte, dass der Arzt auf der Stelle kommt", sagte ich, als ich endlich fertig damit war, Abilenes Schenkel zu säubern. „Ich möchte den Herzschlag des Babys hören. Ich möchte wissen, dass alles in Ordnung ist und dass das Baby nicht in Gefahr ist."

„Das ist nicht so einfach", sagte Mrs. H. „Ich versuche es, seit du mich das letzte Mal darum gebeten hast. Wir können nicht einfach den Arzt holen, der für Oleander zuständig ist. Er würde es den Ältesten sagen. Verdammt… Wir können keinen Arzt nehmen, der irgendwo innerhalb von hundert Meilen von Darlington County seine Praxis hat, denn die Ältesten würden garantiert Wind davon bekommen. Ich versuche jemanden zu finden, der möglichst weit entfernt vom Orden ist, und das gestaltet sich nicht gerade als einfach."

„Sagen Sie es Montgomery oder meinem Vater, wenn Sie müssen. Ich vertraue ihnen, dass sie es geheim halten würden", schlug ich vor.

Mrs. H nickte. „Ich werde jemanden finden. In der Zwischenzeit solltest du davon ausgehen, dass alles in Ordnung ist. Abilene ist gesund, sie hat keine Blutungen oder Krämpfe und die meisten Frauen haben während ihrer gesamten Schwangerschaft keine Probleme. Du musst sie nicht in Watte packen."

„Ihr wisst schon, dass ich hier bin", meldete sich Abilene und winkte uns mit beiden Händen zu. „Ihr beide sprecht so, als würde ich hier nicht im Bett liegen… und dazu noch nackt. Kann ich bitte was zum Anziehen bekommen?"

Sie machte Anstalten aufzustehen, aber ich legte schnell die Hand auf ihr Bein und sah sie warnend an. Das reichte aus, dass sie innehielt und sich zurücklehnte, genau wie ich erwartet hatte.

Schnell ging ich hinüber zur Kommode und holte ein Tank Top und Shorts heraus. Ich wusste, dass sie darin schlief.

„Ich weiß, dass ihr beide gerade mit vielem klar kommen müsst", sagte Mrs. H. „Und, ich möchte wissen, dass ich euer Geheimnis für mich bewahren werde. Aber ich muss euch auch warnen, dass die Ältesten irgendwie immer alles mitbekommen, was hier in der Villa vor sich geht. Oleander hat Augen und Ohren in den Wänden."

„Wir werden vorsichtig sein", versicherte ich ihr, während ich Abilene dabei half, sich anzuziehen, egal ob sie es wollte oder nicht.

„Sie werden Abilene nicht weitermachen lassen, wenn sie es rausfinden", erinnerte Mrs. H uns.

„Das wissen wir", erwiderte ich.

Abilene schlug meine Hände weg, als ich versuchte, ihr dabei zu helfen, die Shorts anzuziehen. „Ich kann das selbst", fuhr sie mich an. „Gott, ich bin doch kein Invalide."

Mrs. H kicherte. „Gewöhn dich besser dran, Mädchen. Ich kenne Beau und wenn dieser Mann sich auf irgendwas fokussiert hat, dann lässt er nicht davon ab. Es ist offensichtlich, dass du gerade im Zentrum seiner Aufmerksamkeit stehst."

Ich entschloss mich, Abilenes Augenrollen einfach zu ignorieren und wandte mich stattdessen erneut Mrs. H zu. „Ich möchte, dass wir über das Essen reden. Ich möchte nicht zu weit gehen, aber ich habe gelesen, dass manche Lebensmittel mehr Vitamine haben, die wichtig für das Baby sind. Ich mache mir Sorgen, dass Abilene nicht genug wiegt. Im Buch steht, dass Frauen..."

„Wir sprechen nicht über mein Gewicht", unterbrach Abilene mich.

„Du wiegst zu wenig", sagte ich und sah sie erneut warnend an. „Und beruhige dich. Es ist nicht gut für das Baby, wenn du dich stresst."

„Erst einmal", fing sie an und atmete tief durch. „Bin ich nicht untergewichtig. Wir wollen außerdem nicht, dass ich zunehme, während ich für diese Rituale ständig nackt vor allen sein muss. Zweitens bin nicht ich diejenige, die sich beruhigen muss. Du bist so angespannt, dass ich nur noch darauf warte, dass du den Kopf verlierst."

Anstatt mich mit ihr zu streiten, richtete ich meine Aufmerksamkeit wieder auf Mrs. H. „Können Sie mir einen Gefallen tun? Ich möchte, dass bei mir alles für das Baby vorbereitet wird. Ich habe keine Ahnung, wo ich überhaupt anfangen soll oder wen ich damit beauftragen kann. Können Sie mir dabei helfen?"

„Beau!", sagte Abilene, die sich nach vorne gelehnt und meinen Unterarm ergriffen hatte. „Ich verstehe, dass es in deiner Art liegt, alles zu planen. Ich weiß es zu schätzen, dass du für unser Baby nur das Beste möchtest, aber so langsam gehst du wirklich zu weit."

Mrs. H machte einen Schritt nach vorne und klopfte mir auf den Rücken. „Ich muss dem Mädel zustimmen. Du musst dich entspannen. Dass du dich jetzt so aufregst, ist nicht gut für dich, Abilene oder für das Baby. Mach dir keine Sorgen. Ich kümmere mich um den Arzt. Ich werde dir auch mit der Sicherheit bei dir zu Hause helfen, wenn du dich dann besser fühlst. Gerade allerdings musst du dich auf das Aufnahmeritual konzentrieren. Ihr beide müsst wirklich im Auge behalten, was noch auf euch zukommt." Dann sah Mrs. H Abilene an. „Brauchst du irgendetwas?"

Abilene schüttelte den Kopf. „Nein, danke. Ich denke, ich habe bereits mehr als *genug*." Sie hielt inne und warf mir einen Blick zu. „Hier."

Mit einem letzten Kichern und einem weiteren Klopfen auf den Rücken verließ Mrs. H den Raum.

Ich fand Abilenes Blick und mein Ausdruck versteifte sich. „Ich möchte, dass du ehrlich zu mir bist. Hast du wirklich das Gefühl, dass es dem Baby gut geht? Jetzt musst du nicht stark sein oder meine Gefühle schützen oder so. Ich möchte die Wahrheit hören."

Sie setzte sich auf und ergriff meine Hand. „Ich würde niemals zulassen, dass unserem Kind etwas passiert. Daran musst du glauben. Alles ist in Ordnung, versprochen."

Ich war mit ihrer Antwort zufrieden und war beruhigt davon, wie sie es gesagt hatte, dass ich mich entspannen musste. Ich stand auf und griff nach den Decken, um sie zuzudecken.

„Es war ein langer Abend", stellte ich fest. „Ich bin mir sicher, dass du dich etwas erholen musst."

„Warte!" Sie hatte meine Hand nicht losgelassen. „Kannst du... mit mir ins Bett kommen? Ich könnte wirklich..." Sie schluckte schwer, wandte den Blick ab, sah mich dann allerdings doch wieder an. „Kannst du mich in den Arm nehmen, bis ich einschlafe? Bitte?"

Ich glaube nicht, dass ich es schnell genug geschafft hätte, mich zu entkleiden und zu ihr ins Bett zu klettern. Ich musste sie auf der Stelle halten und ich war froh darüber, dass sie das auch wollte. Ich wollte nicht zu schnell zu weit gehen oder zu viel verlangen, auch wenn ich mich selbst kaum zurückhalten konnte, was das anging. Aber ich musste sie in den Armen halten.

Und als ich sie dann schließlich in den Arm nahm und meine Hand auf ihren Bauch legte... Da wurde mir klar, dass ich auch das Baby halten musste. Es wurde mir langsam wirklich klar. Ich würde Vater werden.

Abilene drückte ihren Körper gegen meinen. Sie war der perfekte Löffel. „Wir schaffen das", sagte sie leise. „Wir haben es fast geschafft. Ich bin mir sicher, dass uns nur noch wenige Rituale bevorstehen und dann ist das alles vorbei. Wir können mit allem, was wir uns jemals gewünscht haben, von hier weggehen."

Ich atmete tief durch und nahm den blumigen Geruch ihrer Haare wahr. Mein Schwanz war hart, denn er hatte seinen eigenen Kopf, aber ich wollte sie nicht wirklich ficken. Ich wollte sie einfach nur halten, mein Baby halten und eines mit ihnen sein.

„Beau?", fragte sie mit einem müden Gähnen.

„Ja?" Ich küsste sie auf den Kopf und hielt sie noch ein wenig fester. Ich hatte dieses überwältigende Verlangen, sie zu beschützen, und ich wollte nicht, dass sie sich auch nur einen Zentimeter von mir entfernte.

„Mein ganzes Leben war immer eine einzige Lüge. Ich möchte, dass sich das ändert. Ich möchte nie wieder lügen. Ich möchte nicht, dass dieses Baby so leben muss wie ich. Ich möchte, dass es bessere Bedingungen hat."

Ich küsste sie abermals. „Das weiß ich. Mach dir keine Sorgen. Ich glaube dir, was das Baby angeht. Das Baby wird nur das Beste haben. Daran musst du nicht zweifeln. Wir haben nichts, worüber wir sprechen müssen. „

„Ich wusste, dass du das sagen würdest und ich weiß, dass du glaubst, dass du..."

„Still jetzt", unterbrach ich sie. „Du brauchst Schlaf. Den brauchen wir beide. Ich denke, wir haben für heute genug geredet. Schlaf nun!"

Sie atmete aus, legte ihre Hand auf meine, die noch immer auf ihrem Bauch lag.

Keine weiteren Worte.

Nur wir. Nur wir drei.

15

Abilene

IN DEN NÄCHSTEN Wochen fanden wir eine Art Rhythmus. Beau arbeitete und ich las Bücher und sah auf dem alten Fernseher, den Mrs. H mir nach Beaus Anweisung besorgt hatte, alte Filme an. Ich mochte den Glamour des alten Hollywood und konnte ganze Nachmittage damit füllen, Filme mit Gene Kelly zu schauen. Ich hatte auch quasi jeden Hitchcockfilm gesehen.

„Was gefällt dir an diesen alten Filmen so?", fragte Beau, während er nach einem weiteren endlosen Tag den Laptop zuklappte.

Ich sah von meinem Platz auf dem Boden auf, wo ich auf der Seite gelegen, Popcorn gegessen und mich halb totgelacht hatte, während ich mir die unglaublichen Lieder und Tänze in *Du sollst mein Glücksstern sein* zu Gemüte geführt hatte.

Ich schnappte mir die Fernbedienung und spulte zurück. „Machst du Scherze? Schau dir das hier an. Donald

O'Connor hat einen unglaublichen Stunt. Er rennt gegen eine Wand und macht ohne Probleme mit der Leichtigkeit eines modernen Pacourstars einen Flickflack."

Ich grinste, als ich von der Szene weg und wieder zu Beau hinaufsah. „Unglaublich oder?"

In seinem Gesicht war ein Lächeln erschienen, aber er hatte nicht auf den Bildschirm geschaut. „Wirklich unglaublich", sagte er leise.

Ich schluckte und richtete mich auf dem weichen Teppich auf. „Also, ähm." Ich leckte mir die salzige Butter von den Fingern, eine Bewegung, die Beau nicht entging. Sein Blick fiel auf meine Lippen, während ich jeden Finger ablenkte.

Oh Scheiße, das war geil. Ich zog den letzten Finger mit einem kleinen Plopp aus meinen Mund und fühlte, dass ich rot wurde.

Ich musterte Beau. Alles war die letzten paar Wochen so anders gewesen. Er hatte mir... so viel Aufmerksamkeit geschenkt. Ich ging davon aus, dass er Mrs. H fast in den Wahnsinn trieb, weil er so viel Essen forderte, aber sie hatte sich der Aufgabe angenommen. Jeden Morgen zum Frühstück servierte sie mir einen grünen Smoothie und in der letzten Woche hatte meine Morgenübelkeit endlich nachgelassen.

In den Wochen davor hatte Beau nicht zugelassen, dass ich mich weiter morgens im Bad eingeschlossen hatte, wenn es mir schlecht ging.

Nein, er hatte darauf bestanden, dass die Tür unverschlossen blieb, damit er nach mir schauen konnte. Wenn es wirklich schlimm war, blieb er an meiner Seite, während ich vor der Kloschüssel geweint hatte. Er hatte meine Haare gehalten, mir den Rücken gestalten und mir, als sich mein

Magen endlich beruhigt hatte, in die Dusche geholfen, damit ich mich wieder besser fühlte.

Er hatte immer dafür gesorgt, dass auf meinem Nachtisch ein Paket Cracker zu finden war und dass ich einige gegessen hatte, bevor ich es überhaupt in Erwägung zog, aufzustehen. Das war eine der vielen Kleinigkeiten, die er in den Büchern über Schwangerschaft gelesen hatte. Ich war mir fast sicher, dass er jetzt besser auf dieses Baby vorbereitet war als *ich* selbst. Das allerdings brachte mich nur wenig aus der Ruhe, denn all das hier fühlte sich für manchmal noch immer sehr surreal an.

Ich meine, es konnte nicht wirklich wahr sein, dass ich in sechs Monaten ein *Baby* haben würde. Das war wahnsinnig. Absoluter, kompletter Irrsinn.

Nur, dass Mrs. H es tatsächlich geschafft hatte. Sie hatte einen Arzt gefunden, den ich heimlich konsultieren konnte.

Es war eine ehemalige Schönheit, von der Mrs. H glaubte, dass sie unser Geheimnis für sich behalten konnte. Der Orden hatte keinen Einfluss mehr auf die ehemalige Schönheit, denn ihr Traum war es gewesen, Medizin zu studieren. Nun, jetzt war die Frau eine Ärztin in Atlanta, und als Mrs. H ihr von meiner Situation erzählt hatte, war die Ärztin gewillt gewesen, mich zu sehen. Besonders als Mrs. H erklärt hatte, dass Beau sie für ihre Dienste königlich entlohnen würde.

Sie war also in der letzten Woche angekommen und Mrs. H hatte sie in unser Zimmer geschmuggelt. Mein Bauch war noch immer flach. Die einzige Veränderung, die ich ansonsten bisher an meinem Körper wahrgenommen hatte, war, dass meine Brüste ein wenig schwerer geworden waren, besonders jetzt, wo Beau und Mrs. H ein Team gebildet hatten, das es sich zur Aufgabe machte, mir jeden Tag so viel Essen wie möglich zu verabreichen.

Wenn ich behauptet hätte, dass ich nicht nervös wurde, als die Frau ihr tragbares Ultraschallgerät hervorholte und es anschloss, würde ich lügen. Dann hatte sie ihren Laptop angeschaltet, ein wenig kaltes Gel auf meinem Bauch verteilt und angefangen, mit ihrem Ultraschallgerät über meinen Bauch zu fahren.

Erst war da nur Stille und ich hatte noch nie in meinem Leben mehr Angst gehabt als in diesem schrecklich ersten Augenblick.

Dann allerdings war es da. *Bum-Bum ... Bum-Bum ... Bum-Bum...* Der leise Herzschlag unseres Babys, der so schnell war, aber komplett rhythmisch.

Beau hatte direkt neben dem Bett, auf dem ich lag, gestanden und seine Hand war hervorgeschnellt und hatte meine ergriffen. Ich hatte mich genauso fest an ihn geklammert.

Den Herzschlag zu hören, hatte alles geändert.

Ja, ich hatte gewusst, dass dort ein Baby war, aber es war etwas anderes, ob man es nur wusste, oder ob man den *Beweis* in Form des *Herzschlages* gehört hatte.

Dann hatten sich neben unseren Händen auch unsere Blicke getroffen. Ich hatte zu Beau aufgeblickt und es war wie eine Explosion. Ich war nicht die Einzige, die ein *Baby* bekam. *Wir* wurden eine *Familie.*

Ein Gedanke, der mich so aus dem Gleichgewicht brachte, dass ich versuchte, meine Hand Beaus zu entziehen. Aber er ließ einfach nicht los. Also hörte ich auf, mich gegen ihn zu wehren.

Wir hatten im Angesicht der riesigen Überraschung nicht über das, was zwischen uns war, gesprochen. Wir hatten nicht darüber gesprochen, wo wir standen, besonders nicht im Licht seines ach so wichtigen Vertrages.

Sah er mich noch immer als... Geschäftspartnerin? Hatte sich für ihn etwas geändert?

In diesem Moment hatte ich mich wie eine Idiotin gefühlt. Ich dachte an Romantik, an die Unsicherheit darüber, wie die Gefühle dieses Mannes zu mir waren, während ich den Herzschlag meines Babys zum ersten Mal vernahm. Aber es war ja nicht so, als wären das hier normale Umstände gewesen. Wir zum Teufel *sollte* ich mich fühlen? Es war nicht so, als gäbe es dafür klare Regeln.

Und glücklicherweise unterbrach die Ärztin meine Gedanken, bevor ich zu tief in ihnen versinken konnte.

„Das sind alles super aus. Du bist etwa zwölf, dreizehn Wochen weit, richtig?"

Ich nickte.

„Das Baby wurde am 1. Mai, einem Freitag, gezeugt", sagte Beau. „Passt das zu dem, was Sie sehen?"

Nun, das war wie ein Stoß ins kalte Wasser gewesen, zumindest was meine angsterfüllte Gefühlswelt anging. Er wollte sichergehen, dass die Ärztin im zustimmte, dass ich nicht log. Sichergehen, was den zeitlichen Ablauf der Schwangerschaft anging?

Die Ärztin lachte. „Es ist eher selten, dass ein Patient die genauen Details kennt, aber ja der 1. Mai." Sie hielt kurz inne und sah hinauf zur Decke, fast so, als würde sie sichergehen, dass sie richtig gerechnet hatte. „Das passt perfekt."

Dann sah sie auf ihre Uhr. „Das sind dann ziemlich genau zwölf Wochen." Sie fuhr fort und erklärte mir, was mich im zweiten Trimester der Schwangerschaft erwartete.

Beau bombardierte sie weiterhin mit Fragen über Fragen über meine Gesundheit. Schwangerschaftsdiabetes, seine Sorgen über meine anhaltende Übelkeit und die Frage, ob ich jeden Tag genug Kalorien zu mir nahm, sogar, welche *Marke* von Schwangerschaftsvitaminen die beste sei.

Geduldig beantwortete sie all seine Fragen und sah dann mich an. „Und welche Fragen hast *du*, Mama?"

Es war wahrscheinlich dumm zu fragen, wie weh die Geburt tun würde, oder?? Aber es war fast, als hätte sie meine Gedanken gelesen. Sie fragte: „Hast du dir schon Gedanken über die Geburt gemacht? Es ist noch ein wenig früh, aber manchmal kann es helfen, früh Pläne zu schmieden, um über den Schock und die Angst hinwegzukommen."

Bevor ich allerdings auch nur ein Wort sagen konnte, mischte Beau sich bereits ein. „Wie sieht es mit Sport aus?" Er zog die Augenbrauen zusammen. „Sie wissen genau, was hier los ist. Wäre es für mein Kind gefährlich, wenn sie das Aufnahmeritual hinter sich bringen würde?"

Die Frau antwortete nicht kurz und bündig, wie es Beau wahrscheinlich lieber gewesen wäre. Ehrlich gesagt wäre es mir auch lieber gewesen. Auch wenn ich nicht so von Paranoia geplagt war wie Beau, machte ich mir trotzdem Sorgen.

Die Rituale der letzten Wochen waren nichts besonders gewesen – es waren alles mehr oder weniger Orgien gewesen, bei denen die Ältesten ihre Schwänze in irgendwelche Frauen stecken konnten.

Einmal waren mehr Halsbänder in der Schachtel gewesen und eines von ihnen war schwarz, was hieß, dass ich an Beaus Seite bleiben konnte.

Nur bei den Ritualen hatte Beau Sex mit mir.

Ansonsten ging er so vorsichtig mit mir um, dass ich mich manchmal fragte, ob er mich überhaupt noch attraktiv fand, oder ob ich vielleicht zur geschlechtslosen Mutter seines Kindes geworden war.

Zumindest bis das nächste Ritual anstand.

Vielleicht war das allerdings einfach sein Bedürfnis,

voller Enthusiasmus und Energie dabei zu sein, wenn die Ältesten ihm zusahen?

Ich hatte keine Ahnung, aber wenn man uns zusah, tat er Dinge mit meinem Körper... Gott im Himmel. In den Momenten hatte ich den leidenschaftlichen Liebhaber zurück, nach dem sich mein Körper so sehr sehnte. Die Zeit zwischen den Ritualen hatte angefangen, sich wie eine Strafe anzufühlen.

Ich saß den ganzen Tag lang im selben Raum wie Beau. Mein Körper brannte mit dem Verlangen, ihn zu berühren, mich an ihm zu reiben, ihn verdammt noch mal zu *reiten*...

Aber nein. Ich musste Abstand halten, denn... nun, wir hatten nicht darüber gesprochen, was wir einander jetzt bedeuteten, und ich hatte Angst, dass er, wenn ich danach fragen würde, wieder vom Vertrag anfangen und ich ihn dann erwürgen würde!

Offenbar hatte Beau das Kreuzverhör der Ärztin beendet, denn sie hatte angefangen, ihre Sachen zusammenzupacken.

„Ich werde in drei Wochen wiederkommen, dann können wir wahrscheinlich sehen, welches Geschlecht das Baby hat."

„Nein", sagte ich, während Beau gleichzeitig entgegnete: „Ja."

Wir sahen einander an und sein Gesicht verdunkelte sich. „Abilene. Wir wollen wissen, welches Geschlecht das Baby hat."

Dieser bestimmende, verlangende Tonfall, den er hatte, war so unglaublich sexy und trieb mich gleichzeitig wirklich auf die Palme. „Wollen wir das? Ich finde, dass es schöner ist, wenn es bis zur Geburt eine Überraschung bleibt."

Er schüttelte den Kopf. „Das ist Wahnsinn. Wir können

nur passende Kleidung kaufen und uns einen Namen aussuchen, wenn wir wissen, welches Geschlecht das Kind hat."

„Ach, wirklich?" Ich nahm das Taschentuch, dass die Ärztin mir reichte und wischte mir das restliche Gel vom Bauch, bevor ich mich aufsetzte. „Wer sagt das? Du? Weißt du, Freundchen, die Zeiten haben sich geändert, seit dein Club alter Männer diesen Ort hier errichtet hat. Es ist egal, ob es ein Mädchen oder ein Junge ist. Das Geschlecht ist nur ein Konstrukt und..."

„Willst du also, dass wir unser Kind Apple nennen? Oder vielleicht Rocket?"

Ich verdrehte die Augen. „Ich schätze, du fändest Beau Jr. gut?"

Die Art und Weise, wie er mit den Schultern zuckte, zeigte mir, dass er das zumindest in Erwägung gezogen hatte. „Oh mein Gott, du machst Scherze. Ich werde meinem Sohn nicht deinen Namen geben! Also, wenn es ein Junge wird!"

Er hatte die Arme vor der Brust verschränkt. „Wieso nicht? Es ist auch mein Erstgeborener."

Ich warf ihm einen bösen Blick zu. „Nun, vielleicht überlegst du dir besser ein paar andere Namen, denn ich lege bei Beau Jr. mein Veto ein!"

Damit hatte das angefangen, was ich an den Tagen, an denen ich ein wenig großzügiger war, die große Namensdebatte nannte. An Tagen, an denen meine Geduld weniger ausgeprägt war, nannte ich es: Halt den verdammten Mund, wir geben dem Kind den Namen, den ich aussuche.

Die Debatte führten wir eineinhalb Wochen.

Ich lächelte zu Beau hinauf, während Du sollst mein Glücksstern sein weiterlief. „Wie wäre es mit Gene, wenn es ein Junge wird?"

„Nach Gene Simmons? Nein Danke."

„Nein, wie Gene Kelly. Willst du nicht, dass unser kleiner Liebling lässig wird?"

„Danke, ich verzichte."

Ich verdrehte die Augen im Kopf und streckte die Hände nach ihm aus. Beau ergriff sie, zog daran und half mir vom Boden hoch. Ich versuchte die Funken, die sprühten und sich selbst bei diesem kurzen Hautkontakt über meinen gesamten Körper ausbreiteten, zu ignorieren, aber es gelang mir nicht.

Ob es mir absolut gar nichts ausmachte, Entschuldigungen zu finden, ihn anzufassen? Ja, genau so war es.

Ob ich mich deshalb schuldig fühlte? Nein, keinesfalls.

Was auch immer er hatte sagen wollen, wurde allerdings von einem Klopfen an der Tür unterbrochen.

Unsere Blicke trafen sich, dann ging Beau schnell hinüber zur Tür und öffnete diese.

„Eure Anwesenheit beim Ritual wird in einer Stunde erwartet", hörte ich Mrs. H Stimme von der anderen Seite der Tür. Ich konnte sie nicht sehen, weil Beaus großer Körper mir den Blick versperrte. Als er sich umdrehte, war sie bereits verschwunden, er allerdings hielt eine weiße Kiste in den Händen.

Mein Herz überschlug sich. Und nicht, weil ich Angst vor dem hatte, was mich vielleicht beim Ritual erwarten könnte.

Nein, mein Herz begann zu rasen, weil ein Ritual hieß, dass ich endlich wieder mit Beau würde schlafen können. Mein Intimbereich zog sich alleine bei dem Gedanken daran, dass er wieder tief in mir wäre, zusammen.

Beau war damit beschäftigt, die Schachtel zu öffnen. Er verzog das Gesicht, als er hineinsah und drehte sich dann zu mir um. Es war nichts darin.

Ich zuckte mit den Schultern. „Dann wollen sie also, dass ich nackt komme. Das ist ja nichts Neues."

Beau nickte, wandte den Blick ab und schluckte schwer. „Ja, ich bin mir sicher, dass es keine große Sache sein wird."

Dachte er auch daran? Daran, dass er mich heute Nacht nehmen würde? Oder sorgte er sich um das Baby? Sah er mich inzwischen nur noch als... Brutkasten?

„Du kannst zuerst duschen", bot er an und drehte mir den Rücken zu.

Er konnte einen wirklich auf die Palme bringen.

Ich stampfte an ihm vorbei und stellte die Dusche auf heiß. Wenn ich nur diesen Mann auch irgendwie abwaschen könnte...

16

Beau

NACH EINEM SCHNELLEN Blick in die Gesichter meine Freunde wusste ich, dass dieser Abend schlimm werden würde. Sie trugen ihre neuen silbernen Umhänge und ihre Augen verrieten mir alles, was ich wissen musste.

Abilene und ich waren am Arsch.

Wir waren wieder in dem Ballsaal, den ich, seit ich zum Anwärter geworden war, zu hassen gelernt hatte. Oh, wie sich die Zeiten geändert hatten, seit den Tagen, an denen ich als kleiner Junge in diesem Saal gespielt hatte und es nicht hatte abwarten können, bis ich selbst ein Mitglied werden würde, wie mein lieber alter Vater.

Mein lieber alter Vater, der es tunlichst vermied, mir in die Augen zu sehen, nachdem ich und die nackte Abilene an meiner Seite den Ballsaal betreten hatten.

Es gab einen Grund dafür, dass mein Vater nicht zu den Ältesten gehörte. Ich war mir nicht sicher, welcher das war oder wieso er nie versucht hatte, einer zu werden. Meinem

Vater fehlte es nicht an Motivation. Tatsächlich war er sehr ambitioniert. Es musste also andere Gründe gegeben haben.

Vielleicht würde der heutige Abend verraten, wieso. Vielleicht hatte er seinen Weg gewählt und einer der Ältesten zu werden, war einfach ein zu dunkler Pfad, einer, auf dem er nicht wandeln sollte.

Der Saal war in dieser Nacht leer. Es gab keine nackten Frauen und geile Männer. Heute würde der Fokus alleine auf Abilene und mir liegen. Die Mitglieder und die Ältesten waren die einzigen Anwesenden... außer man zählte auch den Teufel mit.

Der Teufel war zweifelsohne gegenwärtig. Ich konnte ihn fühlen.

In der Mitte des Saales war etwas Großes aufgebaut worden. Es war eine Art Glaszylinder, etwa 1,80 m hoch und groß genug, dass eine Person hineinpassen würde. Zweifelsohne wären ich oder Abilene diese Person. Auf dem Glaszylinder stand ein schwarzer Behälter, der den Deckel verschloss und der bis unter die Decke reichte. Ich schätzte, dass in der oberen Hälfte etwas drin war, was auf die Person, die in dem Glasbehälter stehen würde, hinabfallen würde.

Ich hatte nicht viel Zeit, mir auszumalen, was hier passieren würde, denn die Ältesten begannen mit ihren Gehstöcken auf den weißen Marmorboden zu schlagen. Schlag um Schlag erklang ihr leerer und zeitgleich ohrenbetäubender Rhythmus im so eleganten Saal.

Die Mitglieder traten hinter Abilene und mich. Ein Ältester trat nach vorne und ergriff Abilenes Arm. Er führte sie hinüber zu dem Glaskasten und schubste sie hinein, knallte die Tür hinter ihr zu. Mein Herz blieb fast stehen. Ich sah sie dort die Arme an die Seiten gelegt, wie sie darauf wartete, was als Nächstes passieren würde.

Sie war so unglaublich stolz, so stark. Ihr Haupt war

hoch erhoben und falls sie Angst hatte, zeigte sie nicht das geringste Anzeichen. Ihr Ausdruck vermittelte eine eindeutige Botschaft: *Versucht es doch, ihr Wichser.*

Sei es wahr oder nicht, diese Frau erschien kein bisschen verletzlich. Sie war auf den Kampf vorbereitet und ich war noch niemals so von einem anderen Menschen beeindruckt gewesen, wie in diesem Moment. Sie blickte nach oben, als würde sie herausfinden wollen, was sie erwartete, aber wir beide hatten nicht die leiseste Ahnung, was von oben auf sie hinabfallen würde.

Die Stöcke schlugen weiter auf den Boden und während sie das taten, erschien ein Weiterer der Ältesten mit einem silbernen Seil in den Händen auf der Bildfläche. Er begann, den Glaszylinder mit diesem zu umwickeln und verknotete dabei immer und immer wieder das Seil.

Sie schlossen Abilene mit dem verknoteten Seil in der Glasröhre ein.

Langsam und methodisch wurde das Behältnis silbern. Es war fast so, als würde sich eine Schlange um sie winden.

Tief in mir wusste ich, dass das hier nichts Gutes sein würde. Mir wurde klar, dass ich Abilene nur aus dem Glaszylinder würde holen können, wenn ich die Knoten, die der Älteste gerade machte, öffnete. Jeder Knoten, jede Verflechtung dieses Seiles würde geöffnet werden müssen, um sie herauszubekommen.

Und die ganze Zeit sah ich hilflos der Frau zu, die mit meinem Kind schwanger war, wie sie langsam hinter dem Seil verschwand und wollte nichts weiter tun, als zu schreien. Ich wollte danach verlangen, dass das hier auf der Stelle aufhörte. Ich war so unglaublich müde. Ich war es verdammt noch mal leid, den moralischen Kampf in mir auszufechten. Das hier war falsch. Was für ein Mann war ich, dass ich es zuließ? Was für ein Mann würde eine Frau und sein Kind aufs Spiel setzten? Und wofür? Für Geld? Für ein Geschäft? Für den Stolz? Weil in unserem blauen Blut die Sünde mitschwamm? Was für eine Art Mann war ich?

Es war vollkommen egal, wie viele Bücher über Babys ich las. Das Einzige, was ich mit Sicherheit wusste, war, dass es in jedem Fall meine Pflicht war, die Mutter meines Kindes zu beschützen. Während sie in Glaröhre stand, von silbernen Knoten eingepfercht, wurde mir klar, dass ich das nicht tat... bei keinem der Rituale, die wir absolvierten.

„Beau Radcliffe", begann einer der Ältesten und riss mich aus meinen Gedanken. „Es ist deine Pflicht, deine Schönheit zu befreien. Rette sie und absolviere das Ritual. Wenn du es nicht schaffst..." Er führte den Satz nicht zu Ende und das Schlagen der Stöcke intensivierte sich.

Was sollte das heißen?

Was?

Ich hatte Gerüchte über Schönheiten und Frauen gehört, die auf Oleander verunfallt waren. Geschichten über namenlose Gräber auf dem Friedhof auf dem Hügel. Mädchen, die verschwunden waren und nach denen niemand suchte. Geheimnisse, über die niemals gesprochen wurde. Die Geister von Schönheiten, die über das Grundstück wandelten, weil Rituale schiefgegangen waren. Aber waren das nur Gerüchte? Waren es nur Geistergeschichten gewesen, um kleine Jungs wie mich als Kind zu erschrecken? Oder war dahinter eine Wahrheit?

Gott im Himmel. Was war, wenn Abilenes Leben in Gefahr schwebte?

Ich verschwendete keine weitere Sekunde, rannte hinüber zum dem Glaszylinder und begann an den Seilen zu zerren. Mir wurde schnell klar, dass ich klug sein musste, um die Knoten zu lösen. Daran zu reißen und Kraft einzusetzen sorgte nur dafür, dass sie noch fester wurden.

„Es ist okay", vernahm ich von hinter dem Glas. „Du schaffst das, Beau. Bleib ruhig. Lass dich nicht aus der Ruhe bringen."

Zwischen den Seilen konnte ich Abilene sehen und ich wusste, dass sie mich erahnen konnte, aber zwischen uns waren so unglaublich viele Knoten.

Einer der Ältesten rief: „Lasst die Reichtümer der Radcliffes auf die Schönheit niederregnen."

Die schwarze Kiste über ihr öffnete sich und ein kleiner Schauer aus durchsichtigen Murmeln, die mit Diamanten gemischt waren, begann auf sie niederzuprasseln.

Und hier war es. Das bisher schlimmste Ritual.

Ich musste meine Schönheit befreien oder sie würde von den Diamanten meiner Familie erstickt werden. Die Radcliffejuwelen würden sie zerstören, wenn ich diese Fesseln nicht lösen konnte.

Nichts würde mich aufhalten. Gar nichts.

Ich versuchte einen Knoten nach dem anderen zu lösen und versuchte zu ignorieren, dass Abilene bereits bis zu ihren Knöcheln begraben worden war.

„Geht es dir da drin gut?", fragte ich sie, während ich am Seil zog und versuchte, es weiter zu lösen.

„Konzentrier dich, Beau. Mir geht es gut. Mir geht es gut."

„Es sind so unglaublich viele Knoten." Ich öffnete einen nach dem anderen. Den nächsten und einen weiteren.

„Du kannst das schaffen. Gib bei diesem Ritual nicht auf. Lass nicht zu, dass sie gewinnen. Lass nicht zu, dass dieses Ritual das ist, was wir nicht bestehen. Egal, was du tust, gibt nicht auf. Versprich es mir."

Ich konnte es ihr nicht versprechen. Ich würde nicht zulassen, dass das hier zu weit ging. Wenn die Diamanten und Murmeln bis zu ihrem Gesicht stiegen, konnte ich für nichts mehr garantieren. Fürs Erste allerdings konzentrierte ich mich ganz auf die Knoten, in der Absicht, sie zu befreien.

Aber der glitzernde Regen prasselte schnell auf sie nieder und langsam bedeckte er ihren Körper. Knoten um Knoten arbeitete ich mich vor. Inzwischen konnte ich ihr Gesicht sehen. Ich konnte ihre Augen sehen, und obwohl sie inzwischen bis zur Hüfte bedeckt war, zeigte sie keine Angst. Ihre Ruhe übertrug sich auf mich und ich erlaubte mir, weiterzumachen. Meine Finger bluteten inzwischen von den Berührungen mit dem Seil. Meine Fingernägel lösten sich langsam, während ich es kategorisch ablehnte, mich vor den Ältesten geschlagen zu geben.

Als die Diamanten und Murmeln ihren Bauch vollkommen bedeckten und ihre Brüste erreichten, bekam ich Panik. Es waren noch immer so viele Knoten und der Glaszylinder füllte sich schneller, als ich ihn öffnen konnte. Das Seil schlang sich zu meinen Füßen und trotzdem hatte ich das Gefühl, keinerlei Fortschritt zu machen.

Abilene streckte die Hand aus und legte ihre Handfläche an das Glas. Ich sah von dem blutigen Knoten auf und unsere Blicke trafen sich.

„Ich versuche es, Abilene. Ich gebe mein Bestes."

„Du schaffst das. Ich glaube an dich. Du kannst das hier."

„Wird das Gewicht zu viel? Sag es mir. Ist es zu schwer? Kannst du atmen?" Ich konnte mir nur vorstellen, wie es ihr langsam den Atem nahm, wie klaustrophobisch Abilene sich fühlen musste.

„Es ist okay. Mir geht es gut. Mach weiter." Ihre Augen waren auf die verbleibenden Knoten gerichtet und zum ersten Mal sah ich einen Funken Angst in ihren Augen.

Sie sah, was ich sah. Die Geschwindigkeit, mit der sich

das Glas füllte, war höher als die, mit der ich die Knoten löste. Die Diamanten waren dabei zu gewinnen.

Es musste einen anderen Weg geben. Ich würde es niemals rechtzeitig schaffen. Es musste einen anderen Weg geben.

Scheiß auf die Ältesten.

Es gab für dieses Ritual keine Regeln. Es gab nur ein Ziel.

Die Schönheit zu befreien.

Nun, genau das hatte ich vor.

Ich rannte hinüber an den Rand des Saumes, wo ein Stuhl stand. Ich hob ihn an und rannte zurück zur Kiste. „Leg die Hände aufs Gesicht", schrie ich, bevor ich den Stuhl gegen das Glas schlug. Ich hatte erwartet, dass es zerbersten würde.

Abilene hatte ihr Gesicht mit ihren Armen bedeckt und als der Stuhl auf das Glas traf, war das Einzige, was passierte, dass seine Beine abbrachen.

Der Glaszylinder blieb heile.

Ich versuchte es erneut mit mehr Kraft, schrie vor Frustration.

Das verstärkte Glas schien sich über mich lustig zu machen.

Das war kein normales Glas. Es war bruchfest.

Die Ältesten hatte meine Reaktion vorausgesehen und sie eingeplant.

Die Gehstöcke begannen, auf den Boden zu schlagen, fast so, als würde mein Handeln sie amüsieren.

Die Murmeln hatten inzwischen ihr Schlüsselbein erreicht und die Angst, die mich ergriff, sorgte dafür, dass mir die Knie weich wurden. Die Knoten waren noch immer da und ich hatte mit meinem barbarischen Handeln nur

Zeit verspielt, weil ich gedacht hatte, ich könnte es mit Kraft schaffen.

Ich hastete zurück zu den Knoten und begann verzweifelt an ihnen zu reißen. Ich blickte zu Abilene, die den Kopf bereits in den Nacken gelegt hatte, um sicherzugehen, dass er so lange wie möglich frei bleiben würde.

„Kannst du ein wenig hochklettern?", fragte ich sie.

„Nein, ich kann mich nicht bewegen. Beeile dich einfach", erklang ihre Stimme schwach und brüchig.

Ich sah zu Montgomery und Rafe hinüber. „Helft mir! Helft mir sie raus zu bekommen. In den Regeln steht nicht, dass ihr mir nicht helfen dürft. Helft mir verdammt noch mal!"

Was mich wirklich überraschte, war, dass sich mein Vater als erster in Bewegung setzte. Er rannte auf die Glasröhre zu und begann, sich an den Knoten zu schaffen zu machen. Montgomery und Rafe folgten ihm. Ich wartete darauf, dass die Ältesten sagen würden, dass das nicht ginge oder dass ich von der Aufnahme ausgeschlossen würde, aber es war mir egal. Ich wollte Abilene befreien, egal, was es mich kosten würde.

Und während die Diamanten begannen, Abilenes Gesicht zu umrahmen, arbeiteten wir vier panisch an den Knoten. Ich konnte das Licht am Ende des Tunnels sehen. Wir waren kurz vor dem Ziel.

So kurz davor.

Aber es würde nur noch wenige Minuten dauern, bis sie keine Luft mehr bekäme.

Scheiße, Scheiße. Die Frau, die ich liebte, war im Begriff vor meinen Augen zu sterben. Sie wäre eine der Schönheiten, die den Ritualen zum Opfer fiel. Kein Gericht. Keine Gruselgeschichte. Eine wahre Geschichte. Eine Tragödie, die ich hatte geschehen lassen.

Sie würde für immer verdammt sein, auf diesen Fluren zu wandeln, denn wenn Oleander einen erst einmal hatte, dann ließ es einen nie wieder los. Abilene und das Baby Radcliffe würden für alle Ewigkeit darum flehen, befreit zu werden.

„Holt sie da raus!", schrie ich.

„Es sind nur noch ein paar Knoten", entgegnete mein Vater. Er sah von seinem Knoten zu Abilene hinauf, die flach atmete, während noch immer Diamanten auf sie niederregneten. Sie spuckte sie aus, während sie nach Luft schnappte. „Halte es nur noch ein paar Minuten aus, meine Schöne. Wir werden dich rausholen. Ich verspreche es dir!"

Bei meinem Vater konnte ich mir sicher sein, dass er sein Wort halten würde. Er wurde nicht vertragsbrüchig, versprach nie etwas, was er nicht halten konnte. Seine an Abilene gerichteten Worte ließen mich den letzten Knoten mit neuer Energie angehen. Ich war so auf die Aufgabe konzentriert, dass es mir vollkommen egal war, dass er Fingernagel meines Zeigefingers sich komplett löste.

Der brennende Schmerz sagte mir nur eines... Wir waren kurz davor. So nah dran.

Gerade hatte sie noch einmal tief eingeatmet, bevor die Murmeln und Diamanten ihr Gesicht komplett bedeckten...

Bitte, lass das nicht ihren letzten Atemzug gewesen sein.

„Schneller", schrie ich. „Sie ist komplett bedeckt! Sie kann nicht atmen. Holt sie raus!"

Die Diamanten und Murmeln kamen aus der Box geschossen, wie eine Flutwelle der Sünde. Sie ergossen sich über den Boden des Ballsaals, während ich die Hand nach Abilene ausstreckte und sie an mich zog. Sie schnappte nach Luft, während sie sich auf der Suche nach Halt an mich klammerte.

„Es ist okay", beruhigte ich sie, während meine Hände

über ihren Hinterkopf glitten und ich sie an meine Brust drückte. „Ich hab dich. Ich hab dich und ich werde dich nie wieder gehen lassen."

Tränen der Erleichterung liefen über meine Wangen und mein Herz schlug so heftig, dass es schmerzte. Es war mir vollkommen egal, was die anderen dachten oder was die Konsequenzen dafür sein würden, dass ich die anderen um Hilfe gebeten hatte.

„Ich wusste, dass du es schaffen würdest", sagte sie, während sie sich noch immer zitternd an mich klammerte. „Ich hatte nie Zweifel an dir. Ich wusste, dass du uns nicht im Stich lassen würdest."

„Niemals wieder", erklärte ich und drückte ihr einen Kuss auf den Kopf. „Ich werde niemals wieder Angst davor haben, dich verlieren zu müssen. Niemals."

Die Gehstöcke schlugen wieder auf den Boden. Ich hielt nicht inne, ich drehte mich nicht um, ich ignorierte sie einfach.

„Beau Radcliffe", begann einer der Ältesten hinter mir. „Du hast das Ritual absolviert und deine Schönheit gerettet. Du hast dich auf die Bruderschaft des Ordens des Silbernen Geistes verlassen, wie es von jedem Mitglied erwartet wird. Der Abend ist beendet!"

17

Abilene

Ich zitterte noch immer, selbst, nachdem Beau mich nach oben gebracht hatte. In dem Moment, in dem er die Tür hinter uns schloss, flogen meine Hände auf meinen Bauch.

„Geht es dir gut? Geht es dem Baby gut?", begann er mich augenblicklich auszuquetschen.

Ich hob die Hand. „Es geht mir gut. Es geht mir gut. Es ist..." Ein Schauer schoss über meinen Körper. „Ich brauche nur einen Moment."

Auf zitternden Beinen ging ich hinüber zum Bett und ließ mich darauf fallen.

Beau war direkt an meiner Seite und seine Hände waren auf meinem Körper. Sie glitten über meine Arme, meinen Bauch, er kontrollierte sogar meinen Puls, bevor ich ihn schließlich von mir wegstieß.

„Ich habe gesagt, dass es mir gut geht", schrie ich ihn an.

„Nun, Entschuldigung bitte, aber ich habe geradezugesehen, wie von verdammten Murmeln und verfickten Diamanten fast zerdrückt worden bist!"

Er stand auf und begann hin und her zu gehen, fuhr sich mit den Händen durch die Haare. Er war genau das Gegenteil des stoischen Beaus, der stets die Kontrolle hatte, an den ich mich gewöhnt hatte. Es war schon bizarr genug gewesen, als er unten ausgerastet war, Möbel genommen hatte und diese gegen das Glas geschlagen hatte, um mich auf diesem Weg zu befreien.

Ich atmete tief durch. „Sie haben mich nicht erdrückt. Es war schrecklich. Ich werde nicht behaupten, dass es das nicht gewesen wäre. Ich konnte mich nicht bewegen und von allen Seiten kam Druck. Ja, ich war kurz panisch. Aber nur, weil ich das Gefühl hatte, dass ich sterben würde, ansonsten wäre es, glaube ich, okay gewesen. Es war nur einfach schrecklich, dass man so etwas mit einem Menschen machen konnte. Folter. Ein wenig, wie wenn man lebendig begraben wird und sie haben dich zusehen lassen."

Ein weiterer Schauer ergriff mich und Beau hielt inne, kam an meine Seite und legte die Arme um mich. Dieses Mal nicht, um mich zu untersuchen. Er hielt mich einfach. Er hielt mich, bis ich weniger stark zitterte.

„Es tut mir so leid, dass ich es nicht schneller geschafft hatte", flüsterte er und ich konnte den Schmerz in seiner Stimme hören. „Ich hätte es besser machen sollen. Ich hätte einfach ruhiger bleiben müssen. Oder das Ritual beenden. Ich hätte dich niemals in diese Situation bringen..."

Ich löste mich aus seinem Griff, damit ich ihm ins Gesicht schauen konnte. „Wann wirst du es endlich verstehen? Das hier ist nicht alleine in deiner Verantwortung. Wir machen das hier zusammen. Du hast es toll gemacht. Deutlich besser, als ich je erwartet hätte. Und du hast mich herausbekommen. Ich hatte mit meinem Vertrauen in dich recht."

Er begann damit, den Kopf zu schütteln, doch ich ergriff seine Hand. „Hey, hör mir zu. Du wirst ein großartiger Vater werden."

Er erstarrte bei meinen Worten und ich wusste, dass sie ihn tief ins Mark getroffen hatten, denn er schluckte schwer. Er schwieg einen Augenblick und fragte dann: „Was ist, wenn ich das alles versaue? Was ist, wenn ich das Kind komplett versaue?"

Ich lachte. „Ich bin mir sicher, dass sich alle neuen Eltern darum Sorgen machen. Zumindest alle guten. Meinst du wirklich, ich hätte nicht Angst, genau das Gleiche anzurichten? Ich möchte so viel für dieses Kind." Meine Hände fielen wieder auf meinen Bauch und ich blinzelte beim Gedanken an das kleine Leben, das dort heranwuchs und das Leben, was vor ihm oder ihr liegen könnte. „Ich möchte so vieles, an dem es mir gefehlt hat", flüsterte ich.

Dann traf mein Blick wieder Beaus. „Wieso glaubst du, hab ich all diesen Wahnsinn durchgestanden, bin hergekommen und habe dich so gesucht? Ich bin ganz offensichtlich nicht perfekt, aber ich bin fest entschlossen, für mein Kind nur das Beste zu tun."

Beau lächelte und streckte die Hand aus. Zunächst zögerte, dann schob er sanft eine Haarsträhne hinter mein Ohr.

Ich zerfloss unter der Berührung seiner Fingerspitzen an meiner Wange.

„Ja, fest entschlossen, beschreibt dich perfekt", stellte er fest. Seine Hand blieb, wo sie war, lag auf meiner Wange und sein Blick bohrte sich in meinen. „Ich mag das, was du gesagt hast, darüber, dass wir es zusammen machen. Selbst unten war es deine Stimme, die mich davon abgehalten hat, wahnsinnig zu werden. Du bist eine atemberaubende Frau. Was wäre wenn..." Seine Stimme verstummte und seine Augenbrauen zogen sich zusammen, so als würde er an einem Problem grübeln.

Dann entspannten sich die Muskeln auf seiner Stirn, fast so, als hätte er eine Entscheidung gefällt. „Vielleicht könnten wir das hier ja in der echten Welt probieren. Ich werde alles geben, diesem Baby das beste Leben zu ermöglichen." Die Hand auf meiner Wange spannte sich an. „Und dir das beste Leben zu ermöglichen."

Bei seinen Worten stockte mir der Atem. „Bist... Meinst du...", aber ich konnte den Gedanken nicht ganz zu Ende bringen. Das war zu fantastisch. Zu gut, um wahr zu sein. Sagte er tatsächlich, dass er sich vorstellen konnte, mit mir zusammen zu sein?

„Als Kind hatte ich nie eine traditionelle Familie", erklärte er.

Ich schüttelte den Kopf. „Ich auch nicht."

„Ich hatte da unten eine Höllenangst. Ich konnte dich nicht beschützen und es hat mich fast umgebracht..."

„Aber du hast mich beschützt", warf ich schnell ein. „Du hast mich gerettet. Und wir haben es fast geschafft. Es ist nur noch ein Monat übrig. Weniger als ein Monat." Und jetzt, wo er sagte, dass wir nach diesem Monat... Das wir es wirklich versuchen würden... Ich schnappte nach Luft und ließ noch immer nicht zu, es mich glauben zu lassen.

Er kam mir näher, sodass sich unsere Schenkel aneinanderdrückten, aber ich wollte ihn noch enger bei mir spüren. Als er meine Hand ergriff, verschränkte ich auf der Stelle unsere Finger miteinander. Zwischen uns sprühten die Funken und ich fühlte mich fast fiebrig.

„Das könnte unsere Chance sein", sagte er. „Alles zu

haben, wovon wir träumen. Die Familie, die keiner von uns je hatte. Wir können es schaffen, zusammen."

„Das wäre schön", flüsterte ich, während ich mich, von seiner Nähe verzaubert, zu ihm hinüberbeugte.

Und dann kam er mir entgegen. Gott im Himmel, er war mir so nah.

Seine Lippen drückten sich auf meine und dann zog er mich fast auf seinen Schoß.

Ich war noch immer nackt und er war noch immer angezogen, aber sein Anzug war so hochwertig, dass es sich selbst, als meine nackte Vagina sich in seinen Schritt drückte, himmlisch anfühlte. Das Piercing in meinem Kitzler war verheilt und die leichteste Reibung brachte mich zum Brodeln.

Besonders als ich die Beule seiner Erregung spürte, die sich unter dem Stoff hochdrückte. Mein Innerstes zog sich bei der Berührung zusammen und ich warf ihm die Arme um den Hals.

Es war fast eine Woche seit dem letzten Ritual und somit dem letzten Mal, das wir miteinander geschlafen hatten, vergangen und meine Muschi stöhnte vor Verlangen nach ihm. Ich war mir sicher, dass ich einen Flecken auf seiner Hose hinterlassen hatte.

„Ich muss dich in mir spüren", flüsterte ich ihm ins Ohr. „Bitte, Beau. Nach dem heutigen Abend brauche ich die Verbindung."

Er stöhnte und drehte uns um, sodass ich mit dem Rücken auf dem Bett lag. Nur Augenblicke später hatte er sich seiner Hose und den Boxershorts entledigt und türmte sich über mich auf. Ich spreizte die Beine, um ihn willkommen zu heißen, und dann war er da.

Mit einem einzigen, nicht gerade sanften Stoß, versank er in mir.

Und ich liebte es. Ich liebte es so sehr, dass er mich nicht mehr behandelte, als sei ich aus Glas. Er hielt mich an der Hüfte, ich schlang die Beine um seine und drückte mich selbst hoch, als er das nächste Mal in mich stieß. Wir trafen einander, sodass unsere Körper ein erotisches Geräusch erzeugten.

„Mehr", flehte ich ihn an. „Ich will dich überall fühlen."

„Verdammte Scheiße, Frau", knurrte er.

Dann zog er ihn raus und warf mich fast durch die Gegend, was mir unglaublich gefiel. Er drehte mich um und verlangte: „Auf die Hände und Knie."

Ich beeilte mich, in Position zu kommen und dann war er hinter mir und versenkte sich wunderbar erneut in mir.

Ich wackelte mit dem Hintern, krallte mich an den Laken und der Matratze fest und drückte mich gegen ihn, so sehr ich konnte. Dann fasste ich mit einer Hand nach hinten und spreizte meinen Hintern, soweit ich konnte, was dazu führte, dass er leise „Scheiße" knurrte. Der Laut alleine reichte, dass meine Vagina sich um ihn herum zusammenzog, als er erneut in mich eindrang.

Ich wackelte wieder ein wenig und er verstand, was ich wollte, ohne dass ich es hätte sagen müssen.

Er schlug mir auf den Hintern und ein wunderbares Echo hallte durch das Zimmer.

„Noch mal", flehte ich ihn an und er tat es. Immer und immer wieder schlug er mir auf den Hintern, während er mich von hinten nahm.

Sein Schwanz traf den perfekten Punkt in mir, sodass bei jedem Stoß, bei dem ich mich gegen ihn drückte, das wunderschönste Zittern über mich hineinbrach. Die Spannung löste sich. Die Spannung der Nacht, die Anspannung wegen allem, was nichts mit Beau und mir zu tun hatte.

Aber gerade als ich kurz davor war zu kommen, zog er

ihn wieder hinaus und ließ mich einfach flehend nach mehr alleine.

Er drehte mich wieder um, sodass ich erneut auf dem Rücken lag und platzierte dann seinen Körper zwischen meinen Beinen. Er drang in mich ein und fickte mich wieder. Seine Brust lag auf meiner. Seine durchdringenden, intensiven Augen ruhten direkt auf meinen.

Mir stockte kurz der Atem und dann näherte ich mich wieder dem Orgasmus, der sich direkt weiter aufbaute, so als wäre nichts gewesen. Ich streckte die Hände aus und ergriff sein Gesicht, küsste ihn und kam so heftig, dass ich das Gefühl hatte, aus meinem Körper gefahren zu sein. Das konnte allerdings auch nicht sein, denn ich hatte mich noch nie so sehr als Teil meines eigenen Körpers empfunden. Jeder meiner Nerven stand in Flammen, fühlte sich an, als hätte er sich mit Beau in mir verbunden. Beau über mir, Beaus Lippen, Beaus Augen, Beaus ganzes Selbst.

Und als ich seine heiße Erlösung in mir spürte, zog sich mein Körper erneut zusammen, bevor er in einer noch helleren Explosion aus Licht versank.

Im selben Moment hatte ich tierisch Angst. Wenn wir hier solchen Sex hatten, wie konnte er sich jemals... mit irgendjemandem... wieder gut anfühlen? Ich hatte Angst, dass Beau gehen würde und eiskalt werden würde, sobald er sich von mir gelöst hatte, genau wie es beim letzten Mal passiert war, als wir eine so innige Verbindung eingegangen waren.

Aber er tat es nicht. Stattdessen zog er mich danach fest an sich. Ich war der kleine Löffel, er der große und wir schliefen zusammen ein. Sein Arm war beschützend um mich gelegt.

Ich hatte mich noch nie sicherer gefühlt und ich wollte, dass diese Nacht niemals endete.

18

Beau

VOM SCHLAFZIMMER AUS ZU arbeiten war fast unmöglich geworden. Ich hatte mein Bestes gegeben, alle Nachrichten zu beantworten und so viele Anrufe wie möglich zu tätigen, aber meine große Stärke, was das Geschäftliche anging, war mein Umgang mit den Menschen. Sie waren für mich eine Art offenes Buch und ich strahlte aus, dass es nicht fruchten würde, wenn man versuchte, sich mit mir anzulegen.

Es war deutlich schwerer, aus der Ferne Verhandlungen zu führen oder gar Anweisungen zu erteilen. Es war eine Herausforderung, jemandem Angst einzujagen, wenn man es nur mit Worten tun konnte. Ich musste persönlich da sein. Ich brauchte mein Leben zurück. Und ich musste einen Weg finden, das Gefühl zu bekommen, dass ich selbst in diesem Chaos, das nun mein Leben war, ein wenig Kontrolle innehatte.

Seit dem Ritual mit dem Glaszylinder waren zwei Wochen vergangen und die Ältesten hatten seither nicht versucht, mit uns in Kontakt zu treten. Ein Teil von mir war froh darüber, dass es keine weiteren Rituale gegeben hatte, ein anderer allerdings wurde mit jedem Tag, der verging, nervöser.

Wieso hatten wir nichts von ihnen gehört?

Hatten sie vom Baby erfahren?

Hatten sie vor, uns rauszuschmeißen... als Versager?

Oder waren sie einfach beschäftigt? Ich wusste, dass sowohl Walker und Emmet ihre Aufnahmerituale noch vor sich hatten, und vielleicht war der Orden ja einfach damit beschäftigt, sich auf diese neuen Anwärter vorzubereiten.

Ich schloss den Laptop, weil ich das Gefühl hatte, für heute genug gearbeitet zu haben. Ich richtete die Aufmerksamkeit auf Abilene, die auf dem Boden lag und Sit-ups machte.

„Was zum Teufel machst du da?", fragte ich sie amüsiert und leicht besorgt, dass diese Übung nicht gerade gut für das Baby wäre.

„Ich werde *moppelig*", entgegnete sie leicht außer Atem.

Ich stand vom Stuhl auf, beugte mich nach vorne, ergriff sie am Arm und zog sie auf die Beine. „Hast du den Verstand verloren? Du bist in keiner Weise *moppelig*." Ich drückte ihr einen Kuss auf die Nase und versuchte mein Grinsen zu verstecken.

Sie zog ihr T-Shirt hoch und kniff in ihren Bauch. „Man kann es langsam sehen. Wenn ich nichts unternehme, werden die Ältesten es früher oder später rausbekommen."

Ich warf einen Blick auf ihren Bauch, der eventuell ein klein wenig runter war als am Anfang und sagte: „Wenn ihnen überhaupt irgendwas auffällt, dann, dass wir beide ein wenig zugenommen haben. Wir können das auf das gute Essen und das Rumsitzen schieben." Zur Betonung klopfte ihr mir auf meinen Bauch. „Wir können *beide* moppelig sein."

Sie verdrehte die Augen und setzte sich wieder auf den Boden, um ihre Übungen fortzuführen. „Du bist weit davon entfernt, moppelig zu werden, Mister Sixpack."

Ich ergriff wieder ihren Arme und warnte: „Bring mich nicht dazu, dir zu zeigen, was ich mit sturen Mädchen mache, die nicht zuhören wollen."

Sie grinste und leckte sich über die Lippen. „Ist das eine Drohung?"

Mein Schwanz zuckte wegen all der schmutzigen Gedanken, die mir in den Sinn kamen. „Sieh es ein. Bring mich nicht dazu, dich zu bestrafen."

Sie lehnte sich wieder auf ihre Ellenbogen und sah zu mir hinauf. „Vielleicht kann ich nicht anders. Vielleicht bin ich ja einfach ein ungezogenes Mädchen."

Es war so geil, wie sie mit mir spielte. Diesmal zuckte mein Schwanz nicht nur, sondern wurde komplett steif.

Ich ging auf die Knie, packte ihren Körper und drehte sie auf den Bauch. Ohne Zögern riss ich ihre Baumwollshorts und ihr Höschen hinunter an ihre Knie, sodass ihr Hintern komplett blank war. Ich bewegte mich so schnell und ohne Anstrengung, so dass Abilene nicht einmal die Möglichkeit hatte, den kleinsten Einwand einzubringen. Erst als ich ihr auf den Hintern schlug, kam der erste Schrei über die Lippen.

„Jetzt tu nicht so, als hätte ich dich nicht gewarnt", sagte ich, während ich einen Schlag nach dem anderen auf ihrem Hintern platzierte. Ich fixierte ihre Beine mit dem Gewicht der meinen und drückte sie auf den Boden.

Sie hatte keine Chance gegen mich.

„Ich werde jeden Zentimeter deiner Haut bestrafen, bis du meinen Namen schreist und erst dann werde ich aufhören, damit ich deinen Hintern für mich beanspruchen kann."

Ihr Stöhnen war alles, was ich hören musste, um zu wissen, dass sie nichts gegen meinen Plan sagen würde.

Mein nächster Schlag war deutlich fester als die Vorherigen und Abilene zuckte plötzlich zusammen und schrie: „Oh mein Gott!"

Als ich mein Gewicht von ihr bewegte, setzte sie sich auf der Stelle hin und hielt sich mit weit aufgerissenen Augen den Bauch.

Mein Herz blieb kurz stehen, während die Panik mich in ihren Griff nahm. „Das Baby? Habe ich dem Baby wehgetan?" Ich hatte nicht gedacht, dass ich zu grob gewesen war, aber offensichtlich war ich ein Idiot dafür, dass ich dachte, dass ich so was mit einer schwangeren Frau machen könnte. „Müssen wir ins Krankenhaus fahren?"

Ich wusste, dass Mrs. H bald wieder mit der Ärztin kommen würde, aber ich war mir nicht sicher, ob wir auf der Stelle Hilfe brauchten.

Vehement schüttelte sie den Kopf, während ihre Hand noch immer auf ihrem Bauch lag. "Nein, nein. Das Baby." Sie sah mich mit Tränen in den Augen und einem leichten Lächeln im Gesicht an. „Ich habe es treten fühlen!"

„Es hat sich bewegt?" Ich legte meine Hand auf ihren Bauch, in der Hoffnung, dass ich es auch würde fühlen konnten, aber ich konnte nichts weiter spüren als ihre Hand, die sich auf meine gelegt hatte.

Wir saßen beide still da und warteten darauf, dass sich das Baby erneut bewegte.

„Das Baby ist genauso stur wie du", verkündete sie mit einem Lächeln, das größer war, als ich es je zuvor bei ihr gesehen hatte. „Außerdem glaube ich, dass es noch zu früh ist, um es von außen zu fühlen."

„Wenn das Baby stur ist, dann hat es das definitiv von dir."

Es klopfte an der Tür und Mrs. H steckte ihren Kopf hinein. „Seid ihr bereit für die Ärztin."

Ich nickte. „Kommen Sie rein."

Uns wurde klar, dass Abilenes Hose noch immer heruntergezogen war, also beeilten wir uns, sie schnell hochzuziehen, bevor die Ärztin hereinkam. Dann half ich Abilene vom Boden und führte sie an der Hand hinüber zum Bett. Mrs. H und die Ärztin kamen mit dem Ultraschallgerät in das Zimmer.

„Wie geht es der Mama heute?", fragte die Ärztin.

„Sie hat das Baby treten fühlen", entgegnete ich an ihrer Stelle. „Ist das normal in dieser Phase der Schwangerschaft?"

Die Ärztin schenkte mir ein kleines Lächeln und sah dann zu Abilene hinüber. „Das ist normal, besonders wenn du und das Baby eine starke Bindung haben."

Die Blicke, die mir die drei Frauen im Zimmer zuwarfen, sagten mir, dass ich aufhören musste, alles beherrschen zu wollen und mich stattdessen zu entspannen. Ich war nicht blind und auch nicht dumm. Ich wusste, dass ich es häufig übertrieb, aber ich konnte nicht anders. Ich trat an Abilenes Seite und hielt ihre Hand, als die Ärztin mit ihrer Untersuchung anfing. Ich würde von jetzt an versuchen, es besser zu machen und schweigen. Ich würde versuchen...

„Das sieht alles gut aus und das Baby sieht kerngesund aus." Sie ließ das Ultraschallgerät über Abilenes Bauch gleiten und fragte: „Wollt ihr das Geschlecht wissen?"

„Ja", antwortete ich auf der Stelle.

Abilene sah zu mir hinauf und blickte dann die Ärztin an. „Sie können es sehen?"

Diese nickte.

Abilene sah wieder zu mir hinüber. „Möchtest du es wirklich wissen?"

In diesem Moment gab es nichts, was ich mehr wissen wollte. „Ich möchte es gerne wissen. Aber das ist nicht nur meine Entscheidung. Es ist unsere."

Abilene drückte meine Hand und nickte der Ärztin dann zu. „Wir wollen es wissen."

„Herzlichen Glückwunsch, Mama und Papa. Ihr werdet einen kleinen Jungen bekommen."

Ein Junge. Ein Radcliffejunge.

„Oh mein Gott", flüsterte Abilene. Ihre Hand drückte meine noch fester.

Ein Sohn.

Ich würde einen Sohn bekommen.

Und eine Familie.

Die Gefühle brachen über mich hinein und überwältigten mich fast. Mein Leben würde sich von Grund auf ändern. Alles, was ich geplant und erwartet hatte, war jetzt anders. Mir wurde klar, was es bedeutete. Keine Reisen mehr alleine. Keine Weihnachtsfeste, an denen ich mit meinem Vater zu Abend aß und niemanden sonst sah.

Nein. Ich wollte mehr für meinen Sohn. Ich wollte einen Weihnachtsbaum haben, den wir zusammen schmücken würden. Ich hatte niemals einen eigenen Weihnachtsbaum gehabt, der voller besonderem Christbaumschmuck gewesen war, an dem besondere Erinnerungen hingen oder gar der von mir in der Schule gebastelte. Ich hatte keine Kekse für Santa gebacken und keinen Wunschzettel verschickt.

Nein. Ich hatte einfach in jedem Jahr einen Umschlag voller Geld bekommen und in diesem Augenblick schwor ich mir selbst, dass mein Sohn niemals dasselbe von mir als Geschenk bekommen würde. Niemals. Er würde ein

Fahrrad bekommen und einen Anhänger und eine Schaukel – und ich würde alles selbst bauen.

Und es gäbe auch nicht nur mich und meinen Sohn, die Bourbon am Kamin tranken. Wir würden zu dritt sein. Ich konnte mir Abilene ebenfalls in meiner Zukunft vorstellen. Ich wusste, dass sie eine gute Mutter werden würde. Dass ihre Art niemals aufzugeben, gut für meinen Sohn sein würde. Er würde mit zwei starken Elternteilen aufwachsen, die ihn erziehen würden, zu kämpfen, aber zeitgleich eine gute Person zu sein. Ja, mein Sohn würde eine gute Person werden, der an die Gefühle der anderen dachte, bevor er seine in Erwägung zog. Er würde das beste von mir und das beste von Abilene bekommen.

„Wir bekommen einen Sohn", sagte Abilene zu mir und riss mich aus meinen Gedanken. „War es das, was du dir gewünscht hast?"

„Es war mir egal... zumindest dachte ich das." Jetzt, wo ich allerdings das Geschlecht kannte... „Ja. Ich bin wirklich glücklich darüber, dass es ein Junge ist."

Ich blinzelte die Tränen weg, lehnte mich herunter und drückte ihr einen Kuss auf den Kopf.

„Alles sieht wirklich gut aus. Ich glaube nicht, dass ihr mich noch einmal braucht, bevor das Aufnahmeritual vorbei ist", sagte die Ärztin, während sie begann, ihre Sachen zusammenzupacken. „Mrs. H weiß, wo man mich erreichen kann, falls ihr danach zu mir kommen wollt. Ich würde aber empfehlen, einen Arzt hier in der Nähe zu finden, sobald ihr hier rauskommt und einen Plan für die Geburt auszuarbeiten." Sie lächelte erst mich und dann Abilene an. „Herzlichen Glückwunsch."

„Das fühlt sich alles surreal an", erklärte Abilene, während sie sich aufsetzte und begann, ihren Bauch zu säubern.

„Oh, es ist real", sagte Mrs. H mit einem fröhlichen Lachen. „Ein mini Beau Radcliffe... Möge Gott uns allen beistehen." Sie drehte sich auf dem Absatz um und lachte noch immer, als sie das Zimmer verließ.

„Ein Radcliffe", wiederholte ich. „Ich hatte nie erwartet, dass ich den Namen der Familie weitergeben würde."

Ich sah zu Abilene hinab und bemerkte die Tränen, die über ihre Wange liefen. Ich wischte mit dem Daumen eine der Tränen weg und ergriff dann ihr Kinn, sodass sie mir in die Augen sehen musste.

„Ich werde immer für dich und unseren Sohn da sein. Immer. Ich verspreche es dir. Und in meiner Welt bedeuten Versprechen alles." Ich versuchte die Gefühle, die mich fast zu ersticken drohten, herunterzuschlucken. „Du und dieses Baby, ihr werdet mir alles bedeuten."

19

Abilene

ICH WÜRDE EIN BABY BEKOMMEN. Einen kleinen Jungen.

Ich würde Beaus kleinen Jungen bekommen.

Die Tage waren lang und schienen nicht zu enden... Trotzdem wollte ein Teil von mir, dass sie niemals endeten. Besonders während der langen Zeit zwischen den Ritualen, wo es nur Beau und mich abgeschirmt von der gesamten Welt gab.

Er arbeitete zwar, aber nicht den ganzen Tag lang, wie er es am Anfang getan hatte.

Er nahm sich fürs Frühstück, Mittagessen und fürs Abendessen lange Zeit und wir redeten miteinander, erzählten Geschichten und brachten einander zum Lachen. Unter seiner so trockenen Fassade, seiner so harschen Art steckte ein unglaublicher Sinn für Humor. Er erzählte mir unzählige Geschichten von dem Schwachsinn, den er und seine Freunde angestellt hatten, als sie noch Kinder und später an der Darlington Prep Teenager gewesen waren.

Es war eine Welt, die ich mir nicht wirklich vorstellen konnte, nur irgendwie konnte ich es doch, denn durch seine Augen und Worte wurde sie beim Erzählen zum Leben erweckt.

Ich war verschlossener, was meine Vergangenheit anging. Ich wusste noch immer nicht, wie ich ihm sagen sollte, wer ich gewesen war, schließlich war ich nicht gerade stolz auf das, was ich getan hatte. Es schien alles noch zu frisch zu sein, um darüber zu reden, wie ich Männer über den Tisch gezogen hatte. Meine einzige Rechtfertigung war, dass die Männer, mit denen ich das getan hatte, Arschlöcher gewesen waren, war plötzlich nicht mehr gut genug.

Ich war nicht die Person, die ich hatte sein wollen. Ich war nicht die Art Mutter, die ich mir für meinen Sohn gewünscht hatte. Ich wollte mein Geld ehrlich verdienen, auch wenn ich verstand, dass ich nur begrenzte Möglichkeiten hatte und das Tina mich manipuliert hatte.

Die Zukunft würde allerdings anders aussehen und das war alles, was zählte. Das war zumindest das, was ich mir selbst immer und immer wieder erzählte, wenn meine alten Unsicherheiten sich zu Wort meldeten.

Alles schien zu perfekt, um wahr zu sein. Wie konnte ich all dem hier vertrauen? Wie konnte ich Beau vertrauen?

Er sagte, dass er für mich da sein wolle. Nicht nur für das Baby, sondern auch für *mich*. Er sagte, dass er eine Zukunft mit mir wolle, sobald wir Oleander verließen... aber er hatte niemals über die Details gesprochen.

Es war leicht, sich den Kopf darüber zu zerbrechen, ob es einfach nur schöne Worte in der Mitte eines leidenschaftlichen Akts gewesen waren. Was wäre allerdings, wenn es schwer würde ... würde er es dann durchhalten? Oder würde er mich im Stich lassen, wie alle anderen Menschen vor ihm?

Wenn er nachts seine Arme um mich legte, normalerweise nachdem wir es leidenschaftlich miteinander
getrieben hatten, war es einfach, seinen Worten Glauben zu
schenken. Seinen Versprechen. Es war einfach, zu glauben,
dass das glückliche Ende tatsächlich Realität werden
könnte. Selbst für ein Mädchen wie mich, das ihr ganzes
Leben lang wie Müll sorglos weggeworfen worden wurde.

Dann allerdings wurde es morgen und das Bett neben
mir war kalt und leer. Beau wachte immer vor mich auf und
er saß immer bereits am Schreibtisch und beantwortete vor
dem Frühstück E-Mails.

Ich sagte mir selbst, dass das dumm war. Ich verlange
viel zu viel und litt unter den Hormonen. Ich verbot es mir,
mich an ihn zu klammern oder ihn anzuflehen, wieder ins
Bett zu kommen. Ich würde nicht diese Art von Frau sein.
Ich würde ihn nicht für die Sünden bezahlen lassen, die
andere in der Vergangenheit mir gegenüber begangen
hatten.

Und trotzdem konnte ich die Wunden, von denen ich
gedacht hatte, dass sie längst verheilt waren, wieder
aufreißen spüren und brachte mich oft selbst so sehr aus
dem Tritt, dass ich fast neurotisch wurde. Wahrscheinlich
waren es nur die verdammten Schwangerschaftshormone.
Es war ein wenig, als wäre ich auf einer blöden Achterbahn
der Gefühle und das gefiel mir ganz und gar nicht!

Ich wollte fröhlich sein und nett und so, dass man gerne
in meiner Nähe war. Ich wollte keinen Blähbauch haben
und manchmal einfach losheulen. Alles, was ich mir jemals
gewünscht hatte, ohne wirklich daran zu glauben, dass ich
es jemals bekommen würde, war zum Greifen nahe und ich
hatte unglaubliche Angst, dass ich es versehentlich
irgendwie versauen würde.

Aber dann war da Beau. Mit einer Berührung konnte er

mich wieder ins Gleichgewicht bringen. Mich zum Lachen bringen. Und ich war wieder in der Gegenwart und nicht in meinen dummen Gedanken gefangen, die immer und immer wieder um alles kreisten, was schief gehen konnte und für einen Moment oder eine Stunde fühlte ich mich wohl.

Wir beenden gerade eines unserer reichhaltigen Mittagessen, wo Beau mich streng ansah, bis ich meinen gesamten Salat aufgegessen hatte. Dunkler Salat, Brokkoli und Eier waren alle wichtige Bestandteile meines Ernährungsplans während der Schwangerschaft, den er und Mrs. H aufgestellt hatten. Ich ließ es mir gefallen, solange sie mir erlaubten, in großen Mengen Dressing darauf zu kippen. Es war lecker und Beau versuchte mich zu überreden, noch mehr Blaubeeren, die viele Antioxidantien enthalten, zu essen, als Mrs. H mit einer großen weißen Schachtel hereinkam.

Ich lehnte mich von Beau weg, der soeben versucht hatte, mir eine Blaubeere in den Mund zu stecken, um Mrs. H anzusehen. Dann sah ich Beau an. Sein Gesicht war blass geworden. Es war so lange her, dass wir das letzte Mal an einem Ritual hatten teilnehmen müssen und das letzte war so traumatisierend gewesen. Am Ende war es, glaubte ich zumindest, für ihn schlimmer gewesen als für mich.

„Alles wird gut", versicherte ich ihm und ergriff über den Tisch hinweg seine Hand. „Denk einfach nur daran, dass das deine Chance ist, mir in der Öffentlichkeit auf den Hintern zu hauen."

Mrs. H sagte gar nichts. Sie stellte einfach nur die Schachtel auf den Tisch, drehte sich um und ging wieder.

Beau verzog das Gesicht. „Das war ominös oder? Sie hat kein Wort gesagt..."

Ich schüttelte den Kopf und flüsterte: „Sei leise. Vielleicht weiß sie einfach, dass irgendjemand uns belauscht."

Er nickte, zog die Schachtel hinüber und öffnete sie. Seine Augenbrauen zogen sich zusammen und nun sah er wirklich besorgt aus.

„Was ist es?", fragte ich ihn.

Er holte ein langes, dunkelrotes Abendkleid aus Seide hervor.

Ich streckte die Hand aus und fasste den weichen, seidigen Stoff an. Er glitt durch meine Finger. „Sexy." Das Kleid hatte sogar eine kleine Kapuze.

„Vielleicht hat es irgendwas mit einer versauten Version von Rotkäppchen zu tun?", schlug ich vor.

Beau nickte, sah allerdings nicht überzeugt aus. Er ergriff sein Glas Limonade und brachte es zum Kreisen, fast so, als sei es ein Glas Bourbon, bevor er verkündete, dass er wieder an die Arbeit müsse und wir deshalb in unser Zimmer zurückkehren sollten.

Den Rest des Tages waren seine Nerven stark ange-spannt. Ich schaute mir noch mehr alte Filme an, um mir die Zeit zu vertreiben und versuchte alles zu vergessen. Beau war einfach wie immer nur ein wenig zu sehr der Beschützer. Ich entschloss mich auf die Tatsache zu fokus-sieren, dass sie mir tatsächlich Kleidung gegeben hatten und beschloss, dass das etwas Gutes war.

Ich blieb dabei, selbst als es sich anfühlte, als hätte ich rein gar nichts an, nachdem ich geduscht und mich für den Abend fertiggemacht hatte, und das dünne Kleid über-streifte.

Das Material glitt über meine Haut, wie die reinste Seide. Die Vorderseite des Kleides allerdings... Nun, das war eine andere Geschichte. Die Seide half nicht dabei, meine erregten Nippel zu verstecken. Tatsächlich schien sie sie noch mehr zu betonen und es wirkte fast pornografisch. Es war wirklich fast so, als stünde hier jemand auf eine schmutzige Version von Rotkäppchen. Wenn das der Fall war, dann hatten sie den Nagel auf den Kopf getroffen.

Beau war still und schmollte, während er sich umzog.

Als wir bereit waren, hinunter zu gehen, drückte ich seine Hand. „Hey. Wir schaffen das. Du musst dich vor nichts fürchten. Ich passe auf dich auf und du auf mich, ja?"

Er atmete hörbar auf, bevor er entschlossen nickte. Er hob unsere verschränkten Hände an und küsste meinen Handrücken. „Ja. Immer."

Und dann gingen wir nach unten.

Ich hoffte auf eine Art Orgie. Natürlich würde irgendein Bastard dann wahrscheinlich versuchen, mich zu betatschen, aber ich wusste, dass Beau mich wie immer beschützen würde, dafür sorgen würde, dass mir nichts passierte.

Als wir allerdings den weißen Ballsaal betraten, wurde mir klar, dass das Glück nicht auf unserer Seite war.

Ich schluckte schwer, als ich das große, durchsichtige Wasserbecken sah, über dem ein Stuhl zu schweben schien.

So etwas hatte ich schon einmal auf einer Kirmes gesehen.

Hier wurde man hineingeschmissen.

Anders als bei der Kirmes gab es allerdings keine Zielscheibe, auf die man einen Ball werfen musste, um den Mechanismus auszulösen und die Person im Wasser zu versenken. Ohne dass die Ältesten etwas hatten sagen müssen, war mir klar, dass ich diejenige sein würde, die auf dem Stuhl Platz nehmen würde.

Das enge Seidenkleid machte auf einmal wirklich Sinn. Ich war mir sicher, dass es unglaublich sinnlich aussehen würde, wenn es durchnässt war und wie eine zweite Haut an meinem Körper klebte. Dann hätte ich allerdings genauso gut nackt sein können. Ich hatte keinen Zweifel daran, dass es diesen alten Schwänzen als Wichsvorlage dienen würde.

Beaus Hand auf meinem Arm verkrampfte sich, während er mich in den Saal führte.

Ich löste mich von ihm und richtete mich auf.

Das würde vielleicht ein unangenehmer Abend werden, aber immerhin hatte das Becken keinen Deckel und war maximal 90 cm tief. Ich würde nicht ertrinken. Ich würde einfach nur zu einer zitternden, nassen Ratte werden.

Bevor ich länger Zeit hatte, mir darüber Gedanken zu machen, was sie sich für den heutigen Abend wohl ausgedacht hatten, begannen diese vermaledeiten Stöcke auf den Boden zu schlagen. Es war ein klangvoller Rhythmus, bei dem einer der Ältesten zu mir kam und mich von Beau fortzog.

Er hatte mich am Unterarm ergriffen und zog mich nicht gerade vorsichtig mit sich. Ich konnte quasi spüren, wie Beau hinter mir vor Wut zu kochen begann, weil der Älteste so grob mit mir umging. Ich warf ihm über die Schulter einen bösen Blick zu.

Wir hatten nicht explizit darüber gesprochen, aber es wäre besser für ihn, wenn er sich daran erinnerte, dass er mir vertrauen konnte, dass ich einschätzen konnte, wie weit ich gehen konnte.

Seine Zähne waren zusammengebissenen und sein Kinn angespannt, aber er blieb stehen. Braver Junge.

„Steige auf den Stuhl des Urteils", verlangte der Älteste, der mich durch die Gegend gezogen hatte, als wir in die Nähe des Beckens gelangt waren.

Irgendwie vermutete ich, dass meine Ablehnung nicht gerade gut ankommen würde. Nein, ich musste die brave kleine Frau sein und freiwillig hinaufklettern und die Strafe oder das Urteil überstehen, das sie beschlossen hatten, mich fühlen zu lassen.

Also nahm ich die Leiter an der Seite und begann hinaufzuklettern. Es war merkwürdig, als ich oben ankam und mich irgendwie auf den Stuhl manövrieren musste, aber irgendwie schaffte ich es.

Ich hatte mich kaum gesetzt, da trat einer der Ältesten in seinem glänzenden silbernen Umhang nach vorne und schrie quasi: „Gestehe, Hure!"

Mein Mund stand offen. Ich konnte nicht anders.

Dann stimmten die anderen Ältesten und die übrigen Mitglieder im Saal mit ein, schlugen mit ihren Gehstöcken und riefen: „Ge-ste-he, ge-ste-he, ge-ste-he!"

Meine Augen fanden Beau, doch dann wandte ich den Blick wieder ab. Scheiße. Wussten sie etwa von dem Baby? Oh Scheiße.

Ich wollte Beau den Hunden nicht zum Fraß vorwerfen, also hielt ich den Blick von ihm abgewandt, aber selbst in der kurzen Sekunde des Blickkontakts war mir klar geworden, dass auch er keine Ahnung hatte, was hier vor sich ging.

Der erste Älteste hob eine Hand und das Geschrei ebbte ab. Er sah mich mit kaltem Blick an. „Wirst du gestehen?"

Ich schüttelte langsam den Kopf. „Ich verstehe nicht. Was meinen Sie..."

Aber ich konnte den Satz nicht beenden. Der Älteste nickte ganz leicht mit dem Kopf, blickte auf einen Punkt hinter mir und das nächste, was ich mitbekam, war, dass der Stuhl unter mir fiel.

„Wartet!", kreischte ich, aber offensichtlich war es bereits zu spät.

Mein Schrei wurde erstickt, als ich in das kalte Wasser fiel. Gott, oh Gott, kalt. Kalt, kalt, kalt!

Ich schaffte es, Boden unter die Füße zu bekommen, stand auf, schnappte nach Luft und spuckte Wasser aus. Mit meinen zitternden Armen bedeckte ich meine Brust. Wie erwartet klebte das dunkelrote Kleid an meinem Körper. Scheiß auf sie. Wenn sie mich das hier schon durchmachen ließen, würde ich ihnen nicht auch noch eine Show bieten.

„Zurück auf den Stuhl", verlange der Älteste, der sich von meinem Zittern und der Tatsache, dass ich komplett durchnässt war, wenig beeindruckt zeigte. Verdammt, vielleicht machte ihn das geil. Das konnte man bei diesen Bastarden nie genau wissen.

Ich biss die Zähne zusammen, kletterte die zweite Leiter, die innerhalb des Beckens angebracht worden war, hinauf und kletterte erneut mit Schwierigkeiten zurück auf den Stuhl. Die kalte Luft aus der Klimaanlage, die den Raum füllte, sorgte dafür, dass ich überall am Körper Gänsehaut bekam. Ich versuchte ihnen nicht zu zeigen, dass ich zitterte, aber ich konnte nicht anders, als weiterhin die Arme vor der Brust zu verschränken. Ich wusste, dass es eine Abwehrhaltung war, aber ich hatte auch keine Ahnung, was für ein Mensch in einem Raum voller Männer, die einen feindselig anstarren und anschreien, irgendetwas Unbekanntes zu gestehen, nicht defensiv wäre.

„Gestehe, wo du zur High-School gegangen bist, Abilene West. Gestehe, wer dein Lieblingslehrer gewesen ist."

Oh Scheiße.

Das hier ging gar nicht um das Baby?

Beau machte einen Schritt nach vorne. „Ich verstehe nicht, was das damit..."

„Gestehe", verlangte der, der das Verhör übernommen hatte, erneut und alle im Saal stimmten erneut mit ein. „Ge-ste-he, ge-ste-he, ge-ste-he!"

Ich öffnete den Mund. „Ich kann mich nicht an die

High-School erinnern. Wer erinnert sich schon an die High-School..."

Das Wasser verschluckte mich erneut, schlug mir ins Gesicht, kam mir in die Nase. Ich schaffte es an die Oberfläche, spuckte und schlug um mich. Diese verdammten Bastarde!

„Wieso so zögerlich, Miss West?", fragte der Wortführer. „Das hier sind leichte Fragen."

„Vielleicht würde ich sie ja auch beantworten", fuhr ich ihn an. „Wenn ihr damit aufhören würdet, mich alle drei Sekunden in eiskaltes Wasser zu schmeißen, damit ich auch mal eine Sekunde lang nachdenken kann!"

Im Saal herrschte komplette Stille und ich wusste, dass ich zu weit gegangen war. Sie mochten hier ihre kleinen Schönheiten der Südstaaten. Welkende Rosen ohne auch nur einen Dorn.

„Zurück auf den Stuhl", fuhr der Älteste mich an.

Auf den Wangen des Mannes waren zwei rote Flecken erschienen. Ich machte ihn nicht glücklich. Nun, immerhin hieß das, dass das hier ihn nicht geil machte.

Ich hustete noch etwas Wasser hoch, das mir in die Lunge gekommen war, spuckte es in seine Richtung und kletterte dann wieder hinauf.

So ging es zehn Minuten lang. Die Ältesten fragten mich Details zu Abilenes Leben, die nur sie wissen konnte und waren mit meinen vagen Antworten nicht gerade glücklich.

Nachdem sie mich gefragt hatten, wo Abilene nun lebte, entgegnete ich trocken: „Nun, ich lebe jetzt hier. Das ist doch offensichtlich. Auf Oleander Manor. Danach werde ich mir wahrscheinlich ein neues Apartment suchen. Es schien dumm weiter Miete zu bezahlen, da sich hier doch um mich gekümmert wird, solange ich hier bin."

Da. Schön und ordentlich und nicht zu viel verraten.

Offenbach dachten die Ältesten sich wohl dasselbe, denn das nächste, was passierte, war... dass ich im Wasser landete.

Prustend tauchte ich wieder auf. „Was wollt ihr von mir?", schrie ich fast vor Frustration und vergaß offensichtlich mein Versprechen an mich selbst, alleine um Beaus Willen entspannt zu bleiben. Ich hatte meinen Blick absichtlich von ihm abgewandt, aber in diesem Moment konnte ich nicht anders und sah zu ihm hinüber. Er sah aus, als wäre er gefoltert werden. Sein Blick war schmerzerfüllt wegen dem, was hier mit mir passierte. Aber wir wussten beide, dass er nichts tun konnte. Tatsächlich hatte ich ihn darum gebeten, nichts zu tun und ausnahmsweise respektierte er das, egal wie sehr er eingreifen wollte.

Aber wenn es überhaupt einen schönen Moment zwischen uns gegeben hatte, war er in dem Moment vergessen, in dem die Gehstöcke erneut zu donnern begannen.

Ich hatte das Gefühl, dass mein Körper etwa dreimal so schwer war wie sonst, während ich meinen durchnässten Körper die blöden Sprossen der Leiter erneut hochmanövrierte.

Wie lange würden sie das hier durchziehen? Nun, da sie nicht diejenigen waren, die in das eiskalte Wasser geschmissen wurden... wahrscheinlich noch eine ganze Weile.

Also war ich sowohl überrascht als auch erleichtert, als sie einfach zum Punkt kamen und fragten: „Wo ist die echte Abilene West?" Sie stellten mir die Frage in dem Moment, in dem ich wieder Platz genommen hatte. Ich wusste, dass das bedeutete, dass ich aufgeflogen war, dass wir alles verloren hatten und dass wir alles verlieren würden, für das wir bisher schon so hart gekämpft hatten.

Sie warteten nicht darauf, dass ich antwortete. Sobald

die Frage die Lippen des Ältesten verlassen hatte, ließen sie mich erneut ins Wasser fallen.

Als ich im Wasser landete, wurde mir klar, dass das hier keine echte Inquisition war. Das hier war einfach eine makabre Art der Bestrafung. Ich hatte ihren Stolz verletzt, weil ich mich so einfach in ihre Welt geschlichen, in ihre kranken Spiele manövriert hatte, von denen sie bisher ausgegangen waren, dass sie sie kontrollierten und die Regeln aufstellten.

Und sie wollten mich dafür bestrafen, dass ich diese komplett willkürlichen Regeln gebrochen hatte.

Ich fand endlich den Boden unter den Füßen und stellte mich gerade hin. Ich schmiss meine Haare durch die Luft, richtete mich auf und schämte mich nicht mehr länger dafür, dass das dunkelrote Kleid nichts von mir versteckte.

Ich sah den Ältesten, der scheinbar die Anklage erhoben hatte, direkt an und entgegnete: „Ich habe keine Ahnung, wo Abilene West ist. Mein Name ist Consuela Borden und ich bin mit Abilenes Einladung hergekommen."

Erst in diesem Augenblick sah ich Beau im Augenwinkel ein paar Schritte nach hinten taumeln und in diesem Moment wurde mir klar, dass ich alles verloren hatte. Ich war sooooo kurz davor gewesen, alles zu bekommen, was ich mir je gewünscht hatte. Und ich war dumm genug gewesen zu glauben, dass ich es tatsächlich bekommen könnte. Aber das Leben hatte das getan, was es stets tat. Es nahm einem alles Gute im letzten Moment. Nichts änderte sich jemals für Mädchen wie mich.

Meine eigene Mutter hatte mich nicht genug geliebt, um bei mir zu bleiben. Wieso war ich davon ausgegangen, dass irgendein anderer Mensch für mich kämpfen würde?

Ich kletterte über die Leiter aus dem Becken, schwang

ein nasses Bein über den Rand und zog mein anderes hinterher. Ich sprang das bisschen hinab auf den Marmorboden des Ballsaals. Ich landete mit einem lauten Krachen, aber scheinbar war der Ältesten nicht länger an mir interessiert. Er hatte sich wieder der Menge zugewandt.

„Diese Hure hat gestanden! Anwärter", wandte sich der Älteste mit bösem Blick an Beau. „Wusstest du von der Zwietracht der Hure?"

Beau verneinte und sah aus, als hätte ich ihn vor den Kopf gestoßen. „Ich wusste nicht, dass sie nicht Abilene war", erklärte er. Er sah nicht einmal in meine Richtung und das schmerzte.

„Dann geht jetzt in das Foyer, bis wir über euer Schicksal entschieden haben", verkündete der Älteste dramatisch.

20

Beau

EIN SCHLAG in die Magengrube hätte denselben Effekt gehabt. Ich schnappte nach Luft, während ich zu ihr herumfuhr. „Was zum Teufel wird hier gespielt?" Meine Stimme hallte von den Wänden des Foyers wider.

„Ich wollte es dir sagen", sagte Abilene – Consuela, oder wie auch immer sie hieß.

Sie zitterte und tropfte und ein Teil von mir wollte ihr meine Jacke geben und ein anderer wollte, dass sie litt.

„Wann?", fragte ich. „Wenn du mein Baby zur Welt gebracht hast?" Ich warf einen Blick auf ihren Bauch. „Ist das überhaupt mein Baby? Oder war das auch eine Lüge?"

„Frag mich das nicht", fuhr sie mich an. „Alles, was ich dir erzählt habe, ist die Wahrheit! Die Wahrheit!"

„Mal abgesehen von deinem verdammten Namen!" Ich trat ein paar Schritte von ihr zurück, denn ich hatte das Gefühl, dass alleine ihre Anwesenheit mir den Atem nahm. „Wer zum Teufel bist du?"

„Die einfache Antwort? Eine Hochstaplerin", sagte sie leise. „Zumindest war ich das einmal. Und das habe ich dir gesagt. Ich habe nichts vor dir versteckt. Ich habe krumme Dinge gedreht, um über die Runden zu kommen. Ein Ziel nach dem anderen. Das war mein Leben. Das war alles, was ich je gekannt habe. Dann habe ich die Chance gesehen, nach Oleander zu gehen... Und ich habe sie genutzt."

Sie machte einen Schritt auf mich zu, verschränkte die Arme vor der Brust, um ihre Nacktheit im eng anliegenden Kleid zu verstecken. „Als ich herausgefunden habe, dass ich mit deinem Baby schwanger bin und mich daran erinnerte, dass du mir von dem Aufnahmeritual erzählt hattest... habe ich da eine Möglichkeit gesehen."

„Eine Möglichkeit, mich über den Tisch zu ziehen?"

„Das habe ich nicht", warf sie schnell ein. „Ich meine, klar, ich habe einen falschen Namen benutzt, aber das ist alles. Ich habe die Einladung von einer Schönheit bekommen, die sie nicht wollte. Ich musste so tun, als sei ich sie, um die Chance zu bekommen. Aber ich hab dich nicht verarscht. Dich nicht."

Ich schnaubte. „Danach sieht es gerade allerdings aus."

„Das kann ich verstehen. Und glaub mir, ich wollte nicht, dass du es so rausfindest. Ich dachte, ich könnte mein Geheimnis wahren, bis wir von hier weggehen."

„Ich möchte die Wahrheit wissen." Ich wandte mich ihr direkt zu. „Ist das mein Baby?"

Sie nickte und sagte: „Ich schwöre, dass es deines ist. Ich würde, was so was angeht, niemals lügen. Ich würde niemals mein Baby anlügen, wer sein Vater ist. Und ich weiß, dass du mir tief im Inneren glaubst."

„Ich möchte dir glauben. Das wollte ich immer. Aber ich dachte auch, dass du Abilene West seist, also bin ich offensichtlich nicht so gut darin, Menschen einzuschätzen, wie ich dachte. Ich war ein leichtes Ziel oder?"

„Du bist nie ein Ziel gewesen. Als wir in der Bar etwas miteinander hatten, wusste ich weder wer du bist, noch hatte ich vor, Sex mit dir zu haben. Sex ist nie Teil meiner krummen Dinge gewesen. So weit bin ich nie gegangen. Du und ich, wir waren einfach zwei Menschen mit einer unglaublichen Chemie, zu vielen Drinks und..." Sie holte tief Luft und fügte dann hinzu: „Der Orden war mein Ziel. Nicht du."

„Wieso?", fragte ich. „Wieso hast du all das getan? Wer will schon all diese Rituale durchleben? Du warst bereits mit meinem Baby schwanger. Du hättest so oder so Geld bekommen, also warum?"

„Weil ich das Beste für das Baby wollte. Mein Lebenswandel vertrug sich nicht mit einem Kind. Ich wollte das Geld haben, damit ich meinem Kind all das bieten konnte, was ich nicht hatte. Aber ich wollte..."

„Hast du gedacht, dass ich mich nicht kümmern würde?", unterbrach ich sie. „Dachtest du, dass ich das Baby nicht unterstützen würde?"

Sie atmete tief durch und erklärte ruhig: „Ich wollte nicht von dir abhängig sein. Ich wusste, dass du ein mächtiger Mann bist und das hat mir Angst gemacht. Geld kann Entscheidungen in deine Richtung beeinflussen und ein Teil von mir hat sich gesorgt, dass du mir das Baby wegnehmen würdest. Verzieh nicht das Gesicht. Du hättest mich vor Gericht auseinandernehmen können und ich hätte niemals zugelassen, dass du mir mein Baby wegnimmst."

Unruhig lief sie vor mir hin und her. „Außerdem wollte ich nicht nur das Geld. Ich wollte, dass mein Baby einen richtigen Namen hat. Ich will nicht, dass mein Kind ein

Bastard ist. Als ich herausgefunden hatte, wer du bist, wollte ich den Namen Radcliffe noch mehr für mein Baby, als ich jemals etwas in meinem Leben gewollt habe. Ich wollte nicht dein Geld. Ich wollte mein eigenes Geld, aber ich wollte auch, dass mein Baby weiß, wohin es gehört. Also ja, hierher zu kommen und zur Schönheit zu werden, würde mir das Geld geben und das ist großartig." Sie sah mich an. Ihre Augen flehten mich an. „Aber ich wollte so viel mehr. Ich wollte, dass das Baby wirklich dich hat. Nicht nur einen Scheck von einem Vater, der nie da ist."

„So wäre es niemals gewesen!" Alleine die Vorstellung fand ich verletzend.

„Und woher hätte ich das wissen sollen?", fragte sie mich und warf die Hände in die Luft. „Ich wusste nichts von dir. Alles, was ich wusste, hatte ich selbst rausfinden müssen. Ich hatte für die Möglichkeit, eine Schönheit zu werden, kämpfen müssen. Es hätte mein Leben verändern können und das hat es auch. Als du herausgefunden hast, dass ich schwanger bin, wolltest du dieses Baby tatsächlich. Du wolltest eine Familie. Du hast sogar mich gewollt."

„Ja, aber es war alles nur eine Lüge. Warum hast du es mir nicht gesagt?"

„Ich habe es versucht", sagte sie. „Einige Male. Ich wollte es tun, aber gleichzeitig hast du angefangen, dich mir zu öffnen, und ich fand langsam raus, wer du wirklich bist. Ich wollte dich wirklich sehen. So, wie du wirklich bist. Ich hatte Angst, dass du dich vor mir verschließen würdest, wenn ich die ganze Geschichte preisgebe. Ich wollte nicht die Möglichkeit verpassen, dich wirklich zu sehen. Ich hatte so große Angst davor, alles zu verlieren, was du mir gegeben hast. Du hast mir und dem Baby eine Zukunft geboten, was alles ist, was ich mir jemals gewünscht habe. Du hast mir Hoffnung geschenkt und ich hatte panische Angst davor, dass all das verschwinden würde, wenn ich dir mein Geheimnis preisgegeben hätte." Sie blickte hinab auf ihre Füße und hob dann den Blick wieder, um mir in die Augen zu schauen. „Ich habe mich in dich verliebt. Ich hatte Angst. Ich hatte Angst, alles zu verlieren."

„Und wieso sollte ich dir das jetzt glauben?", fragte ich sie und zog die Augen zusammen, während ich versuchte, Consuela anstatt Abilene zu sehen. „Woher soll ich wissen, dass du nicht wieder versuchst, mich zu verarschen?"

„Das kannst du nicht wissen", gab sie zu. „Und, ich kann es verstehen, wenn du mir nie wieder vertrauen kannst. Aber ich liebe dich, Beau. Ich liebe dieses Baby. Und ich liebe die Vorstellung von dem, was wir drei haben könnte. Die einzige Lüge, die noch zwischen uns steht, ist mein Name. Der Rest war das wahre Ich."

Liebe.

Liebte ich sie?

Ja, natürlich tat ich das. Ich hatte mich in Abilene und das Baby verliebt und...

Abilene, Consuela, Abilene...

Meine Gedanken überschlugen sich und mein Herz gefror. Ich wusste nicht, was ich denken oder sagen sollte. Diese ganze Situation war beschissen.

Ich warf einen Blick auf die Tür, die zum Ballsaal führte. „Dir ist klar, dass du es vielleicht für uns beide versaut hast oder? Deine Lüge könnte uns nicht nur den Sieg, sondern mich auch das Geschäft der Familie kosten. Eventuell hast du gerade das Radcliffevermächtnis, das du doch angeblich so sehr für dein Baby möchtest, zerstört."

Beschämt senkte sie den Kopf. „Ich weiß. Ich hatte gehofft, dass sie es nie herausfinden würden."

„Die Ältesten finden alles heraus. Das hier sind einige

der mächtigsten Männer der Welt. Du hast dir das falsche Ziel ausgesucht."

„Ich habe keine Entschuldigung, außer die, dass ich das getan habe, wovon ich dachte, dass es getan werden muss."

„Wir haben es fast geschafft. Wir sind im Zieleinlauf und eventuell ist jetzt alles vorbei."

Sie nickte und machte einen weiteren Schritt auf mich zu. Ihre Zähne klapperten und egal, wie wütend ich auf sie war, ich konnte sie nicht dort stehen und frieren lassen. Ich streckte die Hand aus, zog ihr das klatschnasse rote Kleid aus und legte dann mein Jackett ab.

„Zieh die an", sagte ich, während ich ihren Körper mit meiner trockenen Kleidung bedeckte.

„Es tut mir leid", sagte sie, und irgendwas an der Art und Weise, wie sie es sagte, ließ mich ihr Glauben schenken. „Wenn ich es wieder gut machen könnte, würde ich es tun." Sie legte ihre Hand auf den Bauch und fügte hinzu: „Ich mache das alles nur für dieses Baby. Unser Baby."

„Und was machen wir jetzt? Wohin führen unsere Wege?", fragte ich.

„All das hat nichts an der Tatsache geändert, dass wir bald ein Baby bekommen werden."

Die Tür des Ballsaals öffnete sich und Montgomery kam hinaus ins Foyer. Ich konnte sein Gesicht nicht wirklich deuten, aber es schien nicht, als hätte er gute Neuigkeiten in petto.

„Wie schlimm ist es?", fragte ich ihn.

„Schlimm", entgegnete Montgomery. „Rafe und ich haben versucht, für euch beide zu kämpfen, aber wir sind neue Mitglieder. Das, was wir sagen, hat nicht viel Gewicht."

„Also sind wir gefickt?", fragte ich ihn.

„Sie werden euch jetzt sehen", erwiderte Montgomery. „Mehr kann ich euch nicht sagen."

21

Consuela

ICH ZOG Beaus Jackett fest um mich selbst, fast so, als wäre es mein Anker, der mich an ihn kettete, an alles, was vor dieser schrecklichen Nacht passiert war.

Als wir allerdings zurück in den Saal traten, in dem uns die ernst dreinblickenden Ältesten erwarteten, wurde mir klar, dass mich kein Jackett vor ihrem Zorn oder Urteil würde beschützen können.

„Die Ältesten haben im Fall des Anwärters und der Schönheit, die eine Hure ist, ein Urteil gefällt", verkündete der Älteste, der ebenfalls den Vorsitz über meine „Beichte" gehabt hatte.

Er machte einen Schritt nach vorne und schlug seinen Gehstock auf den Boden. Ich konnte fühlen, wie Beau sich neben mir verkrampfte und mir entging nicht, dass er hörbar einatmete und angespannt auf das Urteil wartete. Ich drückte die Augen zusammen. Ich konnte nicht hinsehen. Gott im Himmel, ich hatte niemals erwartet, dass meine Lügen ihn sein Erbe kosten könnten. Ich könnte mir selbst niemals vergeben, wenn er wegen mir alles verlieren würde. Ich hatte mich einfach mit dem Kopf voraus ins kalte Wasser gestürzt, ängstlich wegen der Schwangerschaft, am Boden zerstört wegen der Vorstellung, dass mein Kind so aufwachsen würde, wie ich selbst. Dass es das Gefühl haben könnte, nicht gewollt oder gar nicht geliebt zu sein. Dass es glauben könnte, dass selbst seine Eltern es nicht wollten und ich hatte alles in meiner Kraft befindliche getan, um eine unkontrollierbare Situation unter Kontrolle zu bringen...

„Die Schönheit, die eine Hure ist, wird ohne Lohn des Grundstücks verwiesen. Ihr Verrat und ihre Lügen werden von dieser heiligen und ehrbaren Bruderschaft nicht belohnt werden."

Überall im Saal begannen die Gehstöcke aus Übereinstimmung mit dem Urteil auf den Boden zu schlagen.

Da war es. Das Urteil, das mir alles nahm, worauf ich gehofft hatte.

Ich öffnete die Augen, hielt den Blick jedoch auf den Boden gerichtet. Beau an meiner Seite war nun noch angespannter.

Endlich verstummten die Gehstöcke und die laute Stimme des Ältesten erhob sich erneut. „Weiterhin erkennen wir das Aufnahmeritual als abgeschlossen, da den Anwärter keine Schuld trifft. Wir glauben nicht daran, dass ein Sohn dieses Ordens eine Rolle bei einer solchen Farce gespielt hätte und das Beau tatsächlich nichts von all dem wusste. Deshalb hast du, Beau Radcliffe das Aufnahmeritual bestanden. Wir heißen dich im Orden des Silbernen Geistes willkommen. Komm nach vorne und hole dir deinen Umhang ab."

Beau trat nach vorne, während die Stöcke wieder auf

den Boden schlugen. Er ließ mich alleine, zitternd und mal abgesehen von seinem Jackett vollkommen unbekleidet zurück.

Ich drehte mich um und rannte augenblicklich aus dem Ballsaal. Das Echo der schlagenden Stöcke hallte noch immer hinter mir. Das war es. Ich war offiziell raus hier.

Ich war eine Hure? Sie konnten mich alle mal. Ich rannte nach oben, dann allerdings wurde mir klar, dass ich nicht wirklich Dinge hatte, die ich einsammeln musste. Ich zog mir etwas Anständiges an. Etwas von der Kleidung, die ich bei meiner Ankunft in einer kleinen Tasche mitgebracht hatte. Alles andere waren Dinge, die mir vom Orden gegeben worden waren. Es gab nichts weiter, was ich packen oder mitnehmen musste.

Ich nahm die Hintertreppe, die in die Küche führte. Dort traf ich auf Mrs. Hawthorne.

„Ich brauche mein Handy", sagte ich zu ihr. „Geben Sie es mir."

Sie verzog das Gesicht. „Du kannst nicht einfach gehen. Du musst mit Beau reden. Du musst die Dinge richtigstellen."

Ich verzog das Gesicht. „Ich werde gehen. Er hatte die Möglichkeit, für mich Partei zu ergreifen. Er hat sich dagegen entschieden." Ich wusste in dem Moment, als ich es sagte, dass es irrational war. Für Beau hatte in dem Saal seine gesamte Zukunft auf dem Spiel gestanden und ich war diejenige gewesen, die ihn in die Lage gebracht hatte. Trotzdem war es einfach alles zu viel.

Und es war nicht so, als hätte er im Foyer gesagt, dass er mich ebenfalls liebte, nachdem ich blöde Kuh den Mund geöffnet und wie eine riesige Idiotin meine Gefühle gestanden hatte...

„Geben Sie mir einfach mein Handy! Ich muss verdammt noch mal weg von hier!"

Meine Nase brannte und ich wusste, dass ich in Kürze in Tränen ausbrechen würde.

Mrs. Hawthorne verzog das Gesicht, aber sie verschwand im Vorratsschrank und kam schließlich mit meinem Handy in der Hand wieder heraus. Gott, war es die ganze Zeit darin versteckt gewesen?

„Du solltest wirklich warten und mit...", begann sie.

Ich riss ihr das Handy aus der Hand und rannte fast aus der der Hintertür, von der ich wusste, dass sie mich nach draußen bringen würde.

In dem Moment, in dem mich die heiße, feuchte Luft des Sommers von Georgia umringte, hatte ich das Gefühl, endlich wieder atmen zu können. Nur dass ich, als ich tief durchgeatmet hatte, komplett in Tränen ausbrach.

Ich begann zu rennen. Ich musste von Oleander weg. Ich musste so viel Distanz wie nur möglich zwischen mich und diesen albtraumhaften Ort bringen.

Nur wusste ich in dem Moment, als ich das dachte, dass es eine Lüge war. Denn tatsächlich rannte ich vor den schönen Erinnerungen an Beau davon. All die Nächte, in denen er mich fest in seinen Armen gehalten hatte und seine Hand über meinen Bauch geglitten war. Die Art und Weise, wie er in mein Ohr flüsterte und mich damit aufzog, welchen Namen wir unserem Kind geben würden.

Wie er mich liebkost hatte und wie seine Berührungen intensiver geworden waren, bis wir uns mitten in der Nacht wild liebten. Wie sicher ich mich in seinen Armen gefühlt hatte, sicherer, als ich mich jemals in meinem Leben gefühlt hatte.

Dann allerdings erinnerte ich mich an seinen Gesichtsausdruck. Er hatte mich angesehen, als würde er mich überhaupt nicht kennen. Hatte mich gefragt, ob das Baby überhaupt seines war. Wie konnte er mich das fragen? Nach allem, was wir durchgemacht hatten? Es war doch nur ein dummer Name! Ich hatte ihm mehr über meine Vergangenheit erzählt als sonst einer Seele auf dieser Welt. Ich hatte mich geöffnet, meinen Körper gegeben, meine Gedanken und Träume und Hoffnungen mit ihm geteilt und...

Ich rannte noch schneller, als würde mehr Abstand zwischen mir und der Oleander Villa, zwischen mir und ihm, bedeuten, dass es weniger wehtat.

Gott, ich war so dumm gewesen. Wieso dachte ich überhaupt noch an ihn?

Er wollte mich nicht.

Natürlich wollte er mich nicht.

Das hatte ich doch schon erlebt.

Als Kind, als ich den kalten, leblosen Körper meiner Mutter gefunden hatte. Ich hatte sie aufwecken wollen, aber natürlich war sie niemals mehr aufgewacht. Sie hatte mich verlassen, denn ich war es nicht wert, dass man bei mir blieb.

Tina hatte mich einfach so verlassen, als etwas Besseres ihren Weg gekreuzt hatte.

„Es gibt nur mich und dich, mein Baby", brachte ich zwischen starken Schluchzern hervor. Ich wurde schließlich langsamer, beugte mich nach vorne und schnappte am Rande der Straße nach Luft. Über mir wiegten sich die hohen Eichen, die die Straße säumten, im Wind. Er sang in ihren Blättern, bewegte sie und ließ den Sonnenschein um mich herumtanzen, so als machte er sich über meinen Schmerz lustig.

Ich wischte mir mit dem Arm über das Gesicht. Gott, das war doch wirklich albern. Ich hatte mich nach schrecklichen Verlusten wieder aufgerafft und das würde ich auch dieses Mal bewerkstelligen. Ich holte mein Handy heraus und schaltete es ein. Nur war natürlich nach fast drei Monaten der Akku leer, weshalb ich nicht einmal ein Uber kommen lassen konnte. Das war doch typisch.

„Was zum Teufel glaubst du, tust du hier draußen?"

Ich fuhr herum. Beaus Stimme hatte mich erschrocken. Jetzt sah ich ihn die Straße hinter mir entlang joggen.

Mein Mund stand offen, bevor ich mit dem Arm durch die Luft fuhr. „Wonach sieht es denn aus? Ich gehe."

Er sah mich an. Es schien, als sei er entsetzt. „Was für eine Scheiße. Ab... Wie auch immer, du heißt!"

Ich warf ihm einen bösen Blick zu. Wut war in diesem Moment einfacher als mehr Schmerz. „Consuela."

„Fein. Consuela. Was meinst du, was du in dieser Hitze hier draußen machst? Das ist nicht gut für das Baby."

Ach, natürlich. „Wir schaffen das schon, danke. Ich habe mich überraschend lange um mich selbst gekümmert, bevor du in mein Leben gekommen bist."

„Damals warst du auch nicht mit meinem Kind schwanger."

Ich fuhr herum und zeigte mit dem Finger in sein Gesicht. „Du hast kein Recht, ein kontrollierendes Arschloch zu sein, nur weil du mich geschwängert hast. Ich werde dir die Adresse zukommen lassen, wohin du den Unterhalt schicken kannst."

Dann drehte ich mich um und stiefelte weiter die Straße entlang, weg von ihm.

Es war wohl wenig überraschend, dass er mir folgte. „Was zur Hölle, Ab... Consuela."

„Connie. Ich heiße Connie okay? Das wäre etwas, was du wissen würdest, wenn du dich an unser erstes Treffen erinnern könntest."

„Gott im Himmel, könntest du einfach mal aufhören, vor mir wegzulaufen und mir zuhören?"

Ich schnaufte vor Wut, hielt inne, drehte mich wieder zu ihm um und verschränkte die Arme vor der Brust. „Fein. Rede."

„Gott, Frau. Du bist so unglaublich *stur*."

Ich zog eine Augenbraue hoch, fast so, als würde ich sagen wollen, *ja und?*

„Und verdammt, ich liebe dich."

Ich schüttelte den Kopf, während meine Brust sich zusammenzog. „Hör auf."

Er sah verwirrt aus. „Womit?"

„Hör auf Dinge zu sagen, die du nicht so meinst."

Sein Ausdruck wurde sanfter und er trat einen Schritt nach vorne. „Aber ich meine es. Ich werde dafür sorgen, dass dieses Baby ein Radcliffe ist, aber das ist nicht alles, was ich möchte. Ich möchte auch *dir* meinen Namen geben."

Ich schüttelte erneut mit dem Kopf. Eine weitere Träne lief meine Wange hinunter.

Er machte einen Schritt auf mich zu. „Ist das nicht das, was du willst? Hast du es vorhin nicht so gemeint, als du gesagt hast, dass du mich liebst?"

„Natürlich habe ich es so gemeint", brachte ich hervor.

Er lächelte und ich wollte ihm zeitgleich das Lachen aus dem Gesicht schlagen und ihn verführen. Dieser Mann konnte einen in den Wahnsinn treiben.

„Wir können die Familie sein, die keiner von uns je hatte", sagte er. „Ich werde die Firma von meinem Vater bekommen. Deshalb musste ich dortbleiben, den Umhang entgegennehmen und all den Schwachsinn mitmachen. Ich konnte meine Zukunft und die Sicherheit, die ich für dich und unseren Sohn möchte, nicht aufs Spiel stellen. Es war

noch wichtiger als je zuvor. Aber es hat mich fast umgebracht, dich gehen zu sehen, ohne dir folgen zu können."

Ich konnte mich nicht länger zurückhalten. Meine Arme
flogen um seinen Hals.

Er seufzte vor Erleichterung. „Da bist du ja."

Ich hing an ihm und zum ersten Mal glaubte ich es
wirklich. Oh Gott, ich konnte es glauben.

Er liebte mich. Er wollte *mich*. Es gab keinen Orden, der
ihn dazu *zwang*, mein Anrecht auf das Kind zu akzeptieren,
kein Geld, was mir gleiche Macht gab. Er wählte mich, weil
er es wollte. Er wählte ein Leben mit mir. Er entschied sich,
unserem Sohn ein Vater zu sein. Er entschloss sich dazu, ein
guter Mann zu sein. Letztendlich war es einfach das, was
er war.

Ich vergrab mein Gesicht an seinem Hals und klammerte mich an ihn. „Ich liebe dich so sehr", sagte ich.

„Gut", entgegnete er und löste sich ein wenig. „Denn ich
möchte dir alles geben. Das hier ist nur der Anfang."

Verwirrt verzog ich das Gesicht, dann allerdings holte er
etwas aus seiner Hosentasche. Etwas mit Diamanten und
Steinen, die in der Sommersonne Georgias funkelten.

Es war eine Kette mit einem riesigen Anhänger.

Ich schnappte nach Luft. Ich konnte nicht anders.

„Der Orden hat dir vielleicht nicht das Geld gegeben,
das du wolltest, aber eines Tages wirst du eine Radcliffe sein
und dafür ist hier eine kleine Erinnerung an all das, was dir
gehören wird."

Ich war wie erstarrt, als er meine Haare anhob und den
schweren Anhänger an meinem Hals platzierte.

„Beau, was machst du?", flüsterte ich, während meine
Finger sich hoben, um den Anhänger anzufassen und in
letzter Sekunde innehielten. Ich konnte mir nicht einmal

die kleinste Verunreinigung wegen meiner Finger auf dem Anhänger ausmalen.

„Ich markiere dich. Ist doch ganz klar." Er grinste frech, als er wieder vor mich trat. Der Anhänger hing schwer an meinem Hals. „Und, ich gebe dir das, was dir zusteht, weil du das Aufnahmeritual wunderbar überstanden hast. Der Anhänger ist eine Million Dollar wert. So weißt du zumindest, dass wir ein wenig mehr auf der gleichen Stufe stehen, wenn es um unseren Sohn geht. Ich weiß, dass dir das wichtig gewesen ist und ich möchte, dass du das hast."

Ich warf ihm die Arme um den Hals und küsste ihn leidenschaftlich, während die Sonne uns durch die tanzenden Blätter der Eichen erhellte. Beau hielt mich so fest. Er liebte mich. Unser Baby war zwischen uns und wuchs in meinem Bauch.

Alle meine Träume waren wahr geworden.

EPILOG

Bellamy Carmichael

Ich saß neben meiner Mutter, während wir auf die Hochzeit warteten, die die Kalender aller in Darlington County durcheinandergebracht hatte.

Montgomery Kingston würde heiraten. Er war einer der begehrtesten Junggesellen in der Gegend gewesen und jetzt heiratete er und alle, die irgendwie von Wichtigkeit waren, befanden sich hier.

„Was für ein riesiger Skandal", flüsterte mir meine Mutter, die sich zu mir herübergelehnt hatte, in mein Ohr. „Du weißt, dass sie eine der Schönheiten von ihrer dummen Geheimorganisation ist."

Ich nickte und verdrehte die Augen. „Das hast du mir nur etwa fünfzehn Mal gesagt", flüsterte ich zurück.

„Nun, schau sie dir an. Es passiert ihnen allen. Sechs der begehrtesten Junggesellen in diesem Landkreis und vier von ihnen sind mit Abschaum zusammen, weil das plötzlich passiert. Früher ging das nicht so einfach. Sie hatten ihren

Spaß mit den billigen Huren, dann allerdings suchten sie sich eine Frau unter ihresgleichen."

„Gott, Mutter!" Ich warf ihr einen bösen Blick zu, den sie einfach nur erwiderte.

„Missbrauche Gottes Namen nicht, wenn du in meiner Nähe bist. Ich habe dich so erzogen, dass aus dir eine echte Lady wird."

Ich versuchte meine Empörung nicht zu zeigen. Eine Lady. Wo lebten wir? Im neunzehnten Jahrhundert? Aber es war wahr. Meine Mutter hatte ihr Bestes gegeben, mich zu einer wahren Südstaatenschönheit zu machen. Ich war sogar eine Debütantin gewesen und in die Gesellschaft eingeführt worden. Der Bräutigam selbst, Montgomery Kingston, war damals mein Tanzpartner gewesen.

Natürlich hatte meine Mutter damals betont, wie perfekt wir füreinander waren und immer gehofft, dass wir eines Tages heiraten würden.

Ich war damals vierzehn gewesen, Montgomery fünfzehn. Die ganze Angelegenheit hatte ihn unglaublich gelangweilt und er hatte mich kaum eines Blickes gewürdigt. Das war verständlich, aber selbst damals hatte sie mir mit ihrem Gerede über *potenzielle Ehegatten*, als wären wir in einem Roman von Jane Austen, Flausen in den Kopf gesetzt.

Ich war mit den Jungen der Darlington Prep aufgewachsen und war mit dem einen oder anderen von ihnen ausgegangen. Ich war allerdings zu einer solchen *Lady* erzogen worden, dass ich immer abgelehnt hatte, wann immer sie sich mit mir hatten zurückziehen wollen. Es war wohl wenig überraschend, dass nach ein paar Monaten immer mit mir Schluss gemacht worden war.

Denn eine wahre Lady zu sein bedeutete auch, dass ich keine Ahnung hatte, wie man mit Männern sprach. Ich wusste, dass mich die Leute für einen wahren Snob hielten.

Das war der Ruf, den ich zumindest an der Darlington Prep gehabt hatte. In Wahrheit war ich allerdings einfach nur schüchtern.

Wenn man dachte, ich sei ein Snob, weil ich aus einer der ältesten und wichtigsten Familien in Darlington kam und obendrauf auch noch schüchtern war, dann sollte es eben so sein. Irgendwann hatte ich mich einfach meinem Schicksal ergeben. Das hieß immerhin, dass ich mich unangenehmen Unterhaltungen entziehen konnte. Ich konnte mich komisch verhalten und schüchtern sein und die Leute ließen mich einfach in Ruhe. Was machte es schon, dass sie mich hinter meinem Rücken als arrogante Zicke und Snob betitelten?

Irgendwann hatte ich es auch mit den unangenehmen Beziehungen zu den Jungs um mich herum aufgegeben. Damit hatte ich den Titel Eisprinzessin erlangt. Ich dachte, dass ich zu gut für die Jungs von Darlington sei. Oder ich ging heimlich mit Jungs vom College aus. Es hatte viele Gerüchte gegeben, wie es halt immer ist.

Und was war die Wahrheit?

Die Ehe meiner Eltern zerbrach. Das Geld unserer Familie war verschwunden. Alles, was wir noch hatten, war ein Name, an den sich meine Mutter klammerte, als hinge ihr Leben davon ab. Sie stolzierte immer noch in Designerkleidung durch die Stadt, die seit mindestens zehn Jahren nicht mehr modern war, während sich bei uns die Rechnungen stapelten.

Nach der High/School hatte es kein Geld gegeben, damit ich aufs College gehen konnte, zumindest nicht genug für die Colleges, an denen meine Mutter ihre Tochter gerne gesehen hätte. Aber es war ja nicht so, als hätte ich mich für Stipendien bewerben können, denn sie hätte sich in Grund

und Boden geschämt. Der Eindruck, den die Leute hatten, bedeutete dieser Frau alles.

Da mein Vater krank geworden war, blieb ich nach der Schule hier, um mich um ihn zu kümmern. Und die Jahre waren vergangen.

Mutter war noch immer die Königin von Darlington. Das war alles, was ihr geblieben war. Und sie beschützte unser Geheimnis, dass wir fast pleite waren, genauso gewissenhaft wie ein Drache seinen Schatz. Der Gedanke daran, dass irgendjemand erfahren könnte, wie es um uns stand, war ihre größte Angst.

Also waren wir hier, schick gemacht, in der zweiten Reihe mit den besten und erfolgreichsten von Darlington und waren somit Gäste auf der Hochzeit des Jahres.

Mama streckte die Hand aus und ergriff meine. „Du musst es tun. Ich kann dir eine Einladung besorgen. Das ist unsere einzige Chance."

Ich verzog das Gesicht und versuchte meine Hand von ihrer zu trennen. „Wovon sprichst du?", fauchte ich zurück.

Ihre Nägel gruben sich allerdings in mein Handgelenk. Ich konnte mich nicht befreien.

„Es ist perfekt. Verstehst du es nicht? Du kannst eine Einladung bekommen und eine dieser Huren-Schönheiten werden. Dann kannst du einen dieser zwei Jungs verzaubern, die deinem Charme wohl kaum werden widerstehen können. Du kannst einen von ihnen dazu bringen, dich zu heiraten und die Familie retten!"

Mein Mund muss offen gestanden haben, denn sie fuhr mich an: „Mach den Mund zu, du siehst aus wie ein Fisch. Das ist nicht attraktiv. Lass uns ehrlich sein, alles, was gerade für dich spricht, ist dein Aussehen. Es ist an der Zeit, dass du erwachsen wirst und den Tatsachen in die Augen schaust.

Meinst du, dass dein Vater sich in mich verliebt hat, weil ich besonders intelligent war? Nein. Männer wollen ein hübsches Gesicht und glücklicherweise bist du noch nicht zu alt. Meinst du, dass ich die kleinen Fältchen um deine Augen nicht bemerkt habe? Das ist das erste Anzeichen des Alters."

„Gott, Mutter, ich bin erst vierundzwanzig!"

„Hör auf Gott zu sagen. Kein Mann möchte eine Frau, die sich so ausdrückt."

Ich wandte den Blick von meiner Mutter ab und starrte stattdessen auf den perfekt gemähten Rasen zu meinen Füßen. Letztendlich ging es für meine Mutter niemals um etwas anderes, oder?? Was Männer wollten. Wie Männer mich sahen. Das war stets der einzige Wert gewesen, den ich für sie hatte. Meine Mutter hatte nie mit mir darüber gesprochen, was für eine Karriere ich anstreben wollte. Sie hatte mich nie unterstützt, wenn es nicht um mein Aussehen gegangen war oder darum, mein Make-up oder mein Gewicht anzuprangern.

Ich dachte an das Wenige, was sie mir über den Geheimbund der Männer der Stadt gesagt hatte. Normalerweise sprach sie mit angewidertem Tonfall darüber, weshalb es wirklich absurd war, dass sie mich jetzt in die Höhle der Löwen schicken wollte, weil sie davon ausging, dass das hieß, dass ich am Ende heiraten würde. Gott, dort fanden Orgien statt. Orgien und so etwas wie dämonische Rituale, wenn die Gerüchte wahr waren. Verrückter, kranker Scheiß.

Die Gerüchte über mich waren allerdings übertrieben gewesen und wahrscheinlich war es mit diesem genauso.

Ich sah hinauf zu Montgomery, der breit lächelte, während er auf seine Braut wartete. Fünf Männer standen ihm zur Seite.

„Wer wäre es?", fragte ich plötzlich. Eine wilde Neugier und Abenteuerlust hatten mich ergriffen.

Meine Mutter ergriff die Möglichkeit beim Schopf. „Der direkt neben Montgomery, das ist Walker und der am Ende der Reihe, Emmett."

Die Tatsache, dass sie sie mir so schnell zeigen konnte, ließ mich denken, dass das hier kein spontaner Einfall gewesen war. Wie lang hatte sie darüber nachgedacht, mich damit zu überrumpeln?

Ich versuchte meine Wut zu zügeln und sah mir die beiden Männer an. Ich kannte sie beide von der Darlington Prep, allerdings nicht gut. Sie waren einen Jahrgang über mir gewesen, aber alle hatten zu ihrer Freundesgruppe aufgesehen. Walker war eine besonders bekannte Person auf dem Campus gewesen. Er und Montgomery trugen die wichtigsten Namen unter den Kindern in Darlington. So etwas war für mich immer unangenehm gewesen.

Ich lenkte den Blick auf den Mann, der am Ende stand. Emmett. Über ihn wusste ich nicht viel. Er war groß, hatte breite Schultern und war so hübsch, dass ich auf dem Stuhl hin und her rutschte, nur weil ich ihn ansah.

„Emmett", sagte ich zu meiner Mutter. „Besorg mir eine Einladung für sein Aufnahmeritual."

Ihr Gesicht erhellte sich fast so, als hätte ich soeben verkündet, dass Weihnachten in diesem Jahr im Juli sei. „Wird erledigt."

Oh, Mutter. Sie hatte keine Ahnung, aber ich hatte nicht vor, ihre Spielchen zu spielen.

Ja, ich würde hingehen und herausfinden, worum es bei diesem Geheimbund ging. Wenn es Orgien gab, würde ich an Orgien teilnehmen. Ich würde das brave Mädchen endlich niederlegen, und zwar auf unglaubliche Art und Weise.

Es bestand allerdings nicht die geringste Wahrscheinlichkeit, dass ich am Ende verheiratet sein würde. Ich war es leid, mein Leben so zu führen, wie andere es von mir erwarteten, allen voran meine Mutter und ich denke, dass das richtig war.

Die Musik, die für die Braut gespielt wurde, ertönte und sowohl Mutter als auch ich standen auf. Die strahlende Braut, die komplett verliebt war, begann den Weg den Gang hinab in Montgomerys Richtung.

Zum ersten Mal seit Langem war auch ich aufgeregt, was meine eigene Zukunft anging.

HAST du Lust auf eine Bonusszene mit einem Ritual zwischen Grace und Montgomery, dass dich wirklich schockieren wird? Für eine extra-heiße und dunkle Bonusszene, die so dreckig ist, dass sie es nicht einmal ins Buch geschafft hat, musst du jetzt nur https://BookHip.com/GVSCQB …

EBENFALLS VON STASIA BLACK

Eine dunkle Stieffamilien-Liebesgeschichte

Daddys Süßes Mädchen (geni.us/DaSuMa-DE-w)

Tabu: Ein dunkles Romantik-Box-Set

(geni.us/Tabu-DE-w)

Dunkle Liebe im Geheimbund-Reihe

Elegante Fehltritte (geni.us/ElFe-DE-w)

Wunderschöne Lügen (geni.us/WuLu-DE-w)

Die Heirats-Verlosungen-Reihe

Von Ihnen Beschützt (geni.us/VoIhBe-DE-w)

Von Ihnen Vergnügt (geni.us/VoIhVe-DE-w)

Von Ihnen Geheiratet (geni.us/VoIhGe-DE-w)

Von Ihnen Angestachelt (geni.us/VoIhAn-DE-w)

Von Ihnen Freigekauft (geni.us/VoIhFr-DE-w)

Die Heirats-Verlosungen Box-Set

(geni.us/DiHeVe-DE-w)

Die Ländliche Leidenschaft-Reihe

Die Jungfrau und das Biest

(geni.us/DiJuUnDaBi-DE-w)

Hunter (geni.us/Hunter-DE-w)

Die Jungfrau von nebenan (geni.us/DiJuVoNe-DE-w)

Die Düstere Liebe-Reihe

Gefährliche Leidenschaft (geni.us/GeLe-DE-w)

Zerbrechliche Herzen (geni.us/ZeHe-DE-w)

Düstere Liebe Box-Set (geni.us/DuLiBo-DE-w)

Wohliger Schmerz (geni.us/WoSc-DE-w)

Die Liebe des Biestes-Reihe

Die Gefangene des Biestes (geni.us/DiGeDeBi-DE-w)

Die Rache des Biestes (geni.us/DiRaDeBi-DE-w)

Die Liebe des Biestes (geni.us/DiLiDeBi-DE-w)

In den Fängen des Biestes (Box-Set)
(geni.us/InDeFaDeBi-DE-w)

Die Unschuld-Reihe

Unschuld (geni.us/Unschuld-DE-w)

Das Erwachen (geni.us/DaEr-DE-w)

Königin der Unterwelt (geni.us/KoDeUn-DE-w)

Unschuld: Die komplette Trilogie (Box-Set)
(geni.us/UnBo-DE-w)

ÜBER STASIA BLACK

STASIA BLACK ist in Texas aufgewachsen. Nach fünf kurzen frostigen Jahren in Minnesota und ist nun glücklich im sonnigen Kalifornien beheimatet, das sie niemals wieder verlassen wird.

Sie liebt es zu schreiben, zu lesen, sich Podcasts anzuhören und nach einer zwanzigjährigen Pause hat sie kürzlich wieder mit dem Radfahren angefangen (und hat die entsprechenden Beulen und blauen Flecken, die das beweisen). Sie lebt mit ihrem persönlichen Cheerleader, aka ihrem gutaussehenden Ehemann und ihrem Teenager zusammen. (Wow, jetzt fühlt sie sich alt.) Und über sich selbst in der dritten Person zu schreiben, lässt sie ein wenig wie eine Spinnerin aussehen. Aber gut, wo waren wir?

Stasia fühlt sich zu romantischen Geschichten hingezogen, die sich nicht für den leichten Weg entscheiden. Sie will hinter die Fassade der Menschen blicken und ihren dunkelsten Stellen herausfinden, ihre verdrehten Motive und tiefsten Bedürfnisse. Im Grunde will sie Charaktere erschaffen, die die Leser abwechselnd lachen und weinen lassen und sie am liebsten ihr Kindle quer durch den Raum werfen wollen, nur um dann bekanntzugeben, dass sie einen neuen BBF (Besten-Bücher-Freund) haben.

Newsletter: geni.us/SBA-nw-de-cont-w
Website: stasiablack.com
Facebook: facebook.com/StasiaBlackAuthor

Twitter: twitter.com/stasiawritesmut
Instagram: instagram.com/stasiablackauthor
Goodreads: goodreads.com/stasiablack
BookBub: bookbub.com/authors/stasia-black

ÜBER ALTA HENSLEY

Alta Hensley ist eine Bestsellerautorin für heiße, dunkle und schmutzige Romantikbücher. Sie ist auch eine Amazon Top 100 Bestseller-Autorin. Als mehrfach veröffentlichte Autorin im Genre Romantik ist Alta bekannt für ihre dunklen, groben Alpha-Helden, manchmal auch süßen Liebesgeschichten, tabuisierten Unterthemen und spannenden Geschichten über den ständigen Kampf zwischen Dominanz und Unterwerfung.

Alta liebt es auch über soziale Medien mit ihren Lesern in Kontakt zu sein. Sie lädt alle ein, sich ihrem Facebook-Raum namens Altas Hot, Dark & Dirty Romance-Raum anzuschließen.

Newsletter: readerlinks.com/l/727720/nl
Website: www.altahensley.com
Facebook: facebook.com/AltaHensleyAuthor
Twitter: twitter.com/AltaHensley
Instagram: instagram.com/altahensley
BookBub: bookbub.com/authors/alta-hensley

www.ingramcontent.com/pod-product-compliance
Lightning Source LLC
Chambersburg PA
CBHW072350020726
47506CB00004B/1078